法師

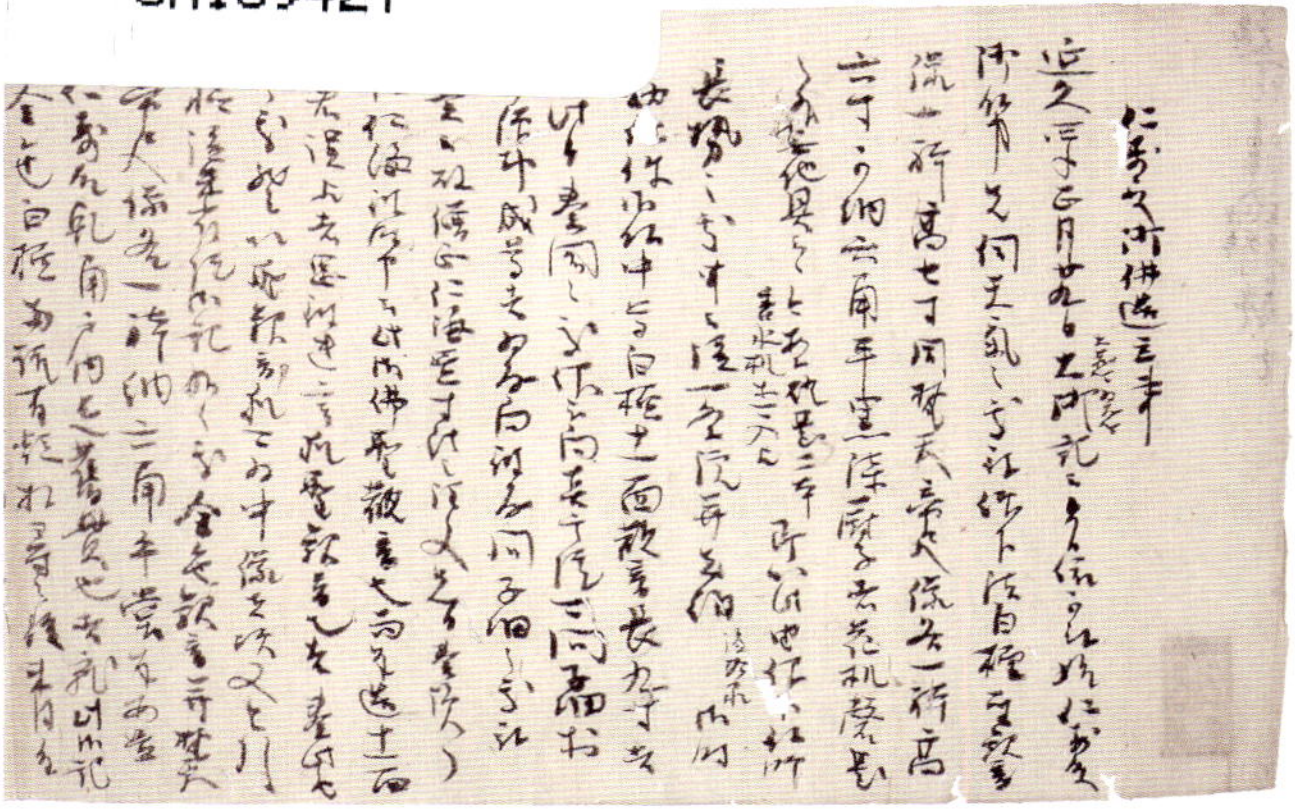

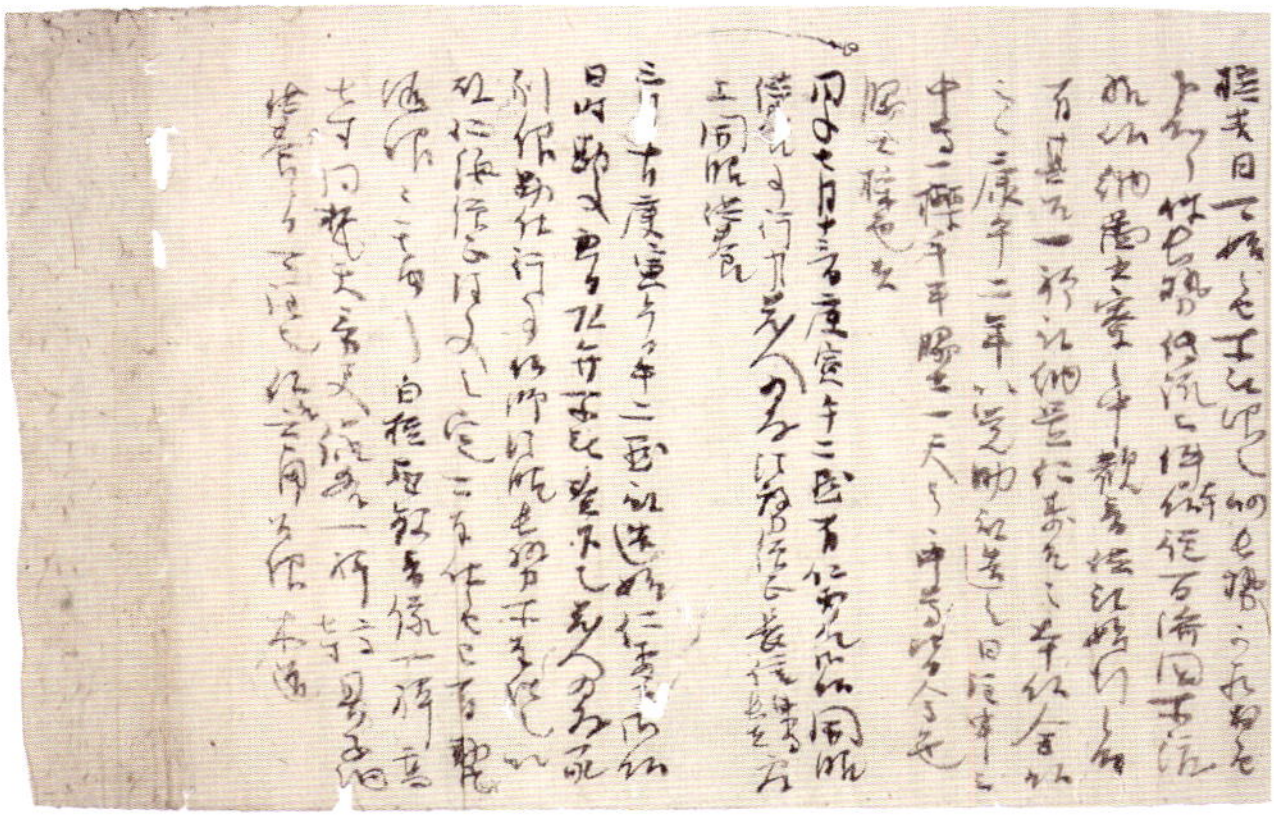

口絵1　兼好の筆による為房卿記抄。ある「奇怪な事件」をめぐって、醍醐寺座主の三宝院賢俊僧正から依頼を受けて作成したもの。この史料から、兼好が賢俊の有能なブレーンであったことがわかる（第五章）

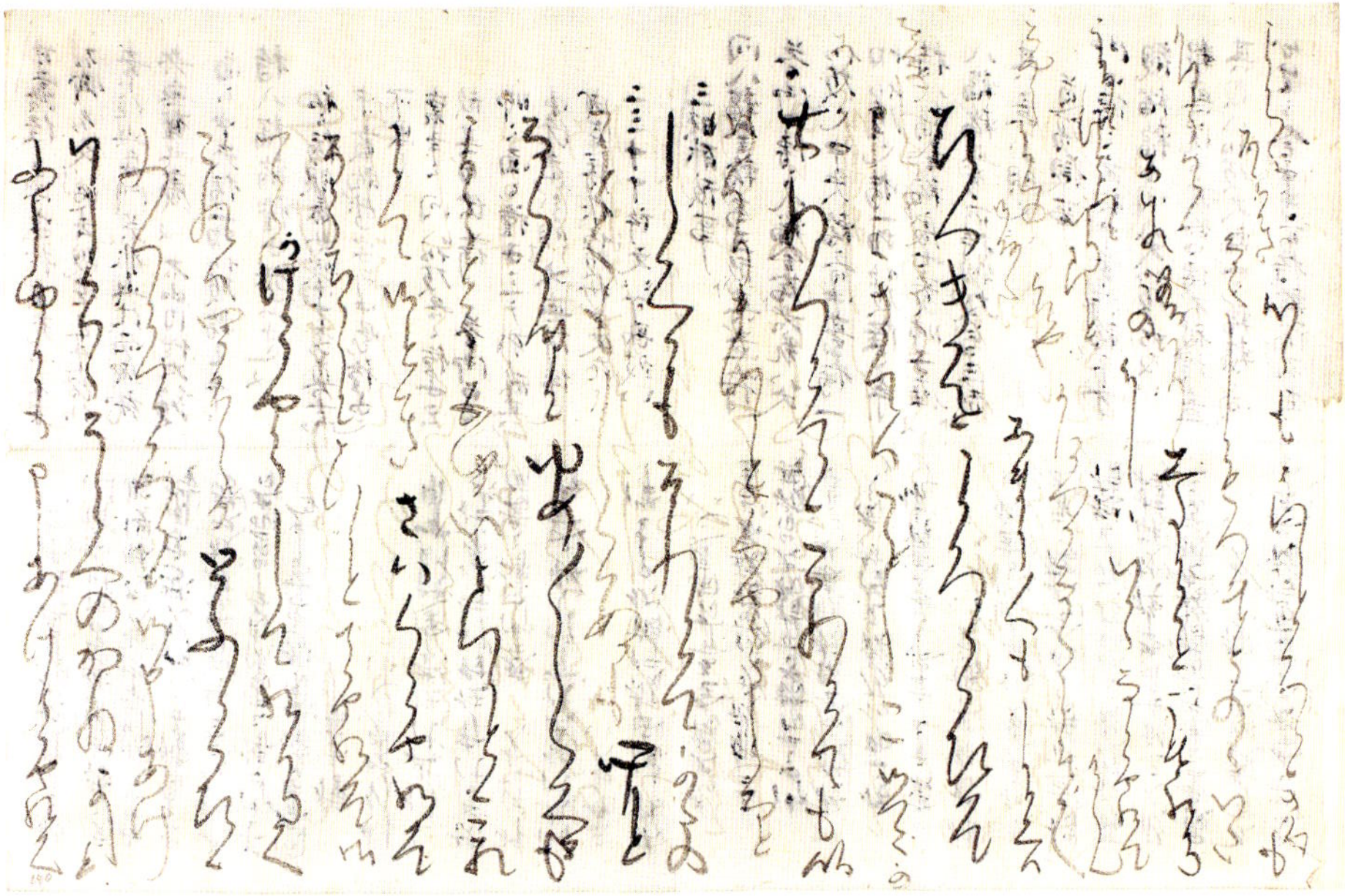

口絵2　兼好の母から姉に宛てたと考えられる手紙。父（御てゝ）の七回忌に際して指示を書き送っている。「四郎太郎」を「うらへのかねよし」名義で施主とせよ、と書かれていることから、兼好の仮名が四郎太郎であったことがわかる（第二章）

中公新書 2463

小川剛生著

兼好法師

徒然草に記されなかった真実

中央公論新社刊

はしがき

徒然草《つれづれぐさ》は、鎌倉時代後期の文学作品である。作者兼好法師《けんこうほうし》は大半の章段を鎌倉幕府滅亡の直前、元徳《げんとく》二年（一三三〇）から翌年までの間に執筆していたと考えられている。

成立後しばらくは注目を集めなかったが、ちょうど一世紀を経た室町中期から流布し始め、江戸前期に爆発的なブームを迎え、古典文学の仲間入りをした。作者の伝記にも関心が向けられたが、もはや確実な情報はほとんど伝わっていなかった。当時幾つか成立した兼好の一代記、いわゆる近世兼好伝は、徒然草とその頃突如出現した自撰家集《じせんかしゅう》を材料に想像逞しくした、一種の創作であり、兼好を文武両道に秀でた超人、あるいは男女の情にも通じた粋人《すいじん》として描き出した。また当時愛読されていた、太平記《たいへいき》のあらすじと巧みに――無理矢理に絡ませ、兼好を後醍醐天皇《ごだいごてんのう》の間諜《かんちょう》とし、南朝の忠臣とするものが目立つ。

近代に入って実証史学が盛んになると、「太平記は史学に益なし」（久米邦武《くめくにたけ》）との宣言の通り、まずは南北朝時代の史料が文献批判の洗礼を受けた。近世兼好伝は虚誕の産物として斥《しりぞ》けられ、同時代人の手になる日記・文書など、信頼のできる一次史料に依拠して、実像を探索する試みが始まった。徒然草研究にとっても作者の伝記は依然主要なテーマであり、戦後、国文学者の手によりその成果がいくつか刊行された。そこでは京都吉田神社の神官を務めた吉田流卜部《うらべ》氏に生まれた出自、村上源氏一門である堀川《ほりかわ》家の家司《けいし》となり、朝廷の神事に奉仕する下級公家の身分、堀川家を外戚とする後二条《ごにじょう》天皇の六位蔵人《ろくいくろうど》に抜擢され、五位《ごい》の左兵衛佐《さひょうえのすけ》に昇った経歴、鎌倉幕府・室町幕府の要人と交流した交際圏など、主要な輪郭が明らかにされ、徒然草の読者に共有されるところとなっている。

ところが、これも結果として造られた虚像であった。とくに出自や経歴はまったく信用できないものである。すなわち後世に捏造された偽系図・偽文書に依拠しており、信用できる史料までもこれに引き寄せられてしまった。研究者が兼好の生きた時代の制度・慣習に無関心であったため、実像とはほど遠い、矛盾した人物像が世に行われ続けたと言える。

現在、徒然草ないし兼好に関する論文は三〇〇〇篇をはるかに超え、昭和四十二年以降の半世紀に限れば約二三〇〇篇に上る（単著を除く）。実に一年に四〇篇以上が発表された計算となる。研究は隆盛を極めているが、細分化も不可避である。著名な作品は、それ自体を論じてしまえば足りてしまう懐の深さがあるにしても、通説を無批判に踏襲し作品に自閉する安易な姿勢がなかったとは言えまい。現代人にとって兼好はまず徒然草作者であるとはいっても、作品から帰納された作者像を兼好の実人生として記述してきたことが異様な偏りを生んだ。作品とは一定の距離を保ちつつ、できるだけ外部の史料を活用して、兼好の伝記を記述するのが最上であろう。

文学作品は読者のものであり、作者の意図は必ずしも重要ではなく、まして生涯・境遇などは顧慮しなくてよいとする立場もある。しかし時代を超える普遍的価値があっても、作品は一義的にはやはりその時代の所産である。一次史料や時代状況に照らせば容易に確定する疑問をそのままにして、読者の手に委ねてよいとは思えない。しかも伝記はもちろん、各章段の解釈の前提となる知識もしばしば根拠を欠くもので、訂正されないまま作品論や伝記研究にはねかえり、さらに作者像を歪《ゆが》めるという悪循環に陥っている。どう考えても不合理である。まずは作者がどのように考えて執筆し、当時の人々はどのように解釈していたかを定めるべきで、そのためにも作品の外部に眼をやり伝記を探究する努力を放棄すべきではない。

本書では、同時代史料からできるかぎり多くの情報を抽《ひ》き出《だ》すことで、生涯の軌跡を明らかにし、とくに公・武・僧の庇護者との関係や活動の場を正確に再現した。大きく六章に分け、最後に徒然草の成立について言及した。徒然草の引用は確実な事績として利用できるところに限定した。中世文学の珠玉の作品に対していかにも冷淡であるかも知れないが、まずは長年の偏りから来た歪みを少しでも修正したいと願うからである。著者の徒然草各章段の解釈については『新版　徒然草　現代語訳付き』（角川ソフィア文庫）を先だって刊行したので、そちらを参照いただきたい。本文の引用も同書に拠る。

一方、読者には兼好の生涯の要点を知りたいという人も多いはずである。そこで伝記的事実を円滑に記述することにも留意した。そのため新しい説を述べたところも、旧説との比較や考証の過程を省いて、明らかになった事実だけを記述した場合もあることをお断りする。史料は適宜読みやすい表記に改め、訓読や現代語訳で置き換えたところもある。詳しい考証は参考文献に掲げた著書・論文に譲った。登場する人物の知名度の低さは争えないから、複雑な人間関係で混乱しそうになった時は索引を活用して欲しい。また年号は北朝年号を用いた。南朝に係わる事柄のみ南朝年号によった。

さて、中公新書編集部の藤吉亮平氏は最初の読者として意見を寄せられ、読者の理解を助ける妙案をさまざま示された。本書が読みやすくなったところがあったとすれば氏の御力である。続いて川﨑美穏氏（慶應義塾大学大学院生）にも一読してもらい、ミスを指摘していただいた。金沢文庫古文書については高橋悠介氏（慶應義塾大学斯道文庫准教授）より御示教を賜った。最後に図版の使用許可をいただいた所蔵者各位に謝意を表する。なお特に注記のない写真は著者の撮影による。

著者記

平成二十九年四月八日

目次

第一章

兼好法師とは誰か

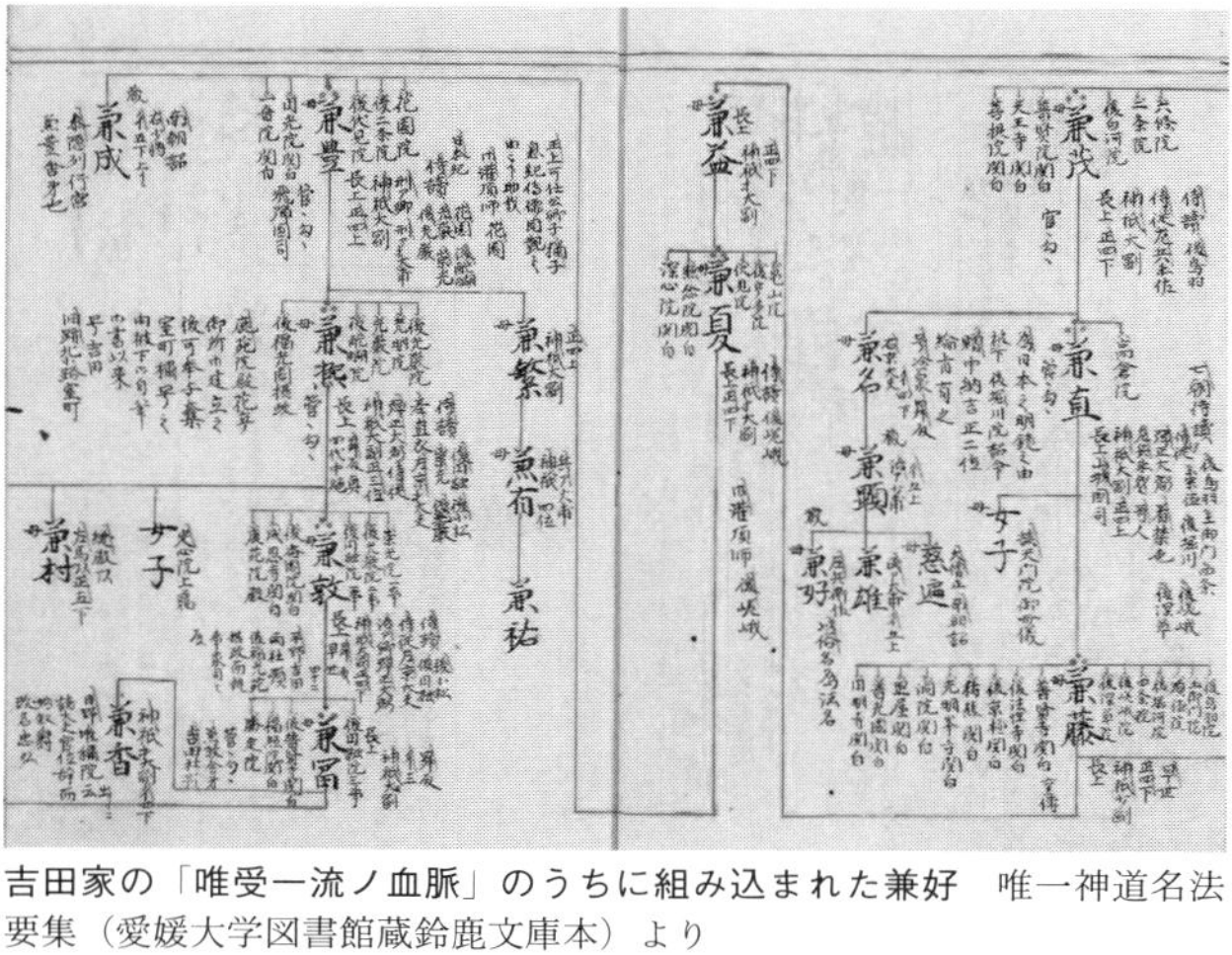

吉田家の「唯受一流ノ血脈」のうちに組み込まれた兼好　唯一神道名法要集（愛媛大学図書館蔵鈴鹿文庫本）より

若き日の兼好像

草庵《そうあん》に住む兼好法師の肖像は印象的である。頭巾《ずきん》をかぶったり脇息《きょうそく》にもたれたりして、書物を前にした姿を御記憶の方も多いだろう。古典文学作品では作者が不明か、作者の名は分かっても素性がよく分からない場合がほとんどなので、後世の想像図とはいえ、兼好法師のキャラクターが鮮明であるのは、その伝記に多大な関心が持たれ、先人の努力によって明らかにされて来たからである。

伝記に欠かせないのは、系譜（係累）と官歴の情報である。

兼好は朝廷の神祇官《じんぎかん》に仕えた公家、卜部氏の出身とされている。南北朝期に成立した諸家系図集成である尊卑分脈《そんぴぶんみゃく》にも卜部氏系図がある。兼好はこのうちで吉田神社の神主をも兼ねた流（後に吉田を家名とする）、治部少輔《じぶしょう》兼顕《かねあき》の子として見えている。兄弟として民部大輔《みんぶだゆう》兼雄《かねお》と大僧正慈遍《じへん》がいる。そこに兼好は蔵人《くろうど》、ついで左兵衛佐《さひょうえのすけ》となった後出家し、俗名《ぞくみょう》を音読みして法名《ほうみょう》としたと記載されている（図版1―1）。

ここからさまざまなことが推測されたが、国文学者の風巻景次郎《かざまきけいじろう》（一九〇二〜六〇）の考証が最も妥当なものとされ、定説となっている（「家司兼好の社会圏」）。活動年代と家柄から推し、兼好はまず後二条《ごにじょう》天皇（在位一三〇一〜〇八）の六位蔵人となり、任期六年が満ちて辞退、その労をもって従五位下《じゅごいのげ》に叙《じょ》され、左兵衛佐に任じた。徒然草や家集には内大臣具守《とももり》（一二四九〜一三一六）をはじめ、その父基具《もととも》・嫡孫具親《ともちか》・弟基俊《もととし》ら堀川家の人々が登場し、兼好が親近していたことが分かる。兼好は堀川家の家司《けいし》であり、同家を外戚《がいせき》とする後二条天

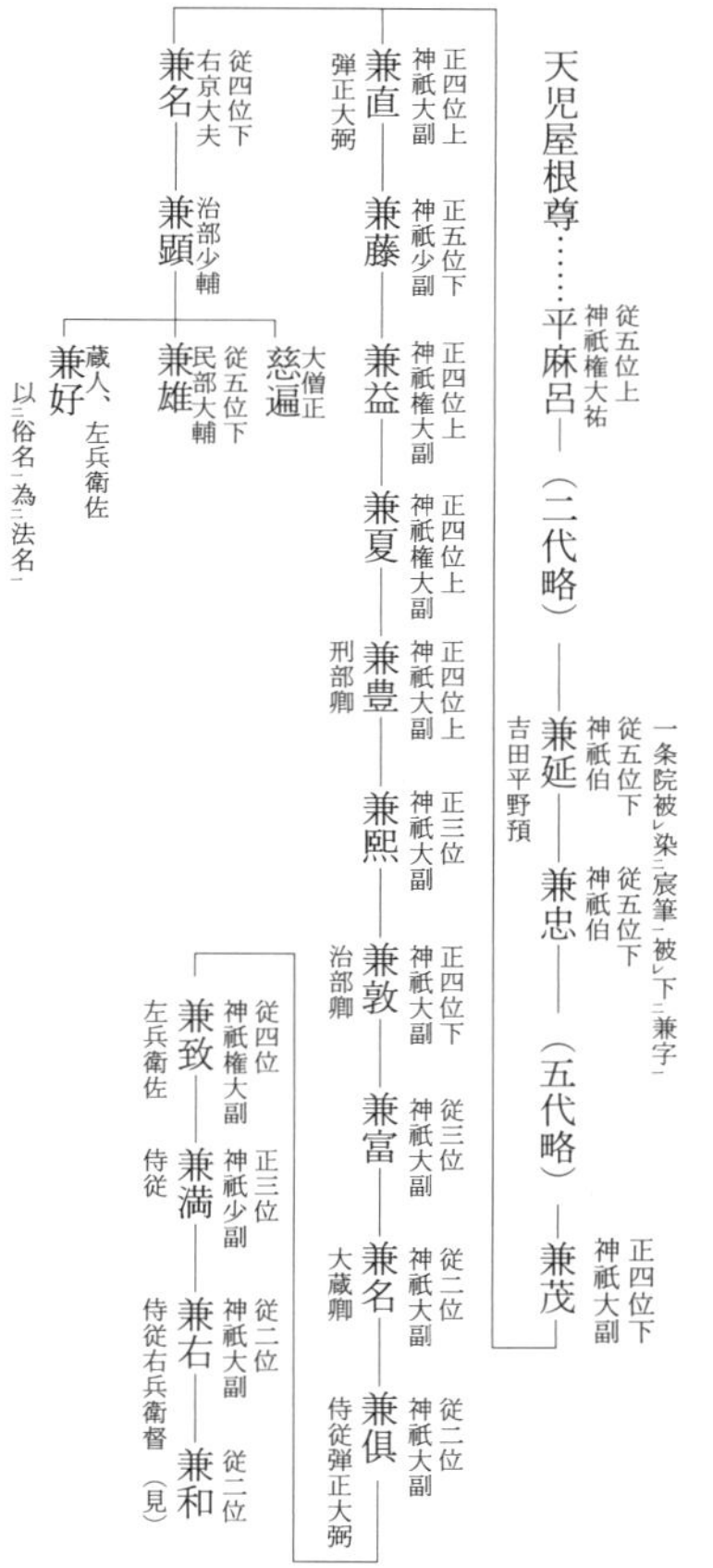

1—1　**卜部氏**（吉田流）**系図**　尊卑分脈刊本より関係部分を抄出

皇が即位するや、抜擢《ばってき》されて若くして蔵人となった、としたのである。

現在の伝記研究はすべてこの説を踏襲《とうしゅう》している。たとえば近年の評伝でも「「家司」というのは、公卿の家の私的な職員のことであり、「蔵人」とは天皇の身辺雑事に携わる公的な官職である。二十代半ばまでの数年間に天皇や貴族の生活・教養に直接触れた体験は、貴族説話や、昔からのしきたりやその由来を記す有職故実《ゆうそくこじつ》章段となって徒然草に書き留められている」（島内裕子『兼好』、ミネルヴァ書房）と、もはや確定した事実として記述され、徒然草に脈打つ王朝文化への憧憬も、若き日に六位蔵人として朝廷に仕えた経験から説明するのが常道となっている。さらに風巻の考証によれば、兼好が蔵人を退いてまもなく、後二条天皇は急逝することになる。堀川家は外戚の地位を失い、兼好も失意に陥ったはずで、謎とされる遁世《とんせい》（正和《しょうわ》二年〔一三一三〕には出家していた史料がある）の一因をも求められる。春秋《しゅんじゅう》に富む青年貴族が、主君に殉《じゅん》じ、将来を断念し遁世したという伝記の組み立ては、兼好にとどまらず、中世の隠者《いんじゃ》像にも投影しているであろう。

卜部兼好伝批判

この通説は完璧に見えるが、疑問を禁じ得ない。

まず六位蔵人は、天皇身辺に奉仕するとともに、政務朝儀の雑役《ぞうえき》をも務めるので、堂上《とうしょう》の廷臣とは日常的に接する。したがって当時の公家日記に頻繁に登場するもので、後二条朝も例外ではないが、兼好だけはまったく見えない。あるいは偶然の史料の欠落が原因かも知れない。しかし激務に尽瘁《じんすい》していたはずの時期、兼好は鎌倉に長期間滞在している（第二章参照）。兼好の関東下向はいずれの伝記も等しく指摘する事実であるが、天皇の側近く仕える身分ではあり得ないことである。

卜部氏は亀卜《きぼく》を家業とした古代氏族で、壱岐《いき》・伊豆《いず》・安房《あわ》などに広く分布していたが、平安時代初期の平麻呂《ひらまろ》なる人物が朝廷に仕え、その子孫が廷臣として活動するようになったといわれる。平安時代中期にいくつかの流が分立し、平野社・梅宮社・吉田社・粟田宮《あわた》などの洛中洛外《らくちゅうらくがい》の神社の祠官となっている。しかしこれら卜部姓の廷臣の地位は極めて低く、官職は神祇官のうちに終始しその次官（神祇大副《じんぎたゆう》・少副《しょう》）に到達するに過ぎない。兼好だけが六位蔵人に補され、さらに左兵衛佐という、れっきとした堂上の官に任じられたことは公家社会の制度・慣習をまったく無視した人事なのである。

そして兼好の父兼顕、兄弟の兼雄・慈遍、いずれも鎌倉中後期に実在の人物である。ところが同時代史料によれば、彼らは互いに血縁関係にはなく、あかの他人である。兼好も卜部姓を名乗ってはいるが、当時の卜部姓の人々は京都以外の地方にも広く分布し、武士や職人にも確認され、少なくとも吉田家と関係があった証拠は他に見出せない。何より兼好の一家

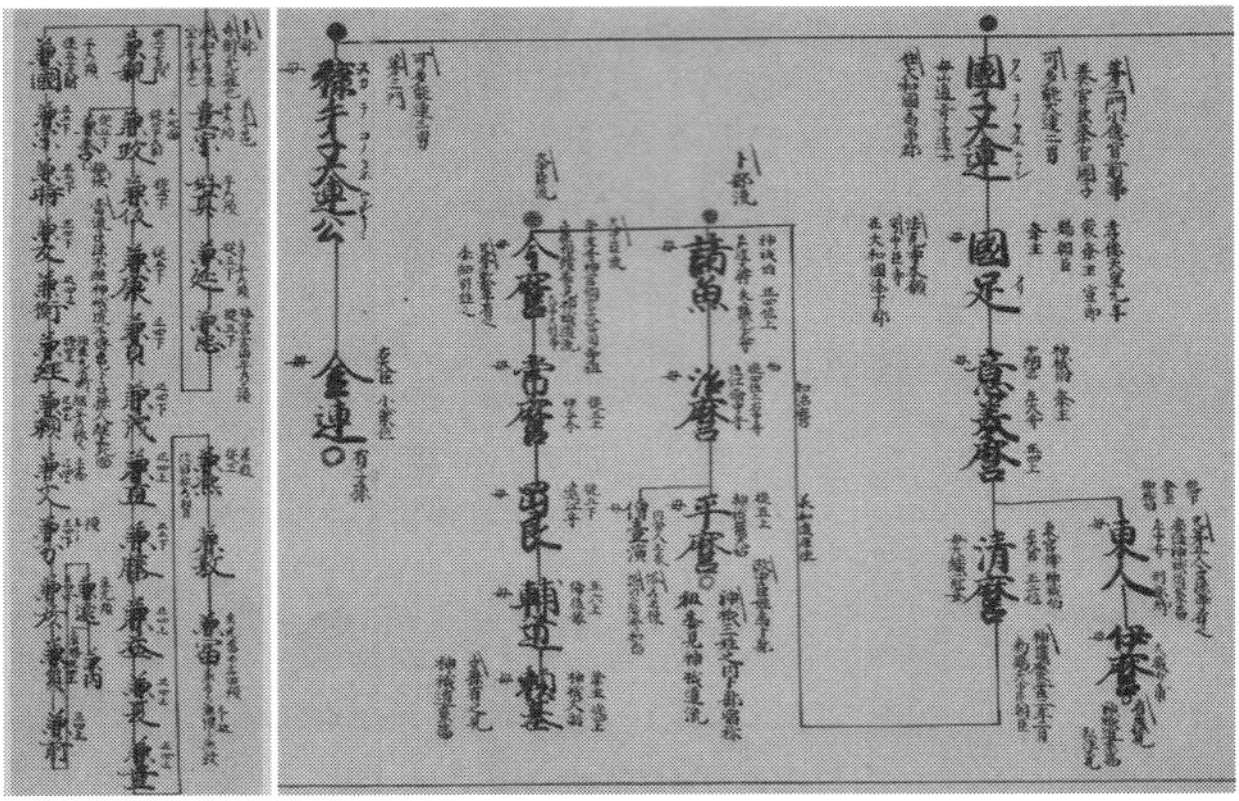

1—2　**古態の尊卑分脈より卜部氏系図**　国立歴史民俗博物館蔵。平安前期の3代しか載せず、その後は略系図が別紙に貼付されるのみ

を載せる卜部氏系図なるものは、尊卑分脈とはまったく関係なく（図版1—2）、吉田家によって十五世紀末頃に編纂《へんさん》されたものが、後に竄《ざん》入《にゅう》したことが判明している（章扉）。

よって、つぎのように断ぜざるを得ない。兼好の一家を掲載する系図は、吉田家がその歴史を粉飾し、鎌倉時代後期の数少ない有名人であった兼好を一門に組み込んだ、捏造である。六位蔵人・左兵衛佐という経歴も同じくデタラメである。吉田家は徳川家康をはじめ諸家の偽系図作成に手を貸したが、これは室町中期の当主にして著名な神道家、兼倶（一四三五～一五一一）の詐計と考えられる。その具体的な手口や動機は最後の章で詳しく述べる。

それでは兼好はいかなる人物だったのか。これまでの研究は多かれ少なかれ風巻説に依拠《いきょ》していたから、既知の史料を考え直さなくてはならない。

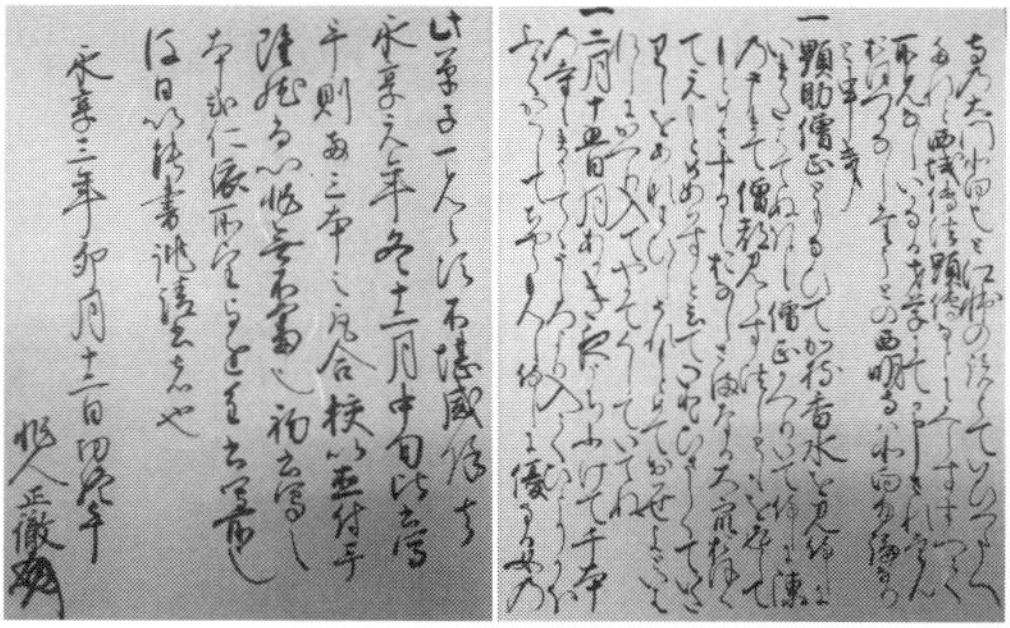

1―3　**正徹本徒然草**　静嘉堂文庫蔵。永享３年（1431）正徹が書写。現存最古の写本

正徹の伝える兼好

兼好は同時代史料には断片的にしか現れない。徒然草について史上初めて言及し、自ら書写した、室町時代の歌僧、正徹《しょうてつ》（一三八一〜一四五九）の証言から出発したい（図版1―3）。正徹物語の七十四段では以下のように語っている。便宜番号を冠《かん》して箇条書きにしてみる。

(1)兼好は俗にての名なり。
(2)久我《こが》か徳大寺《とくだいじ》かの諸大夫《しょだいぶ》にてありしなり。
(3)官が滝口《たきぐち》にてありければ、内裏《だいり》の宿直《とのい》に参りて、常に玉体《ぎょくたい》を拝し奉りけり。
(4)後宇多院崩御《ごうだいんほうぎょ》なりしによりて、遁世しけるなり。やさしき発心《ほっしん》の因縁《いんねん》なり。

(5)随分の歌仙《かせん》にて、頓阿《とんな》・慶運《きょううん》・静弁《じょうべん》〔浄〕・兼好とて、その頃四天王《してんのう》にてありしなり。

生涯の要点をよく伝えているが、この時正徹は七十歳に近く、かつ兼好の活動した時代から百年以上を隔てている。正徹物語は、日頃の歌道《かどう》その他に関する談話二百十三段を門弟（正広《しょうこう》とも蜷川智蘊《にながわちうん》ともいわれる）が筆録《ひつろく》し、文体を一人称に改めて成立したものである。したがって気楽な雑談にありがちな飛躍や憶測、不正確な情報も相当に交じっている（詳しくは『正徹物語　現代語訳付き』「解説」参照）。この言もそうしたものと受け取るべきである。

吟味《ぎんみ》すれば、まず(5)は周知であるから措《お》く。また(4)は後宇多院崩御の十年以上前に出家していることが同時代史料で確かめられ、伝記研究では問題とされていない。一方、(1)は、尊卑分脈の注記が信用できなくなった以上、貴重な情報となる。つまり(1)がなければ、兼好法師の俗名が卜部兼好であるとはいえなくなるのである。(2)は風巻景次郎も大いに注目し立脚したところであるが、かなりあやふやで、なにかの史料に基づくものではなく、徒然草に久我家・徳大寺家の大臣が何名か登場し、兼好は彼らと親しかったと読めることから推測したに過ぎない。そもそも正徹は兼好を「諸大夫」とする。「諸大夫」とは後述するように高位の公卿に仕えてその家政に奉仕した中級公家、ないしそうした人々の属する階層を指す。久我家・徳大寺家にもそれぞれ古くから春日《かすが》家・物加波《ものかわ》家という諸大夫が仕えていた。両家は歴代、主家の家政を取り仕切るかたわら、六位蔵人を務めて殿上にも祗候《しこう》し、さらに和歌も嗜んだ家柄であった。正徹はその活躍を身近で見て、兼好もこの家の人々と同じような存在だろう、と考えたのである。よって具体的な証拠がある言ではない。一方、⑶で兼好は「滝口」であったとする。これも徒然草では宮中のことに多く触れるため、そこからの推測に過ぎないようで、現に滝口は「諸大夫」ではなく、その一ランク下の「侍」が務める役である。談話のうちで矛盾を来たしてしまうのである。

これまで風巻が⑵を採って修正した通説が権威を持っていたから、⑶は無視されていた。しかし⑶にこそ価値を認めるべきであろう。ただ滝口とは正式の官ではなく、蔵人所に属して宮中を警固する職のことであるから、「官が滝口にて」とは実は正確ではない。また兼好が滝口であったことは他の史料で裏付けができない。しかし正徹は少なくとも在俗時の兼好のことを滝口のごとき「侍」ともみなしていた。まずはそのことが重要である。

五位と六位の間

中世の公家・武家の社会階層は、位階《いかい》を目安として、おおよそ、

公卿（三位《さんみ》以上）・殿上人《てんじょうびと》（四位《しい》）―諸大夫（五位）―侍（六位）

の三層に分類される。位階は一位から初位（九位）までに分けて、朝廷が人々に与える栄典で（実際には七位以下は叙されなくなった）、三位以上は正従の別があり、四位以下は正従上下に細かく四分されるが、ここではその別は無視してよい。

公卿・殿上人は内裏昇殿《しょうでん》を許された上層の廷臣で、このうち三位以上が公卿（上達部《かんだちめ》）である。諸大夫は院（上皇《じょうこう》）や女院、摂関・大臣のもとに祗候《しこう》し、その家政に従事する廷臣である。大夫、すなわち五位相当の官に任じられたため、この称がある。「侍」は文字通り地下《じげ》の身で貴人の警衛に当たる者であり、六位相当の官、多くは衛門尉《えもんのじょう》・兵衛尉《ひょうえのじょう》・近衛《このえ》将監《しょうげん》などの衛府《えふ》の判官《はんがん》（三等官）に任じられた。武芸に秀でて前記の滝口のほか随身《ずいじん》・北《ほく》面《めん》・西面《さいめん》などを務める者が目立つから、武士とほぼ同義になっているが、「侍」は階層をも意味し、これを侍品《さむらいほん》ともいった（品とは品秩《ほんちつ》、等級階層のこと）。公家でも最下層の廷臣は侍品に属する。また当時、陰陽道《おんみょうどう》・算道《さんどう》・医道《いどう》といった実務的な技能を家業とする廷臣を「諸道《しょどう》の輩《やから》」と呼んだ。朝廷での地位は低く、「諸大夫」と同格か、その下に位置付けられた。さらに神道を家業として朝廷に仕える大中臣《おおなかとみ》・忌部《いんべ》・卜部の神祇三姓のほか、有力神社の祠《し》官《かん》を務めた祝部《ほうりべ》・津守《つもり》・賀茂《かも》といった諸家は、「諸社の祠官」と呼ばれ、やはり「諸道の輩」と同じ扱いであった。ただし実際の位階は、品秩より一級上に叙されることが多かった。諸大夫が主人である院や摂関の推挙で公卿になることはよく見られる。侍品ではかなり早い時代から、「諸道の輩」を除いて、六位に叙される手続きは略されたようで、まず六位相当の官に任じられた後、官を辞して叙爵（叙従五位下）されている。

それでも、身分階層としての差別は厳密であった。藤原頼長《ふじわらのよりなが》は鳥羽院《とば》寵臣《ちょうしん》で権中納言にまで昇進した藤原家成《いえなり》を「諸大夫」として侮蔑《ぶべつ》していたし、また西光法師《さいこう》が平清盛《たいらのきよもり》に浴びせた「殿上《てんじょう》のまじはりをだにきらはれし人の子孫にて、太政大臣《だじょうだいじん》まで成りあがッたるや過分《か》《ぶん》なるらむ。侍品の者の受領《ずりょう》・検非違使《けびいし》になる事、先例傍例なきにあらず」（平家物語巻二）という罵詈雑言《ばりぞうごん》は、たとえ官は太政大臣であっても、その出自は所詮《しょせん》侍品ではないか、という清盛にとり最も痛い点を衝《つ》いたのである。五位と六位との間は、簡単にいえば殿上と地下との違いであるから、大きな断層があった。

正徹物語のほかには、兼好の官職位階について確実に知られるところがいっさいない以上、兼好は「諸大夫」ではなく、「侍」ないしそれ以下の身分ではなかったか、と推測されるのである。

勅撰集の作者表記

鎌倉時代後期に戸籍も住民票もあるはずはないが、兼好について何とか同時代人による身分証明が見つからないものだろうか。

勅撰和歌集における作者表記が、示唆を与えてくれる。

兼好は、元応《げんおう》二年（一三二〇）に成立した、十五番目の勅撰集である続千載集《しょくせんざいしゅう》に初めて入集《にっしゅう》した（雑歌下・二〇〇四）。その作は遁世後の思いを述べる一首である。

題しらず　　　　兼好法師

いかにしてなぐさむ物ぞうき世をもそむかですぐす人にとはばや
（どうやって心を落ち着かせるものなのか。遁世もしないでこの辛い世間を過ごす人に尋ねてみたい）

兼好は以後の七つの勅撰和歌集に連続して計十八首採られるが、作者表記はすべて「兼好法師」である。

勅撰和歌集とは、治天《ちてん》の君（皇室の家長で政務を執る上皇ないし天皇）の命により、当代歌壇の指導者たる歌人が広く和歌を集め、四季恋雑二十巻に部類排列《はいれつ》した歌集である。古今《こきん》集《しゅう》に始まり、室町時代中期の新続古今集《しんしょくこきんしゅう》まで、五百年余りにわたって合計二十一集が成立しているが、うち九つまでの集が鎌倉時代百五十年間に集中する。続千載集は後宇多法皇《ほうおう》の命により、時の歌道師範である権大納言二条為世《にじょうためよ》が撰進している。

勅撰集編纂はいわば中世の国家事業であるから、集中の表記はその人物の社会的な扱いを反映している。撰者はもちろん、歌人にとってもそれは大きな関心事であった。官職か、実名か。出家者であれば俗名か法名か。また身分が低い歌人は「よみ人知らず」（隠名入集《いんめい》）とされるが、どのくらい低いとそうなるのか。こうした点を間違えればトラブルの種ともなり、かつその集の疵《きず》ともなる。作者表記は厳密に規定され、重要な故実として撰者を出す歌道師範家のもとで蓄積され、体系化されていた。

原則はいくつかあるが、まず諸大夫（五位）以上の者は実名（俗名）を顕し、侍（六位）以下は隠名（匿名）となる。諸大夫で出家した者も俗名である。侍品以下の出家者では、とくに考慮すべき事情があれば、法名で採られる。後者は「凡僧」（僧としての官位を持たない野僧）といい、「〇〇法師」と表記する。入集の名誉は俗名でこそ大きく、法名は、いみじくも兼好が「法師ばかりうらやましからぬものはあらじ」（徒然草第一段）というように、おおっぴらに集を飾る存在ではないのである。南北朝時代はじめ、二条派歌人で兼好とも知己であった藤原盛徳《もりのり》（元盛法師《げんせい》）が編んだ勅撰作者部類《ちょくせんさくしゃぶるい》（勅撰集入集歌人を網羅して身分階層別に掲げ、経歴・入集状況を示した名鑑）でも、兼好は「凡僧」部に見える。（図版1―4）。

西行《さいぎょう》は俗名を藤原憲清《のりきよ》といった北面の武士で、官位は六位左兵衛尉《さひょうえのじょう》である。出家後まも

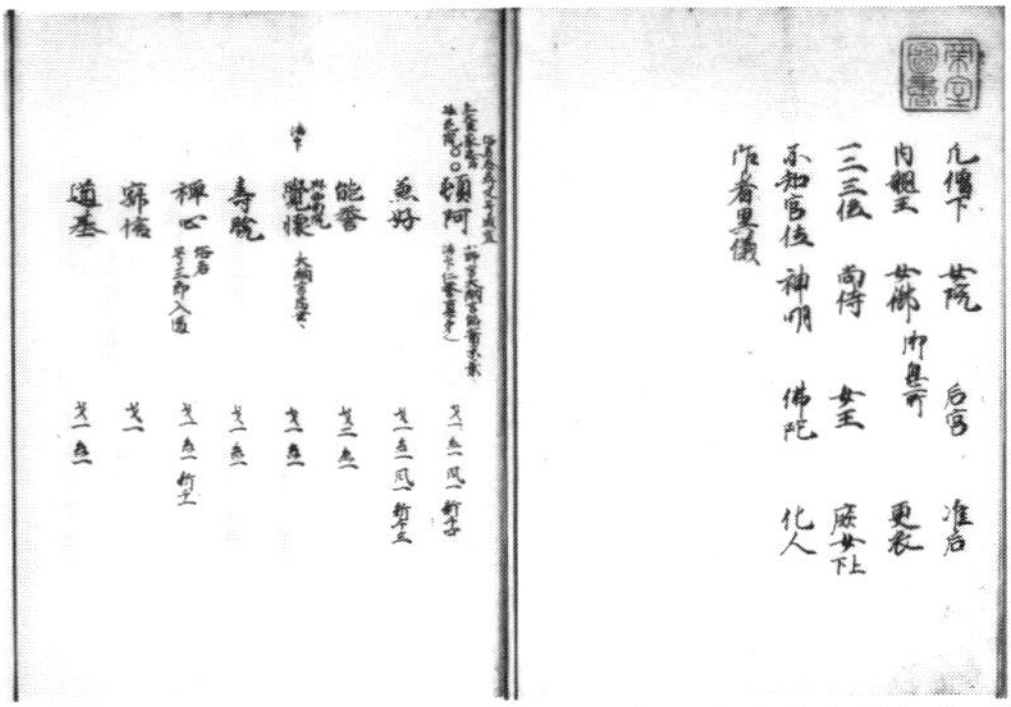

1—4　**勅撰作者部類より「凡僧」部**　宮内庁書陵部蔵。兼好の世系経歴等は一切記されない

なく成立した詞花集《しかしゅう》に一首入集したが、「よみ人しらず」であり、歌僧として名声を得て後の千載集で「円位《えんい》法師」となった（新古今集《しんこきんしゅう》で西行となる）。一方、鴨長明《かものながあきら》《ちょうめい》は従五位下に叙されたため、遁世していても法名「蓮胤《れんいん》」ではなく、俗名で採られている。また鎌倉幕府に仕えた御家人で和歌を愛した者は多いが、侍品であるから、たとえ五位に叙されていたとしても、勅撰集ではやはり六位の扱いであった。そのためたとえば東《とう》（千葉《ちば》）胤行《たねゆき》は素暹《そせん》法師、塩谷《しおのや》（宇都宮《うつのみや》）朝業《ともなり》は信生《しんしょう》法師として入集する。鎌倉時代後期にはこれも緩和されて、北条《ほうじょう》氏一門を筆頭に俗名で入集する武家も現れるが、それでも六位の侍は隠名、どうしても名を顕して欲しければ法名にする、という原則は崩れていないのである。そうすると名前を顕すために出家することもあり得る訳で、近代人が憧憬してきた「遁世」とは、実は多くの地下歌人にとり、かえって世に知られるための手段となっていたことは認めざるを得ないであろう。

以上のことからすれば、勅撰集の「兼好法師」の表記は、おのずとその出自層を語っていたのである。仮に朝廷に出仕した経験があっても、六位で終わったことを示す。西行と同じく侍品に属することは明白である。もし通説のように蔵人・左兵衛佐のような官に昇り五位に叙されたならば、遁世しても必ずや俗名で表記されたはずである。続千載集完成の数年後、元亨《げんこう》二年（一三二二）三月に成立した私撰《しせん》集の拾《しゅう》遺現《いげん》藻《そう》和歌集（撰者未詳）で兼好の作は「よみ人しらず」とされてしまった。こうした私撰集もまた勅撰集に准じて編纂されるので、要するに侍品としても隠名か顕名か定まらない程度の身分であった。

庇護者との関係

出自が侍品であると定まれば、兼好が深く関わり、生計の資を得ていた権力者との間柄もおのずと見直しが求められる。誰しも想起するのは、太平記巻二十一・塩冶《えんや》判官讒死《ざんし》の事に伝えられる高師直《こうのもろなお》とのエピソードであろう。暦応《りゃくおう》・康永《こうえい》年間（一三三八〜四四）、将軍足利《あしかが》尊氏《たかうじ》の執事として権勢を振るっていた師直は「兼好と言ひける能書の遁世者」に艶書《えんしょ》（ラブレター）を代筆させ、思いが届かなかったと知るや大いに機嫌を損じて「いやいや、物の用に立たぬ物は手書《てかき》なりけり。今日よりして兼好法師これへ経廻すべからず」と出入り禁止にするというもの。この話題、江戸時代から極めて有名で、さまざまに脚色され人口に膾炙《かいしゃ》した。そのため兼好伝を記す者にとっては一種不都合な真実で、一生の過錯《かさく》として惜しんだり、あるいは南朝忠臣として足利氏の家内不和を萌《きざ》させるため敢えてした苦肉の策としたり、さらにこの兼好は徒然草作者とは別人であるなどと、「常に兼好のために弁解がましい筆を取っているのである」（冨倉徳次郎『卜部兼好』）。たしかにこの幇間《ほうかん》的な姿は、れっきとした廷臣の出自、後二条天皇ほか大覚寺統の天子に親しく仕えたとする経歴とはあまりに乖離《かいり》する。しかし、通説がもはや意味を持たないとすれば、両者の関係はほぼそのまま受け取ってよいのである。このような「手書」は右筆《ゆうひつ》（秘書）としてさまざまな公私の文書作成に携わるほか、主人のために雑用を弁ずるのが常であった。

そして師直の前に兼好が奉仕していたのが、北条氏一門の実力者で短期間鎌倉幕府執権も務めた金沢貞顕《かねさわさだあき》であった。つまり兼好が武家権力者に奉仕する生き方は一貫しており、鎌倉・室町両幕府においてまったく変化していないのである。

ルーツは伊勢か

現時点では兼好の出自は若年の一時期卜部姓を名乗ったこと以外は不明である。出家後も俗姓は一度も問題とされていない。生国も依然として分からない。兼好の意識は完全に京都の人間のそれであり、長く住んだはずの鎌倉の風土さえ、一定の理解は示すものの所詮野蛮な異郷であるとの考えを棄てなかった。また次章以下に述べるところによって、兼好の活動もまた都市京都のうちにあり、出自や生国がほとんど問題にならないことがおのずと知られるであろう。

その上で敢えて推測すると、伊勢国、そして神宮祭主であった大中臣氏との関係が浮かび上がる。祭主とは伊勢神宮の祭祀を掌《つかさど》る職で、神祇大副が兼ねたが、当時は神道を家業とする廷臣大中臣氏に独占されていた。祭主の扱いは朝廷では必ずしも高くはなかったが、神宮にあっては宮司・禰《ね》宜《ぎ》の上に君臨し、伊勢国に鞏固《きょうこ》な支配を敷いた。とくに神宮膝下《しっか》である度会《わたらい》・多気《たき》・飯野《いいの》のいわゆる神三郡《しんさんぐん》では独自に検非違使《けびいし》を任じて検断権を行使し、法廷を設置して訴訟を審理するなど、独立した領主といってよい。祭主は京都にも邸を持ち、富裕をもって鳴らした。歌人としても知られる、平安中期の祭主大中臣輔親《すけちか》は、洛中六条室町に豪奢《ごうしゃ》な邸を建て、優美な生活を楽しんだが、そこには無骨な「伊勢武者」も祗候させていたという（十訓抄巻七）。

伊勢神宮には朝廷が祈年祭・両度月次《つきなみ》祭・神嘗《かんなめ》祭の四度、恒例の奉幣使《ほうへいし》を遣わすことになっているが、いずれも祭主の沙汰であった。うち神嘗祭のそれを例幣使《れいへいし》といい、院政期にはその使者に卜部氏が加えられた。卜部氏と伊勢神宮との縁はここから深くなり、祭主に臣従して在国する者も現れた。

兼好は鎌倉後期から南北朝期にかけてたびたび祭主に補された大中臣定忠《さだただ》・親忠《ちかただ》父子と親しく、正和五年（一三一六）正月、四十五歳で没した定忠の追善《ついぜん》として、結縁経《けちえんぎょう》和歌（法華経二十八品より各品の経文を題として和歌を詠ませる催し）を詠んでいる（家集・二六）。

祭主定忠卿身まかりて追善に結縁経の哥すゝめ侍りしに、方便品《ほうべんほん》

をしなべてひとつにほひの花ぞとも春にあひぬる人ぞしりける

（どこもかしこも同じ美しさの花だと春に巡り会った人は知るのだ——この春亡くなった故人はただ一切の衆生を導く唯一の教えに出逢ったことであろう）

上句には方便品の「十方仏土中《じっぽうぶつどちゅう》、唯有一乗法《ゆいういちじょうほう》」の句意を寓し、花を法華《ほっけ》の実になぞらえている。詞書《ことばがき》によれば、この結縁経和歌は自ら勧進したものとなる（丸山陽子「兼好と大中臣定忠周辺」）。兼好はまだ三十代半ばであり、歌壇に知られる以前であった。したがって歌人としての地位や活動を示すものではなく、定忠との関係によるのである。そして当時の主従はしばしば擬制的父子関係を結んだことから、恐らくは定忠の猶子《ゆうし》（名目上の養子）となり、追善したのであろう。

実は鎌倉時代、祭主大中臣氏は卜部氏からたびたび妻室を迎えて、結びつきを強めたが、

それはすべて平野流の人である（図版1―5）。平野流の当主は祭主から御厨《みくりや》（伊勢神宮の荘園）を給付され、生計の資としていた。両家は一体ともいえ、現に平野流卜部氏では極官の神祇権大副に任ずると、しばしば大中臣姓を名乗っているのである。

さらに兼好の出家後の動静には、祭主そして平野流卜部氏との関係を保っていたことを窺わせるものがいくつかある（小川「兼好法師の伊勢参宮」）。とくに貞和《じょうわ》二年（一三四六）に三《さん》宝院賢俊《ぼういんけんしゅん》の参宮に随伴して伊勢に下向したのは、この所縁を買われてのことらしく、この点は第五章で詳しく述べる。

兼好も系譜は依然未詳ながら、卜部氏で伊勢神宮と係わりを持った一族から出たのであろ

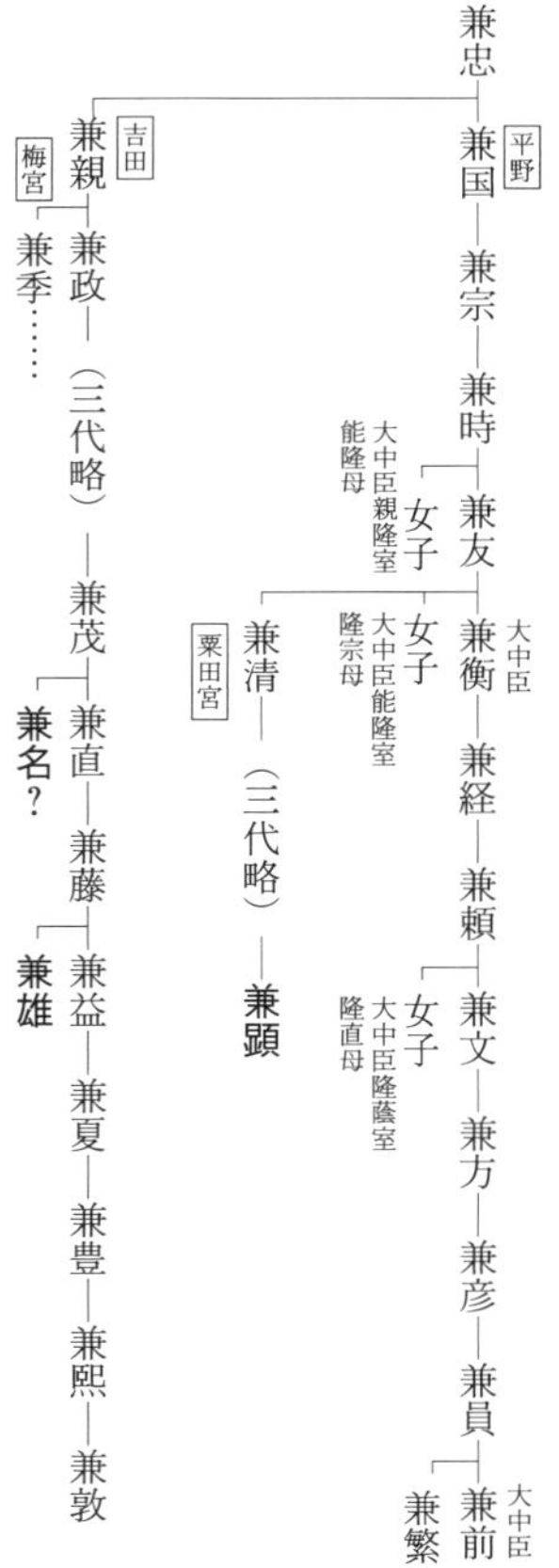

1―5　**卜部氏**（平野流）**系図**　同時代史料により作成　太字は兼好の近親とされた人物

う。すると血縁上は平野流が近いはずである。しかし、父は法体《ほったい》であったらしく、また自身も任官した形跡がないので、嫡流から分岐して数世代を経た傍流に生まれた可能性が高い。さきにも言及したように祭主は在京生活が長く、兼好の一家も神宮領を与えられて在京の資としながら仕えていたのであろう。身分が侍品であるとしたら、17頁に触れた「伊勢武者」のような存在だと思われる。徒然草に神祇への関心が比較的稀薄であることも異とするに足らない。

鎌倉への下向

兼好のルーツが伊勢に求められるとすれば、最初の足跡が鎌倉に見出だされることも理解しやすくなる。伊勢国はもと平家の地盤でもあったから、鎌倉幕府はその支配に腐心した。源頼朝は挙兵当初から神宮の祭主一族や内外宮の祠官を厚遇している。こうしたことから神宮関係者は鎌倉との結びつきを強めていった。

延慶《えんきょう》三年（一三一〇）成立の柳風和歌抄《りゅうふうわかしょう》は鎌倉幕府関係者を対象とした私撰集で、撰者も当時鎌倉にあった冷泉為相《れいぜいためすけ》と推定されている。現存本は五巻一四〇首足らずをとどめるに過ぎないが、大中臣定忠を筆頭に神宮関係者が六名も入集しており、定忠自身鎌倉に下向した経験があるか、鎌倉歌壇と深い交流を有したらしい。

徒然草では伊勢や神宮にも言及するが（五十・百三十三・二百二段）、ここでむしろ重要なのは、鎌倉後期六十年間にわたり伊勢国守護職を独占したのが、兼好とも関係の深い金沢《かねさわ》流北条氏であったことである。その被官（家臣）が守護代として現地に入ることで、武家の力が徐々に国内に行き亘るようになった。とくに三代当主の貞顕は伊勢国支配に積極的であったらしい。貞顕は三重郡に大日寺（現三重県四日市市寺方町）を建立し将軍御願寺とするなど、まずは北部諸郡に勢力を扶植した後、神三郡にも影響を及ぼすようになり、祭主との交渉も多くなった。貞顕自身が六波羅探題《ろくはらたんだい》在職中、徳治《とくじ》元年（一三〇六）八月に参宮を遂げている。兼好の一家はそれより少し前に鎌倉に下り、貞顕の周辺で活動しているのである。

将軍御所に祗候する廷臣は鎌倉前期から見られるが、この時期には北条氏に仕える下級公家も出現した。たとえば医師丹波遠長《たんばのとおなが》は北条貞時《さだとき》の、陰陽師安倍有宗《あべのありむね》は同じく名越公時《なごやきみとき》の祗候人（家人）であった。有宗は徒然草二百二十四段に登場し、鎌倉での兼好の知友であった。北条氏一門はそれぞれこうした「諸道の輩」を召し抱えており、兼好の一家の下向も同じような事情かと推測される。

それでは次章で兼好在俗時の動向を唯一伝える史料、金沢文庫古文書を分析することにしたい。

第二章

無位無官の「四郎太郎」
——鎌倉の兼好

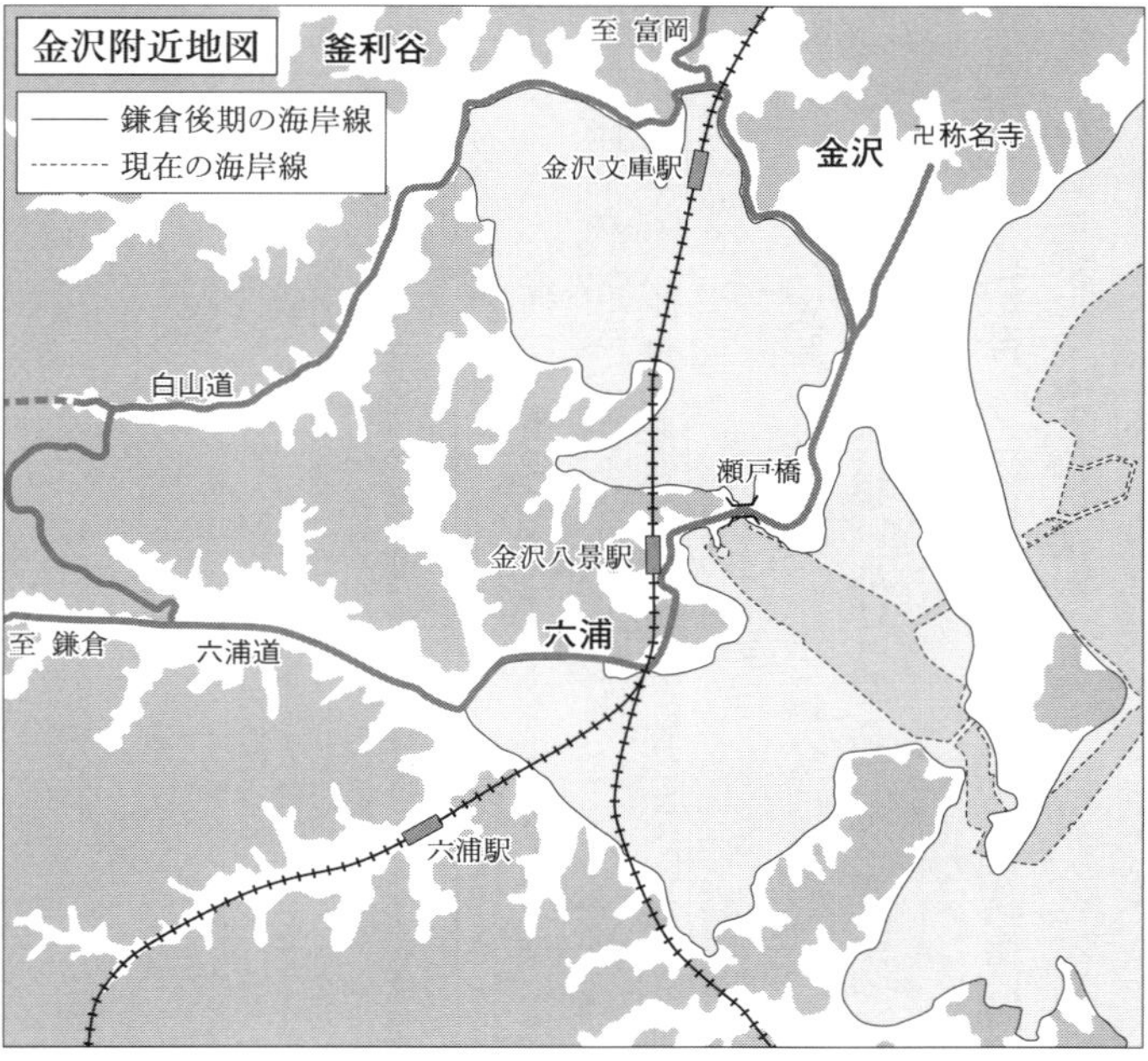

武蔵金沢と金沢流北条氏

三浦半島の付け根、東京湾に面した入江に六浦《むつうら》がある。武蔵国の南端に位置し、今も京急逗子線の駅名にその名を止める。鎌倉の海が遠浅で外海に接するのに対し、六浦は内海に臨んで穏やかな天然の良港であり、古くから水上交通の要衝であった。そのため平安末期には六浦および近隣の金沢《かねさわ》・釜利谷《かまりや》・富岡の四郷が仁和寺《にんなじ》を領家とする荘園となった（章扉）。

鎌倉に興った武家も六浦《むつら》荘の重要性に着目し、北条氏は同荘の地頭職《じとうしき》を手に入れて、一門の政治家、実時《さねとき》（一二二四～七六）を据えたのであった。実時が荘内の金沢郷に別業《べつぎょう》を営んだことにより、金沢が一門の号となった。嫡流は実時の後、顕時《あきとき》（一二四八～一三〇一）、貞顕（一二七八～一三三三）、貞将《さだゆき》（一三〇二?～三三）と四代相い承けて、幕府滅亡に至った（図版２―１）。

金沢流は北条氏嫡流の得宗家《とくそう》には従順で、信任を得た。三代貞顕は短期間ながら執権に登庸《とうよう》された。とはいえ暗闘騒動の絶えない鎌倉に処世する苦悩は深かった。六浦の入江に島々が点在する名勝は、後世にも金沢八景と謳われ、金沢流の当主もここに遊んでは心身をしばし休めたのであった。歴代の墓所も営まれた。実時が両親のため建立した金沢の阿弥陀堂を起源とし、一門の信仰の拠点へと発展を遂げたのが称名寺《しょうみょうじ》である（図版2—2）。

称名寺は真言律宗の寺院である。真言律宗とは南都西大寺《さいだいじ》の叡尊《えいそん》を中興の祖とし、とくに戒律を重視した宗派で、橋梁や道路の整備、民衆の救恤《きゅうじゅつ》など社会事業に熱心であった。そのため武家政治家の帰依が篤かった。叡尊の弟子忍性《にんしょう》は長く関東にあり、北条重時《しげとき》を主な

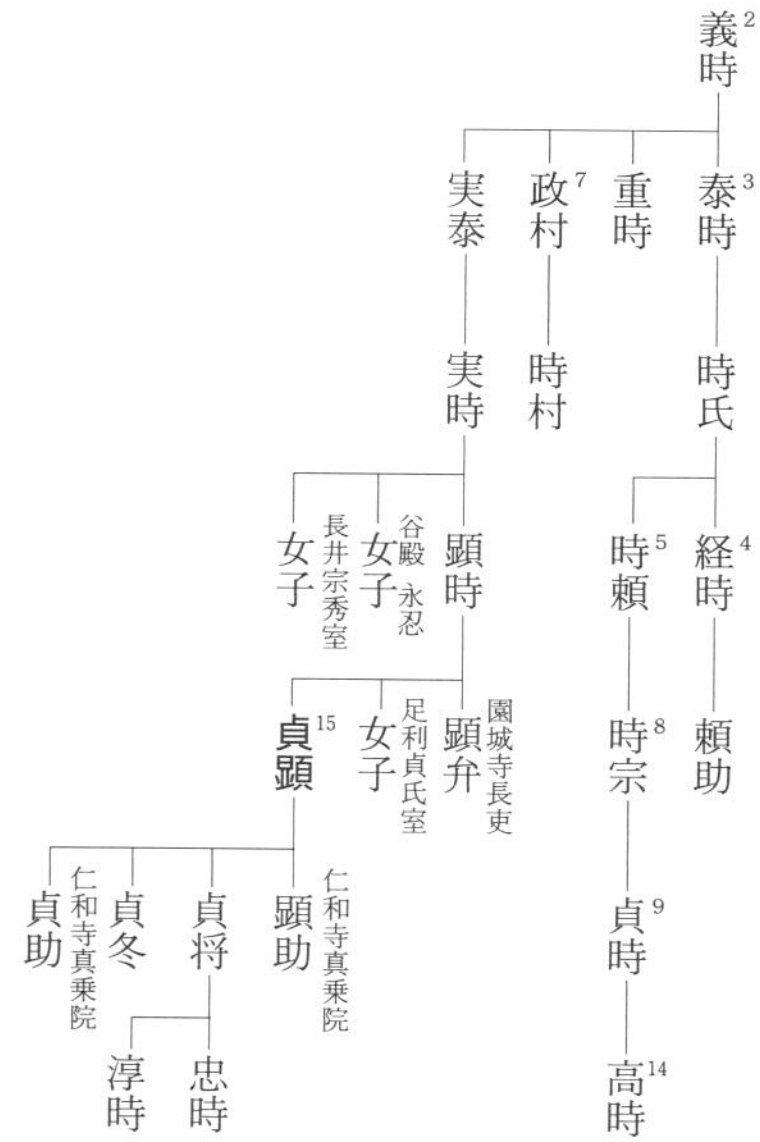

2—1　金沢流北条氏系図　数字は執権の就任順

2—2　称名寺境内

檀那として、鎌倉西端に極楽寺《ごくらくじ》、ついで多宝寺《たほうじ》を開いている（重時の子孫を極楽寺流と称する）。実時もまた、当初は称名念仏を主としていた称名寺を律院とし、文永四年（一二六七）に、忍性の推薦により、妙性房審海《みょうしょうぼうしんかい》（一二二九〜一三〇四）を長老（住持）に迎えたのである。審海は三十余年にわたり同寺に住し、金沢流一門を教化し続けた。なお称名寺は極楽寺・多宝寺、そして忍性・審海がかつて住した常陸の三村寺《みむら》（現茨城県つくば市小田）とは密接な人的交流を有した。教学上は仁和寺からも深い影響を受けている。

称名寺長老は、金沢流の当主が最も心を許せる相談相手であった。とりわけ第三代当主貞顕と、称名寺二代目長老となる明忍房釼阿《みょうにんぼうけんな》（一二六一〜一三三八）との交流は最も長期間にわたり、かつ重要である。その交際圏に「兼好」「卜部兼好」「うらへのかねよし」と名乗る人物が現れて来るのである。

「ふるさと」の金沢

これまでも徒然草の作者兼好と関東との係わりは強い関心を集めて来た。徒然草によっても金沢との縁が深かったことは明らかで、三十四段では、粉末にして練香の材料とする甲香《かいこう》という貝を「武蔵国金沢といふ浦」で実見し、土地の者はこれを「つなたり」と言ったと、自らの見聞を語る。さらに家集・七六番歌には左のような詠がある。

むさしの国かねさはといふところに、昔住みし家の、いたうあれたるに泊まりて、月あかき夜

ふるさとの浅茅《あさじ》が庭の露のうへに床は草葉とやどる月かな

（昔住んだ場所の、わが家の庭は茅萱が生い茂る、そこに露が宿って月が光っているが、まるで寝床は草の葉であるといわんばかりの月であるなあ）

詞書から「兼好は金沢に一定期間居住し、後年再び訪問した」ということが導かれる。ただし、兼好の家集は詠作年代もテーマも無視して排列したものなので（第六章参照）、いつのことかはまったく不明である。兼好の関東下向は二度や三度であったとは思えないし、この感慨は二度目以後ならば何度目の下向であってもよい訳である。「昔住みし」とは、十年くらいの単位ではなかろう。

「ふるさと」は難しい言葉である。昔住んで馴染んだ場所とするのが最も穏当で、「故郷」とは表記するが、現代のように出身地とまではいえない。歌語としては「経《ふ》（旧）る里」、かつて栄えたが今は忘れられ荒廃した都（ないしそれに準ずる地域）、つまり奈良・明日香・吉野などが好んで「ふるさと」と詠まれた。平忠度《たいらのただのり》の有名な「さざなみや志賀の都は荒れにしを昔ながらの山桜かな」の歌は「故郷花《ふるさとのはな》」という題で詠まれているから、「志賀の都」、

つまり近江京のあった大津を「ふるさと」と表現したことになる。「浅茅」は丈の低い茅萱《ちがや》のことで、荒廃を象徴するアイテムである。ところで「浅茅が原」でも「浅茅が末」でもなく、「浅茅が庭」と言う時、それは住居そのものを含む。古典和歌で住居を詠む時、なぜか「家《いえ》」という語はほとんど使われず、「宿」「軒」「庭」などを用いる。直截な表現を好まないこと、また詠者の視線（和歌の約束として、作中主体は屋内に座して外を見遣るのである）と関係するが、「浅茅が庭」はそれだけで荒廃した住居を十分すぎるほどに表現しているのである。たとえば「昔見し外山《とやま》の里はあれにけり浅茅が庭に鳴の伏すまで」（新勅撰集・雑五物名・一三六六、有仲。傍線著者、以下同）も同じで、鳴が隠れるほどに雑草が繁茂する我が家を見て、里が荒れてしまったことに気づくのである。すると、兼好の歌の「ふるさと」も住居だけではなくその一帯ととらえてよい。そもそも敢えて詞書に「むさしの国かねさは」の地名を出したのも意味があろう。鎌倉幕府滅亡後、庇護者を失った六浦金沢は急速に衰微してしまっており、そのことは読者も知っていたはずである。ならば南北朝期に入った後の詠と見るべきである。

金沢文庫と称名寺

ところで金沢流北条氏と称名寺といえば、ただちに金沢文庫のことが想起される。多数の漢籍の善本を蔵して、内外の校勘学者に尊重された、我が国有数の文庫である。「金沢文庫」印のある古典籍はいまなお愛書家垂涎《すいぜん》の的である。中世武家文化の遺産として、足利学校とならんで名高い存在である。

実時が蒐集《しゅうしゅう》した典籍を収めた別業内の文庫がその濫觴《らんしょう》とされている。蒐書はその後も続けられ、貞顕の時に最も充実したようである。そして隣接する称名寺が蔵書の管理を委ねられ、金沢流北条氏滅亡後は自然と寺に帰する結果となった（現在の金沢《かなざわ》文庫は、昭和五年〔一九三〇〕に神奈川県がかつての文庫の跡地に近代図書館として建設したもので、典籍・文書のみならず幅広く地域の歴史・文化の研究と成果還元を行っている）。

一方、称名寺の学侶たちも教学研鑽のため、しきりに仏典（聖教《しょうぎょう》）を書写している。当時の学問の体系ではこうした聖教類こそ主柱であり（現在確認される金沢文庫本でも、国書は一割、漢籍は二割程度、残りが仏典である）、それはもちろん檀越《だんおつ》の金沢流の支援し差配するところであった。具体的には金沢流の人々が日常やりとりした書状が提供され、裏面が書写に再利用されている。紙が貴重品であった時代、書状が使用目的を達して廃棄されると、典籍の書写に使われた。その一次利用面に遺った文書を紙背《しはい》文書と称する。

室町時代・江戸時代と、称名寺は存続したもののかつての繁栄は失われた。蔵書の多くは庫外に持ち出されて散佚《さんいつ》の憂き目にあった。しかし聖教類は注意を払われることなく放置され続けた。近代には九棹の長持に入れられたまま、鼠害虫害《そがいちゅうがい》に晒されていたという。初代金沢文庫長となった関靖《せきやすし》（一八七七〜一九五八）が初めてこれを開封し、ぎっしりと詰め込まれた聖教の紙背が、金沢貞顕をはじめ鎌倉後期の有名無名の人々の自筆書状であることに気づいた。これが金沢文庫古文書の発見である。金沢文庫古文書は、信頼すべき記録の乏しい鎌倉中後期にとって根本史料となり、中世人の肉声をよく伝えている点でも唯一無二といえる史料群である。

金沢文庫古文書の構成と特色

関は早速、聖教紙背に残る書状を復原する事業に着手し、東京大学史料編纂所の相田二郎《あいだにろう》（一八九七〜一九四五）の協力を得て、影印と翻印を進めた。戦争で中断を余儀なくされたものの、最終的には『金沢文庫古文書』十九冊として刊行されている。利用者の便宜をおもんぱかってのことであろう、輯録《しゅうろく》された文書は差出人の名前を冠され、身分別に整理された。文書番号は六九八七に達している（以下「金文」と略し文書の引用はこの番号を示す）。

当時の書状は本紙《ほんし》・裏紙《うらがみ》の二枚に記し、さらに礼紙《らいし》（懸紙《かけがみ》）と呼ばれる一紙を添え、立紙《たてがみ》という白紙で包んだ（図版2―3）。本紙の大きさは、現代のB4からA3ほどである。貞顕と周辺の人々から使用済みの書状が称名寺に与えられ、集積された後、適当な大きさに切断

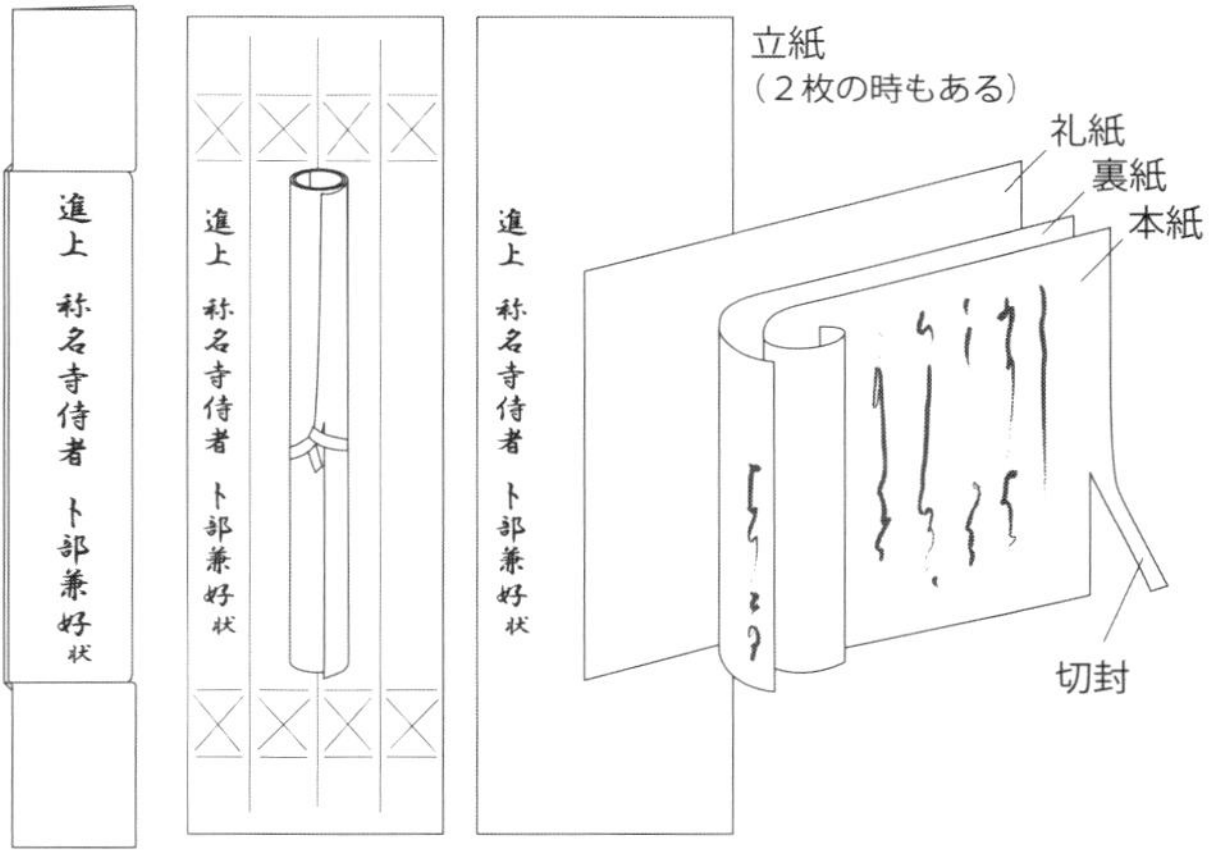

2―3　本紙・裏紙・礼紙・立紙の関係

され審海・釼阿・湛睿《たんえい》・熙允《きいん》ら歴代長老が聖教書写に用いたのである。もとの書状のパーツは聖教の近接した丁に集まりやすいものの、文字が多くて紙が黒々しては裏面利用に適さないから、書状の一部だけが残存する例も多い。もちろん一つの書状が複数の聖教の書写に使われることもある。内容・筆跡から書状を復原していくことはピースの欠けたパズルのようなもので、その困難が察せられよう。しかも大半は差出人も不明、年代も明記されたものはごく少ない。それを推定し排列した『金沢文庫古文書』の功績は極めて大きいが、もちろん現在では修正を要するところもある。たとえば昭和十五年八月、関・相田は、差出人を欠き裏紙も失われた氏名未詳書状を兼好書状であると発表し、大きな話題となった。

『金沢文庫古文書』に兼好法師書状（金文一二三七号）として収められたのがそれであり、あちこちで引用されるが、現在では別人の書状として否定されている（高橋秀栄「兼好書状の真偽をめぐって」）。新文書の発見や番号の統一（複数の番号を持つ書状断簡が実際は同じ一通であったと判明した場合など）による訂正は今もなお続いている。

重要文化財指定のため、昭和五十年代から金沢文庫では文書の再調査が進められた。『金沢文庫古文書』は二次利用面である聖教にはあまり配慮していなかったが、平成二年（一九九〇）に刊行された『金沢文庫文書目録』は、『金沢文庫古文書』未収録の文書を含めて、再び整理番号（台帳番号）を振り直し、また誰のいかなる聖教に利用されたかも明らかにしている。聖教の所持者、あるいはその書写年代が判明すれば、紙背の書状の年代もある程度は定めることができる。

金沢貞顕という政治家

金沢文庫古文書の全貌が明らかになるにつれ、金沢貞顕は中世でも最も輪郭鮮やかな武家政治家の一人となった。とはいえその印象は必ずしも颯爽としたものではなく、「書物や茶事を愛する文化人で、周囲に細やかな配慮を払う一方、決断力には欠け、また幕閣内での昇進にのみ汲々とし、保身を事とする小人物」といったところか。幕府と運命を共にしたため、彼の日常が取り上げられて批判的に語られることもあるが、結果論的な人物評はいささか酷であろう（図版2―4）。

貞顕の書状は、家督継承直後から、正慶《しょうけい》二年（一三三三）三月、実に幕府滅亡の二ヶ月前までの三十余年間に六百五十通ほどが残存している。ただし、残存状況には時期的な偏りがあり、貞顕が六波羅探題として京都にあった期間が最も多い。探題は北方・南方の両頭制で、貞顕は南方ついで北方をあわせて十年間務めた。

2―4　**金沢貞顕**（1278―1333）**像**　称名寺蔵

貞顕の官位昇進は順調で、左衛門尉・東二条院蔵人となった後、永仁《えいにん》四年（一二九六）四月左近将監に任じて叙爵した。いわゆる左近大夫将監である。そして乾《けん》元《げん》元年（一三〇二）七月六波羅探題南方となり上洛した。二十五歳である。

探題は家臣を伴った。貞

顕の家臣団には鵜沼《うぬま》・賀島・倉栖《くらす》・富谷・二宮・中野・平岡・向山《むこうやま》などの諸氏が確認される。それぞれ関東に名字の地を持つ武士で、金沢流北条氏の所領拡大によって被官となり、家政を分掌した。たとえば鵜沼は伊勢国の守護代を務めていた。なお兼好は下総国下河辺荘《しもこうべ》（現茨城県古河《こが》市から埼玉県八潮市に及ぶ大荘園。金沢流北条氏が地頭職を所持した）に拠点を有した倉栖氏の出身とする推測が関靖以来あるが、倉栖氏は平姓であるから、肯《がえ》んずることはできない。それでも知己であったことは十分想像できる。

京鎌間を往復する人々

名誉とはいえ、慣れぬ京都の地で連日公家・寺社との折衝を求められる六波羅探題は、北条氏一門にとり嬉しくはない地位であった。貞顕も鎌倉に帰りたいと口にする。しかし右筆たちは粛々と職務をこなした。とりわけ「御内祗候人」であった倉栖兼雄《かねお》は、貞顕と同年輩であったが、よくこれを輔佐した。この時期の貞顕書状は兼雄の代筆が目立つ。後年、兼雄七回忌にあたり母の尼随了《ずいりょう》が捧げた諷誦文《ふじゅもん》では「二代の賢太守に仕へて、一家の管領仁に当たり、重々の功勲を策《た》てて、度々の使節を遂ぐ」と讃えられている（金文六一〇三号）。

さて金沢文庫古文書に見える氏名未詳の仮名書状のうち、かなりの数がこの時期の当主や一門の女性に仕える女房のものらしい（女性は原則署名しない）。ところで金沢流北条氏の僧侶・女性には、貞顕の在京を好機に上洛する者があり、寺社参詣や遊山を楽しんでいる。釼阿も嘉元《かげん》元年（一三〇三）九月から半年余り在京し、貞顕夫妻の歓待を受けた。実時の娘で、貞顕には叔母かつ養母でもあった谷殿永忍《やつどのえいにん》は、一門女性の中心的存在であった。この谷殿が嘉元三年から翌年にかけて上洛、貞顕の妻妾らをも率いて畿内を巡礼している。貞顕は釼阿に「さてもやつどの御のぼり候て、たうとき所〳〵へも御まいり候」（金文四七四号）と言い遣るが、女性たちの書状ではもちきりの話題で、「さても御ものまうで《（物詣）》、いまはそのご《（期）》なき御事にて候やらん」（金文二九八三号）、「なら《（奈良）》うちはのこりなくをが《（拝）》みて候し、きやう《（京）》にはとりあつめ四五日候しほどに、ゆめ《（夢）》をみたるやうにてこそ候へ」（金文二八五一号）といった具合である。なお奈良下向では谷殿が「御あつらへもの丶日記」（金文二七四九号）を忘れず携えたことを報告しているが、留守の人たちが希望した土産物リストらしい（かつての海外旅行を髣髴《ほうふつ》とさせる）。周囲含めて賑やかな女性であるが、谷殿の話題が目立つのは、彼女宛ての書状が多数釼阿にもたらされたからである。さらに倉栖兼雄の「母儀尼」も上洛して来た（金文五六一号）。当時の上層の人々、女性も僧侶も意外に行動的であった。

六波羅と鎌倉・金沢の間では、彼らの往復に託して、しきりに書状が取り交わされたことも理解できよう。貞顕が要職にあったこともあり、この時期の書状には興味深い内容が多く、金沢文庫古文書のうちでも最も充実した文書群といえる。貞顕も自身のもとに到来した書状をストックしておき、帰鎌後、釼阿に渡した。実に兼好の名前が見出される史料は、すべて貞顕の探題在職中、釼阿とのやりとりのうちにある。まずこのことを押さえておきたい。

使者を務める兼好

延慶《えんきょう》元年（一三〇八）十一月十一日の貞顕書状（金文五五四＋一六号）は、かつては本紙・裏紙別々に登録されていた書状が一具のものと判明し、年代も確定した、幸運な史料であるが、兼好に言及した最古の確実な史料でもある。宛所は「謹上　称名寺長老」とある通り、この直前、称名寺長老となった釼阿に宛てた手紙である。これも倉栖兼雄の代筆であり、貞顕は花押のみを据えている。

俊如《しゅんにょ》御房上洛の便に、去月十一日の御状、兼好帰洛の時に、同十二日の禅札、各《おのおの》委細承り候ひ了《おわ》んぬ、極楽寺長老当寺に入御、目出《めで》たく候、又大殿（金沢実時）卅三年御仏事、如法経以下重畳《ちょうじょう》の由承り候ひ了んぬ、懇懃の御追善等、定めて唐捐（むなしいさま）ならず候か、是《これ》にも当日を迎へて小仏事を修し候ひ了んぬ、覚守《かくしゅ》僧都導師として、金玉を吐き候き、その間の子細略し候、兼て又寺用の綿幷びに所々未進などの事、厳密に沙汰を致し申すべく候、この便宜の内に、公文所《くもんじょ》に下知し候ひ了んぬ、又全錦の事、兼雄（倉栖）沙汰を致し候か、同じく重ねて下知を加へ候ひ畢《おわ》んぬ、又敦利（向山）下向の使節の事、ことにことに□（心カ）本無く候、必ず御祈念あるべく候、世上といひ寺中といひ、無為の条、殊に承り悦び候、他事状に尽し難く候、恐々謹言、

十一月十一日　　越後守（花押）

謹上　称名寺長老御返事

冒頭に「俊如御房上洛の便に、去月十一日の御状、兼好帰洛の時に、同十二日の禅札、各委細承り候ひ了んぬ」とある。俊如房戒誉《かいよ》は、称名寺と金沢流北条氏が仕立てた貿易船を指揮して、元に渡航した僧である。この二年前に無事帰朝、船は金沢まで回送され、多大の財貨をもたらした。戒誉はしばらく金沢に逗留した後上洛し、釼阿はこれに十月十一日付の貞顕宛て書状を託した。続いて翌日にも手紙を認《したた》め、それを兼好に持たせた。あいついで二通の手紙を受け取った貞顕が、釼阿に送った返事がこの書状である。

現代と違って、手紙が遠方の相手に届いたかどうかは、確認するすべがない。相手からの来信を待って初めて不着を知れば、時間のロスは大きくなる。そのため、同じ内容を連続して送ることも仕方がないことであった。「御状」も「禅札」も釼阿の書状の尊称で、ともに無事届きました、とまず報告した訳である。

ここに「兼好帰洛の時」とある。兼好は延慶元年十月十二日までは確実に鎌倉にいて、釼阿の手紙を携えて十一月上旬までに京都に着いたことになる。「帰洛」の表現から兼好の出自を京都とする向きもあるが、これは彼の帰属に関わることである。この書状に登場する倉栖兼雄・向山敦利《あつとし》も貞顕の使者となって鎌倉に下向し、同じように釼阿の書状を託されて上洛しているが、それを貞顕は「掃部助《かもんのすけ》帰洛の便に、御状昨日到来」（金文三二号）、「敦利帰洛の便を以て」（金文一〇一＋一五＋二八号）などとする。要するに主人が京都に住んでいるため、被官が「帰洛した」と表現したに過ぎない。使者の出身地は直接関係しない。

すると兼好もまた、この時期には貞顕のために使者や右筆の用を弁じていたと考えざるを得ない。さらに貞顕は、称名寺の用いる綿や年貢滞納につき公文所に下知したと告げている。この公文所は金沢流北条氏の所領文書を管理する家政機関で、鎌倉の本邸に置かれていたと考えられる。それに「この便宜の内に（この幸便のついでに）」下知したとあるので、戒誉・兼好のいずれかがすぐ東下し命を伝えたことになる。

しかも兼好は呼び捨てにされ、官位も尸《かばね》も付されない。当時貞顕の官位は越後守正五位下である。やはり兼好はそれより下、すなわち六位かそれ以下の侍品であったとするほかない。通説では当時の兼好は蔵人の任期を終え、五位の左兵衛佐であったとされる。それは決して貞顕が呼び捨てにできる相手ではない。

なお、兼好の確実な署名を伝える二点の立紙（金文一二二八・一二二九号）も、釼阿に宛てた書状に属する（図版2—5）。侍者（おそばつきの僧）に宛てた形式は鄭重で、名の下に付す「状」字も書札礼《しょさつれい》の一つで、上所の「謹上」と対応し、「等同之人ニモ少シ上レル人ニモコレヲ書ク」（礼秘抄）という。すると釼阿の長老就任の延慶元年十一月以後のものとなる。二点のうち「進上」はより厚礼なのでそちらが後であろう。一方、裏面に聖教（後七日御修法開白次第胎蔵界）が書写されたのは応長《おうちょう》元年（一三一一）八月のことである。書状の発信はこの三年足らずの間に限定されるので、先に引用した金文五五四＋一六号にも近接する。残念ながら肝腎の本紙・裏紙は数度の悉皆《しっかい》調査によってもいまだ発見されていないが、兼好の私信ではなく、右筆として貞顕の意を奉じていた可能性もある。釼阿に対する礼法は貞顕被官のそれに共通する。

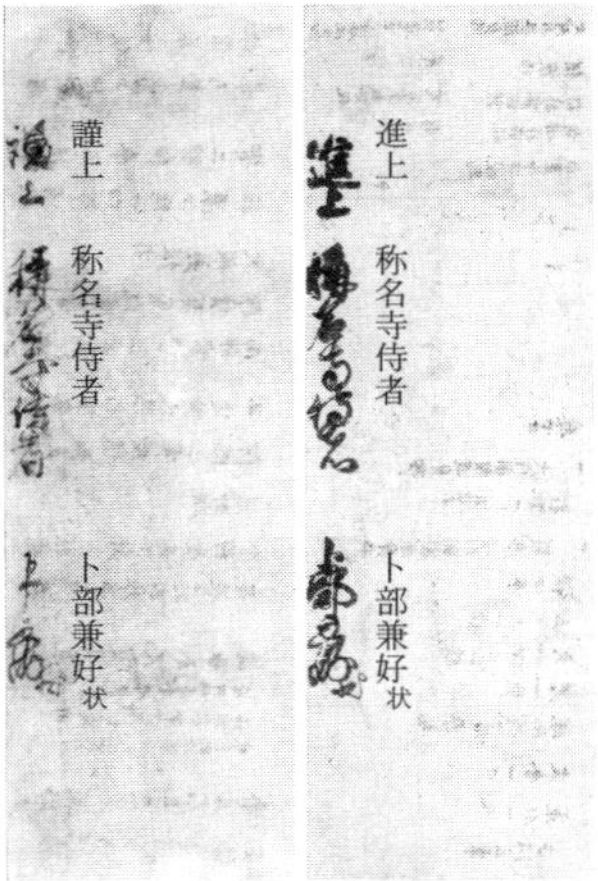

2—5　兼好書状の立紙　称名寺蔵

「うらへのかねよし」の現れる書状

そして「うらへのかねよし」が登場する氏名未詳書状がある（金文二八〇一号）。まずは書状の全文を原文のまま掲げる。裏紙（第二

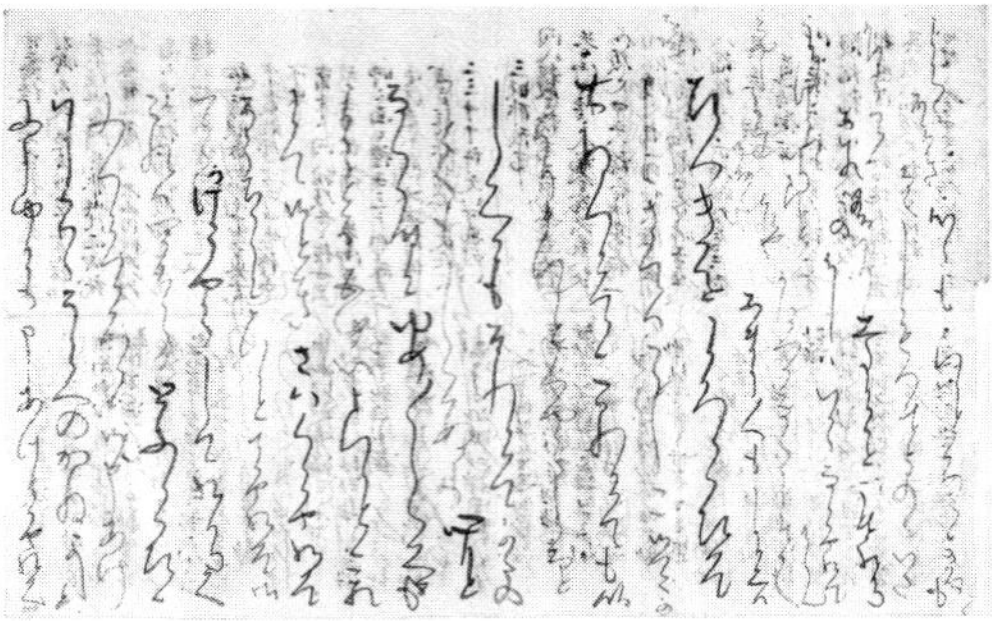

２—６　**氏名未詳書状**　称名寺蔵、金文2801号

紙）を欠くので、文面の前半と末尾が残ることになる（図版２—６・口絵２）。

つゝもまいらせ候へく候、さてもしもつけとのゝいたはり大事に候とうけ給はり候しは、いかゝならせ給て候らん、おほつかなくこそ候へ、あまり人もしに《死》候へは、よに〳〵あちきなくおほえて候、あはれいのちのうちにけさん《見参》にいりまいらせ候はゝや、みやうにん《明忍》の御房へも、をなしく申たく候、あなかしく、

ひんきをよろこひ候て申候、さてはことしこ御てゝ《父》の七ねんにて候、これにても仏つくりまいらせ、くやうしなとし候へとも、それにてかたのことくもし候はぬも、心もとなく候時に、ゆめ〳〵しく候へとも、ようとう《用途》五ゆい《結》まいらせ候、これにて御とき《斎》さはく《捌》らせ給候て、そうちう《僧中》にまいらせさせ給候て、御てゝかけうやう《孝養》して給はり候へ、これは四郎太郎かとふらひ候ふんにて候へく候、御申あけはし候ハヽ、うらへ

のかねよしとふしゆ（諷誦）にも申あけさせ給候へ、○中闕

仮名文であり、内容からも、差出人・受取人とも金沢流北条氏に関係した女性と見られる。林《はやし》瑞栄《みずえ》は、関靖の考えを受け、正中《しょうちゅう》元年（一三二四）貞顕の被官倉栖兼雄の七回忌にその母が発信したとし、「うらへのかねよし」は倉栖兼雄の弟であると繰り返し主張した（『兼好発掘』）。この推定は根拠に乏しく、そもそも当時既に出家している兼好が俗姓で記されるはずはないが、林は批判を受けても自説を撤回せず、不毛な論争が続いた。兼好の伝記では、金沢文庫古文書の分析には概して慎重で、たとえば冨倉徳次郎『卜部兼好』もこれらを引用しながら「こうした書状断片の内容については、推定説に止まるので、ここには一説として紹介するに止めたい」と忌避してしまった。兼好その人について最も多くの情報を与えられるはずながら、このような書状があるという以上の扱いを受けていない。

まず、この書状の史料的性質について考えたい。この書状も秘鈔《ひしょう》口決《くけつ》という聖教の第二冊の紙背に存する。これは仁和寺御室守覚法親王《おむろしゅかくほっしんのう》（一一五〇～一二〇二）の著した「秘鈔」を醍醐三宝院流の学僧教舜《きょうしゅん》が注解した真言事相書《じそうしょ》で、釼阿は称名寺で延慶二年（一三〇九）から翌年にかけて本書十四冊を書写させている。したがってこの書状は当然それより前のものとなる。しかも文中で「みやうにんの御房」とするところから、釼阿の長老就任前、延慶

元年十一月以前とさらに限定できる。ところで、この秘鈔口決の料紙から、もとの文書を復原すると、二百四十余点が得られる（うち書状は二百三十余通）。そのほか和歌を記した料紙があり、二種の歌会本文が再構成される（「卜」と名乗る作者がおり、兼好であるらしい）。復原された書状群の年代を考証すると、確実なもので最も遡るものは嘉元元年（一三〇三）二月二十六日、最も降るものは徳治二年（一三〇七）十月晦日である。つまり最長で六年、最短二年ほどで二次利用されたことになる。差出人は貞顕、受取人は釼阿が最も多いが、例の谷殿永忍からもたらされたものが十九通もある。したがって差出人・受取人未詳の仮名書状には、貞顕に伴って上洛した女性たちが谷殿はじめ一門の女性たちとやりとりしたものが含まれると推定される。嘉元三年秋の谷殿の上洛と遊山、それから徳治元年九月の極楽寺の焼亡（寺内に住む谷殿も焼け出された）を話題とする書状が目立つのである。

そしてこの二八〇一号氏名未詳書状も、ちょうどこの間、嘉元三年夏のものと考えられ、史料の性格上京都からの発信の可能性が高い。書状の表面には別の書状の文字が反転して映っており（口絵2参照）、谷殿の鎌倉下着を伝える文面である（実物は発見されていない）。これを墨映文書というが、文字のある面同士を重ねて湿らせ（皺を取るためである）プレスしながら一定期間保管していたため起こる現象である。二八〇一号が嘉元三年前後の書状群にまとめられていたことを示す（小川「卜部兼好の実像」）。なおこれらの女性たちの書状の料紙はおおむね良質で、二八〇一号も綺麗に漉《す》かれた厚楮紙である。彼女たちの生活が富裕なものであったことを窺わせる。

兼好の母と姉

それでは大意を記す。――よい便があったので申します。今年は「こ御てゝ」（亡き御父上）の七回忌です。こちらでも造仏などして仏事を営みましたが、定式の通りにそちらで仏事を修しませんのも気に懸かります折から、些少ではありますが、用途五結（銭五千文）を差し上げます。これで食事など沙汰されて、僧衆へ差し上げられ、御父上の孝養をなさって下さい。これは「四郎太郎」が供養する分です、諷誦《ふじゅ》（経文や偈頌《げじゅ》を声を上げて読むこと）を捧げますならば、「うらべのかねよし」と申し上げて下さい。……ところで「下野殿」（旧知の女房か）の病気が革《あらた》まったと聞きましたのは、その後どうなったでしょうか。このところ亡くなる人があまりに多くて、実にやるせない気分です。生きているうちあなたにお目にかかりたいものです。明忍御房（釼阿）にも是非逢いたいものです。かしこ。――およそこんなところであろう。失われた中間部には用途が些少であることを繰り返し歎く文言があったと推測できる。

ある近親間で「こ御てゝ」の七年の仏事が話題となっている。「てゝ」とは父を指す幼児

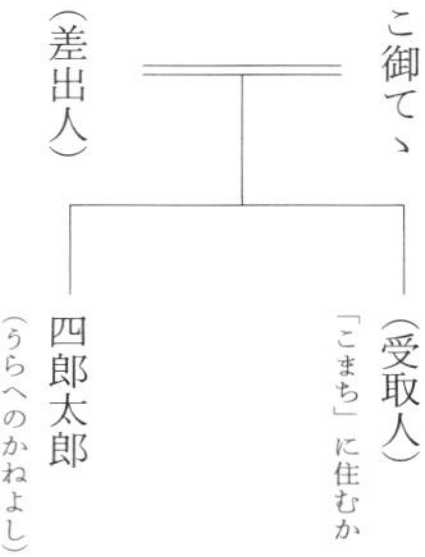

2―7　兼好の一家

語である。受取人は故人の娘であり、その立場で差出人は「こ御て丶」と記したのは、内輪でのやりとりだからである。声調から年配の印象を受けるので、差出人は受取人の母、つまり「こ御て丶」の妻であろう。二人とも釼阿とは旧知の間柄で、現にこの書状を釼阿が利用したのだから、受取人は釼阿と接触できる距離、すなわち金沢・鎌倉近辺にいたことになる。差出人はすぐに受取人や釼阿と面会できない訳で、やはり京都にいたとするのが蓋然性が高い。

「こ御て丶」の仏事は、釼阿を導師として、称名寺で修されたのである。受取人は仏事を差配する立場にあるが、差出人がその分だとして供養料五百文を送った「四郎太郎」が名目上の施主となる。そして四郎太郎は「こ御て丶」と差出人の子で、受取人の兄弟となる。仏事は受取人が差配しているから弟であろう（図版2―7）。

仮名は四郎太郎

素直に解釈すれば、受取人に宛てて、四郎太郎の分の仏事を行えと指示しているのだから、諷誦を捧げる「うらへのかねよし」こそ四郎太郎である。つまり四郎太郎が仮名、卜部兼好が実名である。仮名《けみょう》は元服時に実名（諱《いみな》）とともに付ける通称で任官の間まで用いられる。父の仮名が四郎で仮名《かりな》その長子であったのだろう。

故人の追善に際して、供えた布施物や功徳を記して僧に諷誦を請う文書を諷誦文《ふじゅもん》という。この書状でも差出人は直接には諷誦文について指示しているのである。その書式は一定で、

敬白。

　請諷誦事。

　　三宝衆僧御布施……。

右……、所請如件、敬白。

　年月日　弟子某敬白。

となり、施主の実名を最後に明記する。ここでは官・位・姓・尸・名を列ねた正式の名乗りでなければばならないから、「うらへのかねよし」の名で諷誦文を作らせたのであろう。諷誦を捧げる以上、故人の嗣子《しし》であるとみるのが自然である。

同時代の事例を顧みたい。応安《おうあん》三年（一三七〇）に没した近江守護六角氏頼《ろっかくうじより》のため、遺族が作らせた諷誦文が複数現存する（迎陽文集《こうようぶんしゅう》）。七回忌では後室が施主となり、「永和《えいわ》二年六

月七日　弟子藤原氏女敬白」とある。嗣子満綱《みつつな》（のち満高《みつたか》）は八歳、元服前なので、後室を施主に立てたのである。その後、十三回忌の時には元服した満綱が施主となった。諷誦文にも「永徳二年六月七日　弟子正六位上源朝臣満綱敬白」と定型通りに署名している。

ところが、当時は元服したといってもそのまま成人と認められる訳ではない。六角満綱はいまだ対外的には仮名で称されている。満綱の仮名も「四郎」であるが、この前後、室町幕府の発した御教書《みぎょうしょ》は依然「佐々木四郎殿」宛てである。正式な名乗りは諷誦文などの特殊な場合に限られ、依然仮名が用いられていたのである。またこの諷誦文には「正六位上」とあるが、当時の六位はとくだん叙位の手続きを経るものではなかった（11頁）。つまり自称に過ぎず、要するに無位ということである。一般に武士は六位相当の官に任じられて初めて官途名を名乗り（たとえば倉栖兼雄は掃部助、向山敦利は左衛門尉）、社会的に一人前であると認知されるのである。

さきの書状でも、近親間では仮名の「四郎太郎」であるが、諷誦文では「うらへのかねよし」と表記するよう指示したものだとすれば、よく理解できよう。つまり嘉元三年（一三〇五）当時の兼好は、元服したとはいっても、いまだ任官せず、仮名で通用するような立場であったことになる。しかしこれより三年後には上洛して貞顕への使者を務めるのだから、二十歳にはなっていよう。任官していないのは幼弱という理由ではないと思われる。39頁に掲げた立紙の「卜部兼好状」という署名も無官の者のそれなので、出家まで正式な官途に就かなかった可能性が高い。

亡父の仏事を催す

兼好の母とおぼしき差出人は、「これにても仏つくりまいらせ」とあるように、独自に仏経供養を含む追善仏事を行ったが、娘らしき受取人にも行うように命じたのは、ほんらい正式な仏事を営むべき兼好が自分のもとではなく、鎌倉ないし金沢にいたからであり、かつそこに故人の墓所があったからであろう。

追善仏事は菩提寺の僧が管領するものであった。実際、金沢文庫古文書には、金沢流北条氏の当主・一門・被官の、追善仏事に関係する文書も非常に多い。施主の側では前もって仏事の内容を打ち合わせて、称名寺に依頼した。

たとえば延慶二（または三）年三月、十年近く前に没した貞顕の父顕時（正安《しょうあん》三年三月二十八日没）の遠忌に際して、例の倉栖兼雄が仏事の内容を指示した書状が参考になる（金文一〇〇＋五五七号）。貞顕が六波羅探題南方の任を終えて鎌倉に復帰していた時期である。

釼阿に導師を依頼した上で、本尊は「当寺の弥勒」、経は「八十華厳《はちじゅうけごん》」、諷誦文の執筆者は恵雲公という僧、御布施は三十結、政所から奉行人が納入すると指定し、二十七日の幕府での評定の後、貞顕が参寺して「陀羅尼《だらに》」を聴聞するので、「御局」を用意して欲しい、と伝えている。これは宝篋印《ほうきょういん》陀羅尼経（徒然草二百二十二段でも「亡者の追善」に利益あるとしている）で、称名寺境内、顕時の墓前で唱えられるのである。「御局」とは聴聞の特別席を設《しつら》えよ、ということであろう。いかにも有能な執事らしいテキパキした文面で、これなら貞顕も諸事安心して任せられたであろう。

布施の額は、さすが当主の父だけあって、遠忌でも三十結、別に僧食料《そうじき》（参加した僧衆への食事代）を十結準備している。一方、兼好の一家では五結、「これにて御とき《（斎）》さはく《（捌）》らせ給候て」と、僧食料も含んでおり、やはり被官層の規模であろう。しかし当時の物価からすれば少額とも言い難い。「ゆめ〳〵しく」とするのは謙遜であろう。

姉は「こまち」に住むか

兼好の母のものとおぼしき氏名未詳書状の内容が、だいぶん具体的になって来た。ところで、二八〇一号と同じく秘鈔口決本鈔巻二の紙背にある氏名未詳書状（金文二六一九号）は、同書巻八末の料紙となった書状（金文二七九八号）と一具で、「こまちより」と署名する女性が、「明忍の御房の御りやう」つまり釼阿に宛てたものと判明する。現代語訳をともに示す。

よろづ一かたならぬあはれさ申つくしがたき心ちし候、あなかしく、

つねに申うけ給はりさぶらふへき御ことには思ひまいらせ候ながら、さしたる御事の候はぬには、ほどのとをさと申候、うと〳〵しき御ことにて候、心よりほかにおもひまいらせ候、又あすはこ御てゝの正日にて候へば、はか《（墓）》などへもまいりたく候に、此御一しゆき八月にて候を、前にとて、御仏事とりこされ候程に、さすけ《（佐介）》のれん《（蓮）》花寺に如法経のをこなはれ候に、たうじ《（当時）》こもりて候か、御かた〴〵にもみな〳〵御つどいにて候に、これは又おほやけの中のわたくしなる心地しさぶらひて、いづれもけちえん《（結縁）》にてこそ候へ、いとおもひ候て、よろづわたらせをはしましさぶらへは、はかにてのたら《（陀羅尼）》になどは御とぶらひ候らんと心やすく思ひまいらせて候、十五日にぞ、はか《（墓）》へもまいり候へく候、十四日はこれの御はかどもへまいりさぶらひ、又□《（ふ）》でたて《（筆立）》にて候、

（いつも御音信いただける間柄とは思っておりますが、さしたる事もなく、距離もあるせいか、やや疎遠な御様子ですが、心ならず思っております。明日は亡父の正忌でありますので、墓などへも参りたいと思っておりましたところ、この御一周忌が八月でありますのを、前にということで、御仏事を前倒しになされましたら、佐介の蓮華寺で如法経供養が行われましたのを、現在参籠しておりまして、御歴々みな参会されるので、これはまた皆様のことに私のことも兼ねた気持ちが致しまして、ともによい縁ではないかと思いました。すべて深く思われていらっ

しゃるので、墓前での宝篋印陀羅尼なども唱えて弔って下さっただろうと期待しております。十五日に墓参いたします、十四日はこちらの墓などに参り、写経立筆したいと思います。万事通り一遍でない感情も到底言い尽くせない気持ちです。かしこ。）

明日は「こ御てゝの正日」なので、称名寺に墓参したいという。この「こ御てゝ」は、問題の二八〇一号の「こ御てゝ」と同一人である可能性が極めて高い。同じ聖教の同じ冊の料紙に使われたことからして同時期の書状に相違なく、「こ御てゝ」の墓が称名寺にあることも、これまでの考証と一致する。すると差出人は、二八〇一号の受取人、兼好の姉と推定される女性となる。筆跡は若い手に見える。小町はいうまでもなく鎌倉市中の一角で、北条氏一門の邸が集まる繁華な土地である。貞顕の本邸は鶴岡近くの赤橋《あかはし》にあったから、彼女は他のしかるべき一門に仕えた女房なのかも知れない。

「こ御てゝの正日」のすぐ後に、「此御一しゆき」と出て来るので混乱するが、これは釼阿と関係の深い、別人の一周忌である。当時、釼阿がこれを修すべき人物といえば、前長老の審海しか考えられない。審海の一周忌は嘉元三年六月十二日だが、五月に鎌倉で騒動（嘉元の乱）が起き、市中は混乱の極みにあったから、その余波で延引され、八月と定められていたのであろう。したがってこの書状は嘉元三年六月か七月となる。二八〇一号もその直前と定まる。差出人は亡父の遠忌に称名寺に墓参する予定であったが、八月に予定されていた審海の一周忌が結局前倒しで行われ、ちょうど参籠していた佐介ヶ谷《さすけがやつ》の蓮華寺《れんげじ》（称名寺と極めて関係深かった）では審海のため面々参集して如法経供養を修しており、これを聴聞できたので、そちらには（亡父の正日ではなく）十五日に墓参します、と告げる。亡父のためにも宝篋印陀羅尼を唱えて欲しいと望んでいる。審海と亡父の墓は同じ区域にあるのだろう。なお差出人の家の近くにも墓があったらしい。この女性は釼阿に対しても自分の父を「こ御てゝ」と再三表現するので、一家が釼阿とは極めてうちとけた関係にあることは間違いない。

亡父の素性

もう一点、関係があると思われる書状がある（金文五〇三号）。やはり本紙のみを存する。倉栖兼雄の筆跡である。

> 先日拝謁の後、何条《なじょう》の御事候や、久しく案内を啓せず候の際、不審少からず候、そもそも来る廿二日は故《こ》黄門《こうもん》上人位《しょうにんい》の仏事、先々の如く御寺に於いて定めて行はるべく候か、よつて小林《おばやし》の女房よりかの仏事の為に五結進《まい》らせられ候、最少の事に候ふ事、返す返す歎き入り候の由、よくよく申さるべく候ふ由、内々申し遣はされて候、□分何

様にも廿二日ハことさら聴聞〇後闕

これまで金沢貞顕書状とされて来たが、「拝謁」「何条の御事」という丁寧な言い回しから、倉栖兼雄書状とすべきであろう。

二次利用面の六浦瀬戸橋造営棟別銭《むなべちせん》注文土代《どだい》（金文五二四九号）によって、嘉元三年四月以前、あまりそれを遡らない頃の書状と見られる。「御寺」は称名寺に違いなく、恐らく釼阿宛てである。来る二十二日、前々と同じく「故黄門上人位」の仏事をきっと修されることであろう、「小林の女房」より布施として「五結」を進上した、些少で恥じ入っている旨よく申してくれと言われている。ともかく仏事はかならず聴聞したい、という内容である。

故人の追善の話題であり、女性から布施が送られたこと、額が「五結」であり、少額と恥じ入るなど、二八〇一号の内容によく一致する。同じ家族のことならば「小林の女房」が兼好の母、「故黄門上人位」が「こ御てゝ」、兼好の父となる。「黄門」は中納言の唐名だがここでは公名《きみな》か。公名とは大寺の童《わらわ》の、近親先祖の官名に因む幼名で、しばしば出家後も用いられた。また「上人位」といえば法橋《ほっきょう》（法橋上人位。第三階の僧位）が思い浮かぶ。ならば「中納言法橋」と称された官僧となる。しかし法橋を「上人位」と略すのは異様であるし、仏事の催行形態や規模からも、大寺に属して官位を持つ僧とは思えない。「黄門上人位」は何らかの称号で、公文所などに属し、金沢流北条氏ないし称名寺の庶政を支えていた出家者ではないかと想像されて来る。法体であっても、正式な僧ではない。

ところで徒然草の最終段（二百四十三段）で、八歳の作者は父と「仏は如何《いか》なるものにか候ふらん」という有名な問答を交わす。質問された父がこのような出家者であったとしたら、にわかに面白味が増す（「黄門上人位」との関係は別として、あの問答は父が法体であったからこそ成り立つのではないか）。また兼好母が娘に宛てたとおぼしき二八〇一号書状を受け、兼雄が動いたとすれば、娘と兼雄は生活を共にしていたか――かねて関係が問題となって来た倉栖兼雄と卜部兼好であるが、義理の兄弟となる訳である。

そもそも、他にも釼阿にこのような依頼は数多くあったはずだから、二八〇一号を受けるか否かはまだ可能性の範疇にとどまる。とはいえこの「黄門上人位」のような出家者が金沢流北条氏に仕え、死後には称名寺を追善の場としていたとなれば、伊勢国出身で京都から下向して来たとおぼしい兼好の一家の素性を考える時にも参考となろう。

在俗期の歩み

以上、金沢文庫古文書から得られた情報をもとに、兼好の在俗期を再現してみたい。

卜部兼好は仮名を四郎太郎という。前章で一家は祭主大中臣氏に仕えた在京の侍と推定したが、そこから伊勢国守護であった金沢流北条氏のもとに赴いた。亡父は関東で活動し、称名寺長老となる以前の明忍房釼阿とも親しく交流し、正安元年（一二九九）に没して同寺に葬られた。父の没後、母は鎌倉を離れ上洛したか。しかし姉は留まり、鎌倉の小町に住んだ。倉栖兼雄の室となった可能性がある。兼好は母に従ったものの、嘉元三年（一三〇五）夏以前、恐らくこの姉を頼って再び下向した。そして母の指示を受け、施主として父の七回忌を称名寺で修した。さらに延慶元年（一三〇八）十月にも鎌倉・金沢に滞在し、翌月上洛し釼阿から貞顕への書状を託された。また同じ頃、恐らくは貞顕の意を奉じて、京都から釼阿への書状を執筆し発送した。

兼好の生年は確定できないものの、江戸時代以来行われて来た弘安《こうあん》六年（一二八三）誕生説はおよそ正しいといわれている。嘉元三年は二十三歳、延慶元年に二十六歳となる。不自然ではなく、当面この説に従ってよいであろう。

嘉元三年、兼好は既に元服はしていたものの、任官せず、仮名「四郎太郎」で呼ばれ、必要な場合のみ実名「卜部兼好」を用いたことになる。貞顕との関係では、広義ではその被官といえ、「四郎太郎」の仮名も侍の出自を思わせるが、三十近くなっても、他の被官のように任官しなかったのは、亡父もまたそのような曖昧な身分であったからではないか。

俗名と法名

想像を逞しくすれば、幼いうち父を失い、母に連れられて京都に上り、そこで成長したが、ゆかりの関東に下向し、姉の庇護の下、無為の生活を送っていた若者の姿が思い浮かぶ。もちろん十分な経済的余裕が前提である。

家集・三六番歌の詞書に「本意《ほい》にもあらで年月経ぬることを」とあり、これによれば出家に踏み切れない事情があったかのようである。しかし、出家は予定された将来であった。「兼好は俗にての名なり」、俗名と法名を通用させたのは出家の前後で生活態度も社交範囲も変化しなかったからであろう。

周防《すおう》・長門《ながと》の戦国大名であった大内義興《おおうちよしおき》が、当時最高の知識人であった前内大臣三条西《さんじょうにし》実隆《さねたか》に「入道後も、なお俗名を名乗ること、また俗名に法師を付けること、常にあることでしょうか」と質問したことがある。その答えは、

昔はみなそうであった。法名が世に知られることは特別な身分である。日頃呼びつけている名前に「法師」を付けて呼ぶものなのである。（多々良問答《たたらもんどう》）

というものであった。たしかに当時の社会で法名がすぐ認知される人はむしろ少なかったに

違いない。ならば「俗名＋法師」を新たな呼称とするのはかえって合理的であろう。実際、大内氏では南北朝期の当主義弘《よしひろ》、戦国期の奉行人相良正任《さがらただとう》・武任《たけとう》父子などが、俗名をそのまま法名としている。これらの人々も出家後の社会生活が少しも変化しなかったことは勿論である。

兼好の遁世は延慶二年（一三〇九）から正和二年（一三一三）までとなる。その間、応長元年（一三一一）春には京都の東山に住んでいたことが確実である。恐らくそれ以前に出家したと見られる。出家後の兼好はやはり「遁世者・遁世人」とすべきであろう。遁世は山林などに閑居して仏道修行に努め、特定の寺院にさえ属さない生き方である。しかし中世社会における遁世者は、身分秩序のくびきから脱することで、権門に出入りし、あるいは市井に立ち交じり、時々の用を弁じていた存在であった。

紙背文書の語る兼好の生活圏

以上、金沢文庫古文書によって、可能なかぎり兼好の足跡を復原してみた。

紙背文書という史料は、大変とっつきにくいもので、たいてい文字も極めて読みにくい。いくら眺めていてもなかなか黙して語らない。しかし史料学的研究の成果に学び、あるいは周辺の人間関係に沈潜すると、どこか小さな一点が鍵となり、そこから全体が理解されて来る性質のものである。兼好はこの厖大な文書群ではわずか数点、しかも縁もゆかりもない現代人には事情を窺い知ることのできない断片的な私信に、ちらりと姿を見せるだけの人物である。県立金沢文庫の早期の文書整理と活字翻刻、その後も八十年にわたり続けられた研究がなかったら、彼の状況など、まったく理解することはできなかったであろう。

一方、ひとたび書状内容が理解できれば、もともとは破棄されたものであるから、通常の史料では窺い知れない生々しい肉声を伝える。兼好の一家についてやや立ち入った事柄が判明するのも僥倖《ぎょうこう》である。一通の書状から知られる世界の豊かさ、史料の雄弁さには改めて驚かされよう。

第三章

出家、土地売買、歌壇デビュー
――都の兼好（一）

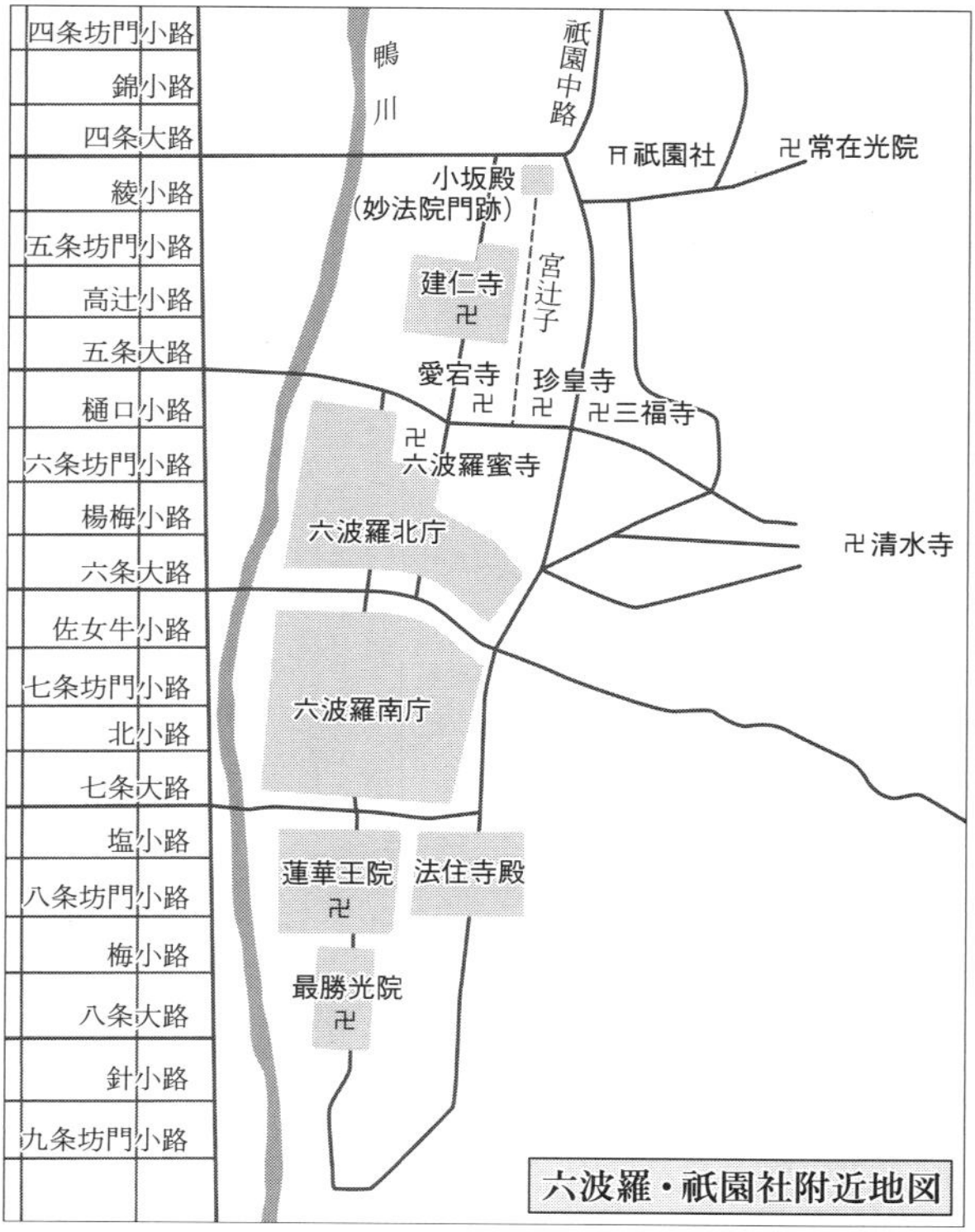

東山に住む兼好

応長元年（一三一一）三月、兼好は京都で暮らしていた。「応長のころ、伊勢国より、女の鬼になりたるを率《い》てのぼりたりといふことありて」と始まる徒然草五十段は、ふとした噂から、狂騒状態に陥る都市の不安を描き、非常に名高いものである（単に「応長のころ」とあるが、洞院公賢《とういんきんかた》の日記園太暦《えんたいりゃく》によって正確な年代が確定できる）。「そのころ、東山より安居院《あぐい》辺へ罷《まか》り侍《はべ》りしに、四条よりかみさまの人、皆、北をさして走る」とあり、東山に居住していて、たまたま出京して上京の安居院に出かけた時、騒動を目撃したという。

兼好がなぜ京都にあり、東山にいたのか――これも金沢流北条氏との関係と見るのが最も分かりやすい。延慶二年（一三〇九）正月、貞顕は六波羅探題南方を辞して、ようやく帰東を果たしたが、翌年六月、今度は北方に再補された。それに伴って定住したと考えられる。実は貞顕は南方在職中から北方に転ずる噂があり、その時も釼阿に箇条書きで愚痴を言い送っているが、その一つに「次に家人等《ら》已に六ヶ年を経て、在所皆此の近辺にありつき候ひぬ、所領又以て同前」（金文四七号）とあった。同伴した被官が近辺に住んでもう六年、所領も確保している、しかし北方転任となればそのままという訳にはいかず、新たに家地を確保するのもたいへんな負担だ、というのである。貞顕の被官は六波羅近辺に集住していたことが分かる。

以後、兼好の活動は、若干の空白の時期は遺しながら、ほぼ京都において展開する。まさに「市中の隠」であるが、もちろん後世の人間が憧れた隠者とは異なる。その実態は「侍入道」とでもいうべきであろう。公家・武家・寺院にわたり幅広い知己を有して活動するもので、経済的な基盤にも支えられ、清貧とはほど遠い生活を垣間見せる。「法師は人にうとくてありなん」（七十六段）などと説くところは真逆で、徒然草がまさに作品であったことを思い知らされるが、この章では兼好が京都社会のあちこちに姿を現してくる足跡を追ってみたい。

六波羅探題の在京被官

六波羅探題府の起源は平家の六波羅殿にある。鴨川の東、六条大路の末に当たるこの地は、「武家政権の本拠地」と認められ、鎌倉幕府が承久《じょうきゅう》の乱後に継承し、探題府を置いた。領域は拡大し、南は七条に接し、北は五条に及んだという。とはいえ六波羅の地はいかに発展しても、あくまで市外であった――市中は公家のものとする考えは根強く、南北朝時代まで武家はなかなか市内に屋敷を構えようとしなかったのである（章扉）。

両探題は探題府の南北敷地に分住した。鎌倉時代後期成立の法制書沙汰未練書《さたみれんしょ》には「六波羅トハ洛中警固幷ビニ西国成敗ノ御事也」とあるように、市内の治安警察、公家の監視が職務であったが、やがて西日本諸国の訴訟をも担当するようになった。権限は極めて大きかったが、それでも公家と寺社の勢力が盤踞《ばんきょ》する、複雑な西国の動静に対応するのは無理があった。人材を育てて煩雑な業務に堪える機関として整えたのは、三代目の探題北方、北条重時（一一九八～一二六一）の功績であろう。三代執権泰時の異母弟である重時はすぐれた政治家で、寛喜《かんぎ》二年（一二三〇）より実に十八年間在職し、その間のさまざまな公武の問題に対応した。金沢貞顕が就任するまで、北方がほとんど重時の子孫極楽寺流北条氏によって占められたことも当然であろう。

探題府の政務組織については史料が乏しいが、原則としては幕府と同様の構造で、評定衆・奉行人を置いて、審理に当たった。近年の研究では、探題が鎌倉から被官を同伴する一方、京都でさまざまな人材を求め、有能な者を新たに登庸したことが指摘される。重時の場合、佐治重家《さじしげいえ》・佐分利《さぶり》（佐分《さぶり》）親清《ちかきよ》が注目される。

佐治重家は因幡国《いなばのくに》佐治郷（現鳥取県鳥取市佐治町）を名字の地とする西国御家人であったが、

探題在職中の重時の信任を得て、天福《てんぷく》元年（一二三三）頃執事となり、奉行人としても活動した。重時帰東後も六波羅にとどまり重時の長男長時《ながとき》・次男時茂《ときしげ》を輔佐した。佐分利親清は参議平親範《たいらのちかのり》の孫に当たる、れっきとした公家である。蔵人・弁官を務める実務官僚の家柄ゆえ文筆能力を買われて、重時にスカウトされたらしい。重時が若狭守護であったことから、守護領の佐分利郷（現福井県大飯郡おおい町）を与えられ、六波羅評定衆として活動した（森幸夫「探題執事佐治重家の活動」「御家人佐分氏について」）。

このような重時の人材確保は金沢貞顕にも参考になろう。金沢流北条氏では初めて探題となった貞顕が、京都の事情に通じ文筆能力に秀でた者を必要としたことは想像に難くないからである。六波羅評定衆・奉行人もまたこの頃には世襲による特定の家柄の固定化・形骸化が進んでいたから、貞顕にとり兼好のような、出自・身分とも曖昧な存在はかえって重宝したのかも知れない。

十訓抄と親清女集

さらに貞顕と重時との比較で興味深いことは、東と西の人間、鎌倉の武士と京都の文士の交差同居する六波羅という空間が、文化的にも新しい創造の場となったことである。

重時には六波羅殿御家訓ほか子息たちへの教訓が複数残存している。内容は家臣への接し方、他人との交際の心得、公的空間における挙措《きょそ》進退、さらに遊興の時の振る舞いなどについて平易に語るが、重時がいかに細心に身を処したか、とりわけ対人関係に配慮を払ったかが如実に伝わる。それは「人聞吉《よ》からむ事に付くべし」「人の吉《よし》と世間に言はるゝ」など、ひたすら人目と評判を憚《はばか》るからであった。いささか矮小な印象なきにしもあらずだが、鎌倉時代の武家政治家には何が必要であったかを物語り、この教えは七十年ほど後の貞顕にも通用する。しかも重時の教えはまだ鎌倉の狭い御家人社会のうちであった。貞顕の交際範囲はそれに数倍し、社交の礼儀は一層煩瑣になっている。いや、むしろ京都の権門が、貞顕に熱い視線を注いで接近したようで、後述するように仁和寺の有力院家真乗院《しんじょういん》と大臣家の堀川家が、ともに貞顕の子女を迎え取っているのである。ともに重時の時代には考えられないほど顕貴な人々であった。

さらに建長《けんちょう》四年（一二五二）に成立した説話集の十訓抄《じっきんしょう》は、江戸時代には極めてよく読まれた。一時は説教臭さが敬遠されたが、再び関心を集めている。編者は、一部の写本の奥書に「或る人云はく、六波羅二﨟左衛門入道の作と云々、長時・時茂等に奉公す」とある。「二﨟」とは﨟次《ろうじ》である。つまり作者は六波羅評定衆のうち次位にある、左衛門尉になって入道した人物で長時・時茂に仕えた、というのである。前記の佐治重家はたしかにふさわしいであろう。十訓抄と徒然草はテーマや題材に重なるものがあり、あるいは直接参考にしたのではないかという意見もあるが、ここに六波羅探題の被官という視点を加味すればよりはっきりするかも知れない。

佐分利親清は勅撰集に入集する歌人である。その妻（実材《さねき》卿《きょうの》母《はは》集《しゅう》）・次女（藤原政範《まさのり》集《しゅう》）・四女・五女に家集が現存、室町中期までは親清のものもあったらしい。その家庭は実に文学的雰囲気が豊かであって、長文の詞書と折に触れての贈答歌、あるいはさまざまな物語を耽読して傾倒するありさまなど、王朝時代の私家集かと錯覚させるほどであるが、しかし妻や娘たちは親清に伴って、あるいはその没後も、京都・鎌倉そして所領のある若狭などをたびたび往反していた。彼らは決して飛び抜けて優れた歌人とはいえず、晴儀《せいぎ》の歌会や歌合に出たこともなく、勅撰集にも数首入る程度であるが、それだけにこの時代の武家被官の文化的な素養の高さ、あるいは活動の広がりを知ることもできる。

六波羅一帯を歩く兼好

そして六波羅の南北、白河・祇園・清水・今熊野《いまくまの》にわたるこの一帯が、洛中と区別されていたことは、政治的のみならず、経済的・宗教的な特色からも知ることができる。

まずは東山からの眺望が詩人・歌人に愛され、平安時代から脱俗の聖の道場が多くあり、院や公家たちの山荘が立てられた。一方、鎌倉時代には商業金融の一拠点となる。たとえば祇園社近辺は酒屋・土倉《どそう》（金融業者）が軒を連ね、繁華を誇った。三条以南・五条以北は社領とされ、本寺延暦寺の支配が強く及んだが、公家・武家とも土倉への課役に執着したのであった。南接する探題府の関係者が集住したことが契機となり、非山門系の僧侶・商人の住域も膨脹を続けていたのであろう。既に弘安九年（一二八六）、祇園社門前には「禅律僧尼・念仏者・武士甲乙人等」などの住居が密集していた（感神院《かんしんいん》所司等申状案）。

ところで徒然草を読むと、たしかに六波羅近辺が兼好の行動圏であったように見える。実際に現地での見聞が記されている場所がいくつかある。

第十段に「綾小路宮《あやのこうじのみや》のおはします小坂殿《おさかどの》」とある。綾小路宮（亀山天皇皇子性恵《しょうえ》法親王か）とは天台座主も務めた妙法院門跡であり、小坂殿は歴代の妙法院門跡の御所で、「尾坂」とも表記し、当時の四条大路末、祇園社の近くにあった。

百七十九段には元《げん》から一切経を将来した道眼《どうげん》上人が、「六波羅のあたり、焼野といふ所に安置して、殊に首楞厳経《しゅりょうごんきょう》を講じて、那蘭陀寺《ならんだじ》と号す」とある。この道眼（道源）は御家人下総千葉氏の出身、俗名を小見《おみ》四郎左衛門尉胤直《たねなお》といった侍で、金沢称名寺とも縁があった僧であるが、延慶二年（一三〇九）入元し、帰朝後、今の六波羅蜜寺から鴨川の間に広がっていた野に道場を建てたのである。兼好は二百三十八段第五条でもこの寺で談義を聴いたことを記している。このように六波羅一帯は新仏教系の寺院が拠るところであった。既に「禅律僧尼・念仏者」とあったが、栄西《えいさい》の建仁寺は武家の支援を得て、六波羅の地に開かれたし、浄土宗西山派《せいざんは》の阿弥陀院《あみだいん》・三福寺《さんぷくじ》なども祇園の宮辻子《みやつじ》にあった。

さて二百三十八段は、自讃七箇条からなるが、その第一条は「人あまたつれて花見ありきしに、最勝光院《さいしょうこういん》の辺にて」、ある男が馬を駆っているのを見て、今度は落馬する、と予言したというものである。最勝光院は、後白河法皇の寵愛した建春門院滋子《じし》の御願で、六波羅探題府の南、法皇の法住寺殿《ほうじゅうじどの》近くに建立された寺院であった。「天下第一の仏閣なり」（明月記）といわれるほど壮麗を極めたが、嘉禄二年（一二二六）六月に焼亡してからは衰微し、跡地が馬場となっていたのであろう。

さらにこの自讃七箇条の第三条は、やはり祇園社の東方に在った常在光院の梵鐘の銘文に関係するものである。

一、常在光院《じょうざいこういん》の撞《つ》き鐘の銘は、在兼卿《ありかぬのきょう》の草なり。行房朝臣《ゆきふさのあそん》清書して、鋳型《いかた》に模《うつ》させんとせしに、奉行《ぶぎょう》の入道、かの草を取り出でて見せ侍りしに、〇下略

当代の学者に起草させ、一流の書家に揮毫させた銘文をいよいよ鋳型に彫り込む段になって、兼好が「花の外《ほか》に夕《ゆうべ》を送れば、声百里《はくり》に聞ゆ」（原文は「花外送夕、声聞百里」となる）

という句、押韻字「里」の誤りを指摘したため、奉行の入道が「貴殿に見せたのはわしの手柄だ」と喜んだという。この場に兼好が立ち会ったのは、もちろん偶然ではない。常在光院は実時の称名寺に倣って、文保《ぶんぽう》二年（一三一八）頃、貞顕が建立した寺で、梵鐘も伽藍の建設に伴って鋳造されたものであろう。

ちなみに常在光院は眺望に優れて庭園の風趣に富むことで有名で、室町幕府将軍も何度も足を運んだ。とくに尊氏が熱愛し、没後院号を「常在光院」とする議が持ち上がるほどであった（貞顕開基の寺なのだからと反対され沙汰止みになっている）。このように祇園から六波羅・今熊野にかけては、武士・宗教者・金融業者などがひしめく新興都市であり、その住民の一人として兼好の足跡も見出すことができるのである。

祇園の土倉、是法法師

そこで興味深い人物が是法法師である。百二十四段に登場する（図版3—1）。

是法《ぜほう》法師は、浄土宗に恥ぢずといへども、学匠《がくしょう》を立てず、ただ明暮《あけくれ》念仏して、やすらかに世を過ぐす有様、いとあらまほし。

その生き方を兼好は無条件に讃美する。理想とまで言う。この是法、さぞかし行い澄ました人物なのだろうと思う。

歌人としての経歴は明らかにされている。生年は文永六年（一二六九）頃、もとは天台僧で青蓮院《しょうれんいん》門跡に仕えた坊官で、初名を玄耀《げんよう》といったが、遁世して浄土宗に帰依した。二条派の歌人で、続千載集以下の勅撰集に五首入集。観応《かんのう》元年（一三五〇）の二条為世十三回忌和歌には兼好とともに出詠している（稲田利徳「是法法師と兼好法師」）。

ところが是法は、実に敏腕の経営者であった。祇園の高橋《たかはし》に居住し「高橋是法房」と呼ばれていた、いわゆる土倉であり、顧客には門前の祇園社や旧主の青蓮院門跡もいた。たとえば、祇園社領波々伯部保《ははかべのほ》（丹波国多紀郡、現兵庫県篠山市宮ノ前）は、祇園社関係者の間で久しく争われ、訴訟は朝廷の記録所に持ち込まれた。審理には同保成立の経緯を明記した立券状を必要としたが、同保の文書はすべて是法が保管していたため、原告は一時的に立券状を借り出している。つまり波々伯部保は是法が担保に取り、祇園社に代わり現地の支配管理に当たる、

3—1　**是法法師の像**　徒然草慰草（国文学研究資料館蔵）

いわゆる「代官請負」となっていた。是法は他にも有力寺社に金子を融資しては代官職を得て、現地における年貢の収納を行って債務を回収していたのであろう。

是法はまた蓄えた銭で京都内外の土地をつぎつぎ購入したらしい。たとえば九条坊門の末、大和大路西側に位置する法性寺柳原敷地は、さほど広くはないが、屋地と畠があり、住民から地子《じし》（地代）を徴収できた。是法はこの地を元弘年間（一三三一〜三）に買得した。例の二百三十八段第一条で兼好も花見に出かけた最勝光院の旧跡で、その南西隅に当たった。最勝光院は炎上後に衰亡、境内も荒蕪《こうぶ》地となり、住民が勝手に売却したらしい。最勝光院の所領はそれより先に東寺《とうじ》に寄進されていたため、東寺が権利を主張、法廷で争われたが、しかし是法は最後まで譲らず、文和《ぶんな》二年（一三五三）、八十五歳ほどで遺言状を書いた時も、娘に訴訟を続けるように言い置いたのである。

是法が祇園に所有する「高橋」の地は相当に広大で、後に佐々木導誉《ささきどうよ》にも別邸を提供したほどであった。この一角に浄土宗西山派の僧証入《しょうにゅう》が開いた阿弥陀院、そして証入の孫弟了観《りょうかん》の建てた三福寺があったとすれば、浄土僧としての是法はこの西山派門下の東山義を汲み、阿弥陀院か三福寺に拠ったと考えられる。有力地主として敷地を提供したりして、その維持経営を支えていたのであろう。

しかも高橋といい祇園といい、繁華ではあっても、合戦となればまず戦火に晒される危険な場所であった。六波羅探題府滅亡時の惨状は記すまでもない。三年後の建武三年（一三三六）正月、足利尊氏と新田義貞《にったよしさだ》が激突した時も鴨川東岸が戦場となり、是法も家や文書を失った。その後もたびたび戦場となったが、その都度復興を遂げる経済的な底力は失われることはなかった。

是法の実像は、徒然草の読者が思い描いた姿からはかけ離れていた。しかし、だからといって兼好の讃美は真意ではない――アイロニーと見るまでもなかろう。金融や不動産売買で巨万の富を得ようと、是法の信仰と矛盾することはない。十分な生活の余裕があるからこそ、浄土門の教学研鑽に励んだのだろうし、かつその学識を前面に出して生きる必要もなかったのである。

領主兼好御房――小野荘名田の購入

兼好もまた是法ほどではないにしても、洛中洛外に不動産を複数所有していたことは確実であろうと思われる。その一つが、正和二年（一三一三）九月一日に、「六条三位」父子こと山科頼成《やましなよりなり》・維成《これなり》父子から銭九十貫文で購入した山城国（山科）小野荘の名田《みょうでん》一町である。関係する文書は八通あり、大徳寺《だいとくじ》の所蔵となっている。翻刻は大日本古文書『大徳寺文書』に収められている。なお「六条三位」父子は、かつては六条有房《ろくじょうありふさ》・有忠《ありただ》のこととされたが、この比定は大日本古文書では慎重で、存疑《そんぎ》としていたのがそのまま流布してしまったものである。既に三十年ほど前に訂正されている。

小野荘は山科盆地中南部、現在の京都市営地下鉄小野駅の周辺である。後白河法皇が寵愛する女房丹後局高階栄子《たかしなのえいし》に譲った荘園群の一つであった。荘園といっても、実際には有力農民が維持管理するいくつかの耕作地（名田）から構成され、領主はそこから年貢の上納を得ていたのである。小野荘の領家職《りょうけしき》は栄子の実子であった公卿山科教成《のりなり》（家名を冷泉《れいぜい》・六条などとも称した）が伝領し、子孫が継承したが、維持できなくなり、頼成・維成はしばしば名田を切り売りしたらしい。正和四年二月には別に五段（反）の土地を妙心《みょうしん》という尼に四十貫文で売却している（勧修寺文書）。兼好が購入した価格より割安である。

小野荘の売買を仲介したのが、土地の管理に当たった公文《くもん》、「庄家沙汰人」の俊経《としつね》（「をきせんし」（隠岐前司）とあるので俗人である）と、その後見の祐慶《ゆうけい》という人物であった。俊経は手許不如意となった山科家から持ちかけられ、売却先を物色していたのであろう。そこで東山六波羅にいた兼好と話がまとまったのである。東山から小野は七キロほどの距離にある。

兼好と取り交わされた売券《うりけん》（契約状）は、祐慶と俊経が文書を作成し、裏側に頼成・維成父子が花押を据えている。その売買条件として、この地には寺役・公役など記載以外の負担はかからないこと、たとえ今後「徳政（売買した土地の無償取り戻し）」があっても対象外となること、もし問題が生じたら、売値の九十貫文にさらに半額を添えて即日返還すること、それでも解決しなかったら、替地として備中国中津井荘《なかつい》（現岡山県真庭市北房町）から相当する面積の名田を渡すこと、などを設定している。この売買地の詳細（坪付、面積と所在地を示す）によれば、竹原里の古河田一段と松尾三段、石川里の龍田四段と田中田二段の計一町、田地からの収納高は十石となっていた。そして新たな領主「けんくわう御房」は、俊経ほか四人の名主・五人の耕作人からも年貢は決められた日時に必ず進上する、万一滞納したらどんな苛酷な罰則をも受け入れるという誓約状（請文）を徴しているのである。

経緯が詳細に分かるせいで、兼好がいかにも周到綿密な売買条件を設定したとする向きもあるが、当時の不動産取引ではとくに珍しいものではない。ただ非常に手慣れている印象は受けるので、むしろ是法のようなプロに近いのではないか。なお兼好が翌正和三年四月に俊経に二貫文を贈っているのは、斡旋料ではないかといわれている。

この一連の文書は、「兼好御房」とあるため、彼の出家の下限を定められる史料として徒然草研究者誰しも知るものである。しかし、内容の不適切な理解が目立つ。売主の「六条三位」を六条有房として立論するものがいまだに見られるのは、いくら何でもまずいだろう。さらに安良岡康作《やすらおかこうさく》のように、「この壱町の水田が、文字通り、兼好にとり一所懸命の地であった」（「兼好の遁世生活とつれづれ草の成立」）と断定し、さらに徒然草十一段の「神無月のころ、栗栖野《くるすの》といふ所を過ぎて、ある山里にたづね入ること侍りしに」という段と結び付け、この小野荘に居住し、徒然草の少なくともはじめの章段を執筆したとする論者がいる。

しかし、一年に十石という収納高は、正和二年の京都の米価が三斗で二百文であったというから（葛川明王院文書）、銭では六貫六百六十六文、一貫文は現在の十万円弱とすれば、七十万円弱となる。パラメータが変動するにしても、その価値が現在の百万円を超えることはあるまい。「一所懸命」のようなことはあり得ないし（餓死してしまうだろう）、このような土地を現地に臨んで直接支配することも考えにくい。

龍翔寺への売寄進

それから十年も経たない元亨二年（一三二二）四月二十七日、兼好は小野荘の名田一町を銭三十貫文で売却した。買い主は龍翔寺《りゅうしょうじ》という禅院であった。兼好は同日付で二通の文書、売券と寄進状を作成している（図版3―2）。これは事実上寄進であり、現在でもよく見られるように、相場よりはるかに廉《やす》い金額で売却するものであった。当時こういうものを「売寄進《うりきしん》」といった。なお、売券には「柳殿塔頭《やないどのたっちゅう》」、寄進状には「円通大応国師《えんつうだいおうこくし》塔頭号柳殿」とあるが、ともに龍翔寺のことである。

龍翔寺は円通大応国師こと南浦紹明《なんぽじょうみん》（一二三五～一三〇八）の塔所（墓所）である。南浦は入宋して臨済禅を修め帰国、筑前国の崇福寺に長く住し嘉元二年（一三〇四）に後宇多上皇に召されて上洛した。後宇多の崇敬すこぶる篤く、南浦のため東山に嘉元寺という禅院を建てるほどだったが、叡山衆徒の抗議によって破却を余儀なくされている。その埋め合わせか、延慶元年（一三〇八）十二月二十九日南浦が没するや、後鳥羽院生母七条院、そして順《じゅん》徳《とく》院生母修明門院の離宮であった西京安井の「柳殿」の敷地を寄進し、法嗣の絶崖宗卓《ぜつがいそうたく》に住せしめた。これが龍翔寺である（図版３—３）。龍翔寺は戦国時代に衰微し、大徳寺の敷地内に移転しその塔頭（禅寺に附属する小院・庵室）となっている。

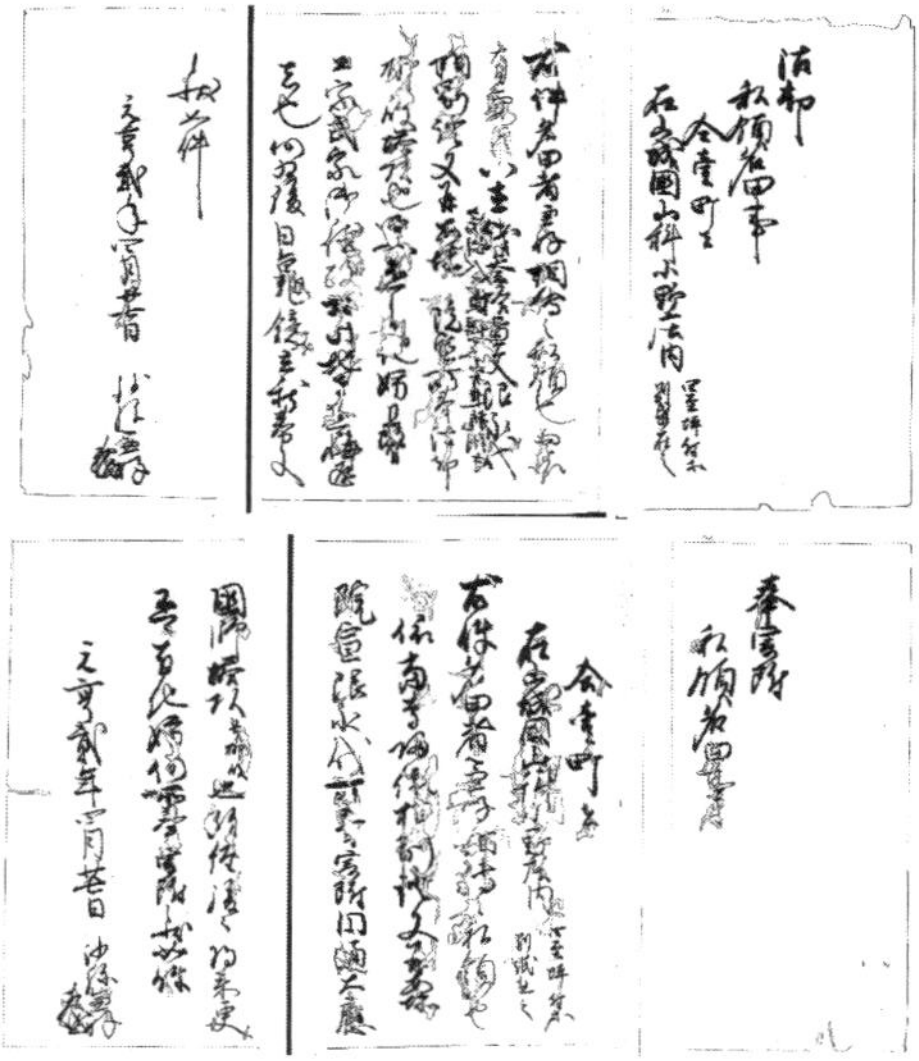

３—２　元亨２年（1322）４月27日沙弥兼好売券・寄進状（大徳寺文書）

　兼好が九十貫文で購入した土地をわずか三十貫文で売却したことは謎であるとして、さまざまな議論がある。たとえば前掲安良岡康

3―3　**柳殿御所跡**（後宇多天皇御髪塔、京都市右京区太秦安井）

作の説ではこの頃兼好は生活に窮したため安値でこの地を手放し、それまでの遁世生活から一転、歌壇へデビューする契機になったとする。さらに寄進状の「当寺帰依に依り」という文言に注目、旧仏教的・浄土教的であった信仰が、南浦の臨済禅に帰依することで、自力的・禅宗的傾向に変化し、徒然草のいわゆる第一部と第二部との間の思想的深化も説明できるとした（202頁参照）。これには益田《ますだ》宗《たかし》の罵倒にも近い批判が寄せられた（「国文学的なあまりに国文学的な」）。たしかに安良岡の説は、持論の徒然草二段階成立説に附会させようとして、現存史料を都合良く操作したストーリーであるといわれても仕方がない（一方で益田が安良岡の説をもって「国文学的」と称したことは別な問題を惹起するが今は措く）。

後宇多の龍翔寺への庇護は手厚いもので、独立して維持されるよう、多くの荘園が寄進されるようにした。それは南北朝期までに三十一箇所に上った。たとえば文保元年（一三一七）八月四日、順徳天皇の末裔で、かつての柳殿の所有者であった四辻宮《よつつじのみや》善統《よしむね》親王は改めてこれを龍翔寺の敷地として寄進した。こうした由緒ある土地には、なんらかの権利を有する者が複数どころか多数存在するのが普通で、一つの土地に所有権、耕作権、徴税権などがまったく別々に設定されることも少なくない。しかもたとえ他人に譲渡したり寄進したりしても、もとの持ち主の権利がいくぶんかは温存されることが社会的な通念であった（だからこそ売券や寄進状に「もう決して干渉しません」という文言を入れるのであろう）。柳殿の敷地もかなり前に、四辻宮から治天の君である後宇多に寄進され、実質は後宇多の自由にできるものであったが、最上級権利者（本所《ほんじょ》という）の権限が形式的にも残存していたため、ここでそれをも寄進したのである。

こうした寄進はもちろん純粋な信仰心から出たものではない。四辻宮はかなり以前から独力で所領を維持することができなくなり、治天の君の管理する皇室領荘園群に組み入れてもらうことで、影響力を温存しようとしたのである。後宇多は密教にも傾倒し（むしろこちらに真剣であった）、延慶元年二月、東寺の復興を誓って弘法大師御影堂《みえいどう》に納めた願文にも「寺辺便宜の地を寄せ置くべき事」あるいは「修造料所を定め置くべき事」とある（東宝記《とうぼうき》）。そして後宇多によって四辻宮の旧領のいくつかは東寺領にもなっているのである。

兼好の行為もこれに類したものであろう。買値の三分の一で売るとはあり得ないことであるが、治天の君の眼に留まるのであれば廉いものではないか。事実、後宇多はこの頃兼好の詠草を召すのである（家集・一〇四）。さらに元亨三年には、後宇多が鍾愛《しょうあい》する皇太子邦良《くによし》親王御所の歌合に和歌を召される（家集・一五七〜一六一）。これは名誉の記憶であったらしく、原則年代を記さない家集にも「先坊御時、御歌合につかうまつりし五首、元亨三年の事にや」とある。事実上の歌壇デビューだったのであろう。兼好と大覚寺統皇族との関係は古くから指摘されていた。後二条天皇（後宇多の皇子で邦良の父）への出仕から説明されていたが、貴顕からの恩顧を蒙るのは兼好四十代の元亨年間以後とすべきである。そして兼好と禅宗との係わりは徒然草に徴する限り知識の範囲にとどまるし、「当寺帰依」とあっても、宗教的回心などではないことは後半生を見れば明白である。

この売寄進にはさらにウラがあった。売券の裏面に「宗妙《そうみょう》買得《ばいとく》せしめ龍翔寺に寄進し奉る」と書き込まれている。「宗妙が買い取って寄進した」という。宗妙は尼僧で、これより七年後の元徳元年（一三二九）十二月二十一日にも、「弾正田六段」と「三条坊門屋敷壱町」とともに「山科小野庄内水田壱町」を龍翔寺に寄進した。その寄進状には「小野庄水田に於いては、宗妙、兼好の手より、券契《けんけい》等を相副《あいそ》へて、三十貫文の用途を以て買得しをはんぬ、沙汰事《さたごと》有るに依り、兼好寺家《じけ》に寄進するの由なり、実は宗妙寄進し奉る所なり」とあり、兼好の売券裏面の書き込みと一致する。前記益田論文は、兼好は龍翔寺に三十貫文で売り、それを隠して同じ土地を宗妙に三十貫文で売った、つまり二重売りの嫌疑が濃厚だとして、兼好の人間性まで取沙汰した。しかし宗妙の寄進状によれば、兼好の龍翔寺への売寄進に宗妙が関わっていたことは明らかなので、二重売りなどではない。

宗妙の素性は不明であるが、この時期何度も龍翔寺に洛中洛外の水田や屋敷を寄進しており、単なる帰依者ではなく、むしろ寺家の運営に携わっていた人物ではないか。たとえば龍翔寺の別の所領が小野荘の近くにあったなどの理由で、兼好に「売寄進」を持ち掛け、お膳立てしたのが宗妙であって、三十貫文という金額は二人が折り合える額であった。「沙汰事」の具体的内容は不明であるが、当時宗妙が前面に出られない事情があったものか。

以上、小野荘名田一町の売買を再検討した。これは兼好の所持していた複数所領の一つであって、この土地の売買自体に彼の信仰の転機を見ることなどできはしないが、この柳殿龍翔寺への寄進には別に興味深い点がある。柳殿龍翔寺は例の双《ならび》ヶ丘《がおか》からは南に五〇〇メートルほどの距離である。双ヶ丘といえば、兼好および徒然草ゆかりの地として名高い。兼好との関係を示す確実な史料は、家集の詞書に「ならびの岡に無常所（墓所）まうけて、かたはらに桜を植ゑさすとて」（二〇）とある程度であり、住んだとも書いていないが、兼好の拠点がこの地域、つまり御室《おむろ》仁和寺の圏内にあったことは確かであり、次第に六波羅近辺よりも、そちらでの活動が目立って来る。

仁和寺の兼好

仁和寺は光孝《こうこう》天皇治世の年号を取った勅願寺である。実質は延喜《えんぎ》四年（九〇四）宇多《うだ》法皇が南御室に住んだことに始まる。以後、管長である門跡は皇族出身者に継承され、「御室」が別称となり、最も格式の高い門跡として発展する。寺域は主に東と南に拡大し、円融・円教・円乗・円宗のいわゆる四円寺のほか、一〇〇近くの子院を従えて、現在の嵐電《らんでん》の線路を越えて、花園の一帯にまで及んでいた。この「仁和寺花園」は皇族や公家の別邸が点在していた。たとえば法金剛院は、もと平安時代初期の右大臣清原夏野《きよはらのなつの》の別邸が、鳥羽天皇の中宮待賢門院の御願寺となったもので、水石の奇観を配した庭園で知られた。妙心寺も康永元年（一三四二）花園《はなぞの》法皇が院宣で「仁和寺花園御所」の跡地を関山慧玄《かんざんえげん》に下賜したことに始まるが、遡ればこの地は花園左大臣と号した源有仁《みなもとのありひと》の邸宅であった。今昔物語集巻二十八に「木寺《きでら》の基増《きぞう》」という僧の逸話が出ているが、その「木寺」もこの地にあった寺で、南北朝期には後二条天皇・邦良親王の子孫が住む御所となり、木寺宮《きでらのみや》と号した。

花園の西側には南北に丘陵が延びている。双ヶ丘である。一の丘、二の丘、三の丘と三つの頂がならび南にいくほど低くなる。例の仁和寺の法師が、御室の稚児を連れ出した所である（徒然草五十四段）。二の丘の東麓にはかつて池があり、双池《ならびのいけ》と呼ばれていた。池の北端を池尻《いけがみ》（池上）と称し、江戸期まで池上村が存在した（図版3―4）。

それでは兼好はどのあたりにいたのであろうか。現在、一の丘の麓に長泉寺があり、「兼好法師旧跡」の石柱が立つ。この門前にはかつて浄光院《じょうこういん》という院家があって、双池の北岸に接する形で遺構が確認されている。中古京師内外地図《ちゅうこけいしないげちず》では双池の南岸であるが、木寺宮のすぐ西に描かれる。

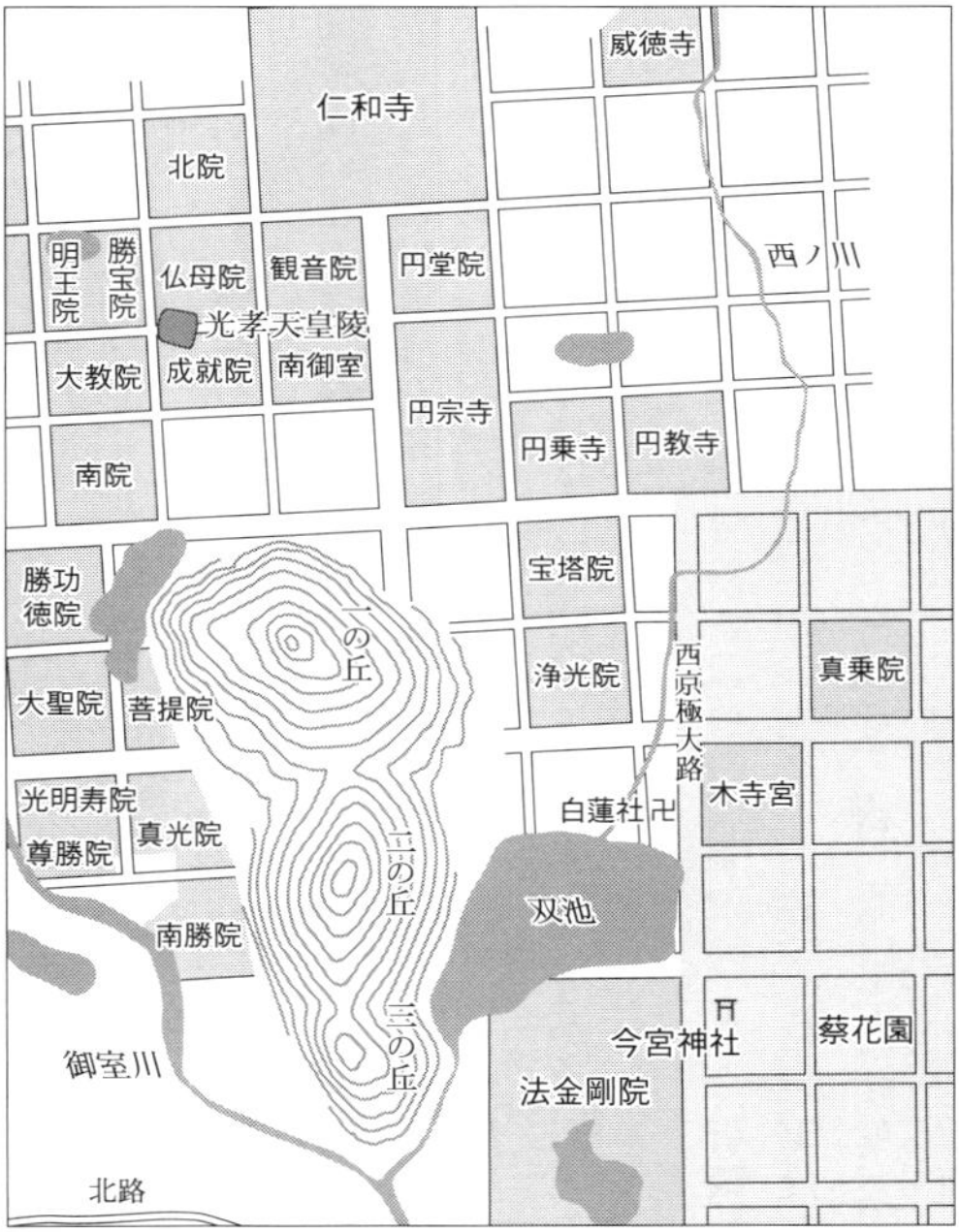

3－4　**仁和寺双岡附近地図**　上村和直「御室地域の成立と展開」所載の地割推定復原図により作図

　戦国時代はじめ、文亀《ぶんき》三年（一五〇三）七月に逝去した御室弘覚《こうかく》法親王は、木寺宮の出身で「仁和寺浄光院」に葬られたが、そこは「兼好法師旧跡」であるという（実隆公記同年七月十九日条）。「旧跡」とは住居なのか、それとも家集に見える墓所なのか確定しないが、伝承肥大の進んでいない段階の、古い史料であるから重要である。享徳三年（一四五四）に成立した古辞書の撮壌集《さつじょうしゅう》にも「東千手堂浄光院仁和寺池上、白蓮社乾」とあるので、当時浄光院が東千手堂と通称され、実在したことが確かめられる。なお隣接していたという白蓮社《びゃくれんしゃ》（舎）とは、東晋の僧恵遠《えおん》が廬山《ろざん》に開いた結社（徒然草百八段にも「白蓮の交はり」とある）に名を借りた、浄土宗の道場であった。

興味深いことに、浄光院は、兼好の歌友でともに四天王に数えられた頓阿《とんな》ゆかりの院家でもあった。頓阿もまた東山近辺に住みつつ、初老期にはこの地と関係を有するようになった。頓阿の子孫はその後も相承けて室町時代の歌壇の指導者となるが、浄光院を再興して院主の地位を得た（この時期は「常光院」と表記することが多い）。その流派を「常光院流」とすることもこれに因む。

もっとも頓阿自身は浄光院とは直接関係なく、すぐ近隣に風流な屋敷を営んでいた。これを蔡花園《さいけえん》という。自らは「仁和寺庵室」と称するが、実はかなりの豪邸だったらしく、庭には吉野山の桜、難波津の梅、宮城野の萩、龍田山の紅葉、宇津山の蔦を移植し、池には井手の蛙を放つなど、古典和歌の代表的な景物を集めて、風流韻事を凝縮した小宇宙を作り上げた（稲田利徳「蔡花園の風流」）。頓阿生前から、二条良基《よしもと》をはじめとする摂関・大臣がつぎつぎと駕《が》を枉《ま》げている。曽孫尭孝《ぎょうこう》の代までよく維持され、あの足利義教《よしのり》さえここに遊んで満足したらしい。蔡花園の「蔡花」とは白蓮華の異名である。恐らく西方が双池に面していたゆえであろう。頓阿についても第五章でも詳しく触れるが、洛中にもいくつか屋敷を所持していたのであろうから、その経済力たるや尋常のものではない。

双池に臨んで、双ヶ丘を眺める仁和寺花園は、いわば高級分譲別荘地のようなものであった。浄光院・蔡花園・白蓮社そして次に述べる真乗院《しんじょういん》が至近に建ち並ぶ一角に兼好も別業を構え、そして浄光院に墓所を営んだのであろう。別業と墓所とが一体であることは珍しくない。また日常接してはいても、仁和寺内部の人間ではない。「仁和寺の法師」への、シニカルな、距離を置いた観察もまたよく理解できるのである。

真乗院に迎えられた貞顕の息

兼好と仁和寺花園との係わりにはやはり金沢流北条氏との旧縁が作用していた。嘉元三年（一三〇五）、貞顕の庶長子顕助《けんじょ》（一二九四〜一三三〇）が仁和寺真乗院に迎えられ、八代目の院主となり、以後京都の密教界で活動するからである。兼好はこの顕助に随従するような立場であったことは徒然草二百三十八段第六条に窺えるが、第四章で詳しく述べる。さらに六十段に芋頭《いもがしら》が大好物の盛親僧都《じょうしんそうず》が登場するが、この奇人も真乗院に属していた。また八十二・八十四段の弘融《こうゆう》僧都も一時は真乗院に住んだ学僧であった。兼好の仁和寺人脈は真乗院から広がっていった。

真乗院は後鳥羽天皇中宮宜秋《ぎしゅう》門院の御願で建立され、第二代院主覚教《かくきょう》は左大臣実房《さねふさ》の子、以後七代教助《きょうじょ》まで、歴代この転法輪三条《てぼりさんじょう》家出身者が継承した。ところが五代頼助《らいじょ》（一二四五〜九六）だけは異色で、鎌倉幕府四代執権北条経時《つねとき》の子であった。

頼助は鎌倉佐々目ヶ谷《ささめがやつ》にあった遺身院《いしんいん》（亡父経時の墓所）に入った後、醍醐寺理性院《りしょういん》・高野山金剛三昧院《こんごうざんまいいん》に住し、東寺一長者・東大寺別当・六条若宮別当・鶴岡八幡宮寺社務を歴任した。教学上は仁和寺御室法助《ほうじょ》の弟子で、いわゆる仁和寺御流を関東にもたらした。まさに東西をまたぐ宗教界の大立て者であった。これほど多数の寺院を掛け持ちしていた人も珍しい。本人はもっぱら鎌倉にあり、京都には代官を派遣していた。真乗院も名目のみの院主であったが、それでも多大の利点があったため、再び武家の子弟である顕助を迎えることになったのであろう。貞顕が釼阿に伝えるところでは、「先人」つまり貞顕の父顕時生前の「約諾」であった（金文一〇一＋一五＋二八号）。顕時と頼助との間で話がまとまっていたのであろう。

顕助を真乗院に入れることについては、転法輪三条家出身の前院主教助が反対したが、貞顕の探題在任中に実現させようとする動きが優り、顕助が内大臣転法輪三条公茂《きんもち》の猶子となることで決着したのである。

それにしても武家出身の若者が、最も貴族的かつ因襲的な密教寺院に入ることには、貞顕が釼阿に洩らした「且つ敵方より子細を申す由」という心配ももっともであるし、また兼好ならずとも「聖教の細やかなる理《ことわり》いとわきまへずもやと思ひしに」（徒然草百四十一段）という懸念も生じさせるが、武家出身者の密教界での活躍は予想をはるかに超えるもので、要するに背後で支える院家の組織がしっかりしていれば、立派な経歴を積むことが可能であった。顕助もまたその期待に応えるのである。

当時の真乗院の位置ははっきりしないが、山城名勝志《やましろめいしょうし》に「当院はもと妙心寺方丈北地に在り云々」とあり、中古京師内外地図も同様である。花園は応仁の乱で西軍の陣地となり大きな被害を受けている。永正《えいしょう》六年（一五〇九）十二月、松隠庵利貞《しょういんあんりてい》（美濃守護代斎藤妙純《みょうじゅん》の後室）が、妙心寺再興のため、「仁和寺しんせう院殿」より「にしの地」を買得して寄附している（妙心寺文書）。敷地は妙心寺の西北辺であろう。

堀川家に迎えられた貞顕の娘

通説では兼好の主家とされてきた公家、堀川家との縁も、実は兼好出家後の正和年間後半、真乗院と金沢貞顕を介して結ばれたと考えられる。少し煩瑣となるが、当時の公武融合の実例としても興味深いので、紹介しておきたい（図版3—5）。

貞顕は正和三年（一三一四）十一月に六波羅探題北方の職を解かれて東下した。その直前、

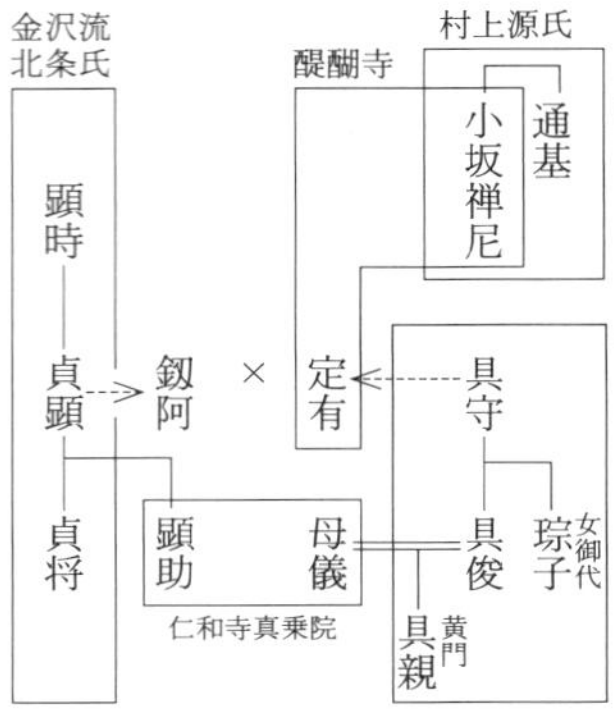

3―5　登場人物関係図

定有《じょうゆう》なる人物が、貞顕の女子一人を堀川家に迎えることを称名寺の釼阿に持ち掛けた。定有は醍醐寺の僧らしい。堀川家と貞顕とは直接に接触せず、それぞれの代理人の定有と釼阿とが交渉しているのである。

当時の堀川家は、具守（百七段に登場する「堀川内大臣殿」）の晩年に当たり、早世した嫡男具俊《ともとし》の息、権中納言具親を養子にして家嫡に定めていた。問題は具守の女で具親には伯母であり姉となる琮子《そうし》の身上であった。彼女は永仁六年（一二九八）十月、後伏見天皇の大嘗会御禊《だいじょうえごけい》で女御代《にょうごだい》を務めた。女御代はそのまま入内《じゅだい》することが多いが、後伏見は当時十一歳、かつ三年後に退位したので、琮子は入内の機会を失って実家に止まっていた。しかし一度は女御に擬されたので、朝廷から皇室領荘園の播磨国印南《いなみ》荘・筑前国楠橋《くすはし》荘以下の領家職が与えられた。堀川家では未婚である琮子の将来を鑑み、その猶子（名目上の養子）となる、後見のしっかりした女性を捜していたのである。釼阿宛ての定有書状を引用する（金文一六六三号）。

抑《そもそ》も粗《あらあ》ら申さしめ候、彼の御方《（貞顕）》の御捨子一人両人の間、猶子の事、御秘計に預かり候の条、何様たるべく候や、かの黄門《（具親）》の姉女御代《（琮子）》、一子無く候、又黄門母儀も此の卿《（具親）》の外、他子無く候、その上彼の卿母儀は、真乗院《（顕助）》と一躰の条、定めて御存知候か、小坂禅尼《おさかぜんに》の遺命に任せて、扶持に預かり候、仍て真乗院と彼卿と当時内外無く申し奉《うけたまわ》り候、かたがた以てその寄せ候か、御女子多くおはしますの由承り候、其の中定めて御捨子おはします□□猶々御和讒候はゞ喜び存じ候、

貞顕には娘がたくさんいらっしゃるので、きっと「御捨子」がおありではないでしょうか、「和讒《わざん》（働きかけ、斡旋の意）」していただければありがたいです、とかなり不躾な依頼である。このやりとりからすると、それまで堀川家は金沢流北条氏とまったく接点を持たなかったらしい。そこで真乗院顕助と具親母は「一躰《いったい》」であり、だから顕助と具親もまた隔てなく交際していると告げて、貞顕の警戒を解こうとしたのである。

「一躰《いったい》（一対）」とは婚姻関係を意味する語である。正和三年ならば、具親は顕助と同年で二十一歳、かりにその母が三十八歳くらいとしても、顕助と「一躰」というのは醜聞であろう。釼阿に「定めて御存知候か（きっともう御存知でしょうが）」というのは、ほんらい隠すようなことなのだけれど、というニュアンスを含む。しかし当時の高僧が女性を養うことは

珍しくなく、とはずがたりの「有明の月」も、作者とまさに「一躰」になる（「有明の月」も仁和寺の高僧ということになっていた）。少なくとも顕助と具親母は生活を共にしていたのであろう。

ここに「小坂禅尼の遺命に任せて」とある。定有と釼阿との間では自明なので事情は略されてしまっているが、「小坂禅尼の遺言で、（具親母は真乗院に）扶持されている」ということなのであろう。小坂禅尼とは村上源氏嫡流の久我《こが》家の人で、徒然草百九十五段にも登場する内大臣通基《みちもと》の姉である。禅尼は多くの荘園を譲られて、下醍醐の勝倶胝院《しょうぐていいん》のパトロンでもあり（この寺はやはりとはずがたりに登場する。作者が後宮から出奔して、秘密の出産を遂げた尼寺である）、醍醐寺・仁和寺など東密系寺院に顔が利いたのであろう。そこで早く寡婦となった同じ村上源氏一門の具親母を憐れんでか、真乗院に寄寓させたのであろう。なお小坂は例の祇園社の門前で（66頁）、禅尼はここに住んでいたのである。地縁によって貞顕は小坂禅尼と知己であった可能性が高く、ゆえにその遺命である旨を持ち出したのであろう。ともかく顕助と具親との交友が、金沢流北条氏と堀川家との最初の絆となったことは確かなようである。

定有は、この話の成就した暁には、堀川家が代々権利を有している陸奥国玉造郡《たまつくりぐん》の国衙《こくが》領の年貢を称名寺に寄進するとか、具親を称名寺の檀那の一人に迎えるとか、あれこれと好条件を出して、釼阿を動かそうと必死である。貞顕の一家はそれほどに京都でも注目されていたのである。首尾はどうなったかは分からないが、ここで結ばれた縁によって、かねて貞顕・顕助に随従していた兼好が堀川家にも出入りするようになったと考えられる。兼好もこの交渉に一役買っていたのかも知れない。これ以前、兼好が堀川家と関係した確実な証拠はない。二百三十八段第二条は、皇太子尊治《たかはる》親王の御所に祇候する具親のもとに「用ありて参りたりしに」、具親が論語の「悪《ム》二紫之奪《フ》レ朱《ヲ》也」という句の所在する巻を探しあぐねていて、見事その役に立ったエピソードである。これは尊治の即位前、つまり文保二年（一三一八）二月以前のことであるから、兼好は若き具親にすぐに気に入られたのであろう。

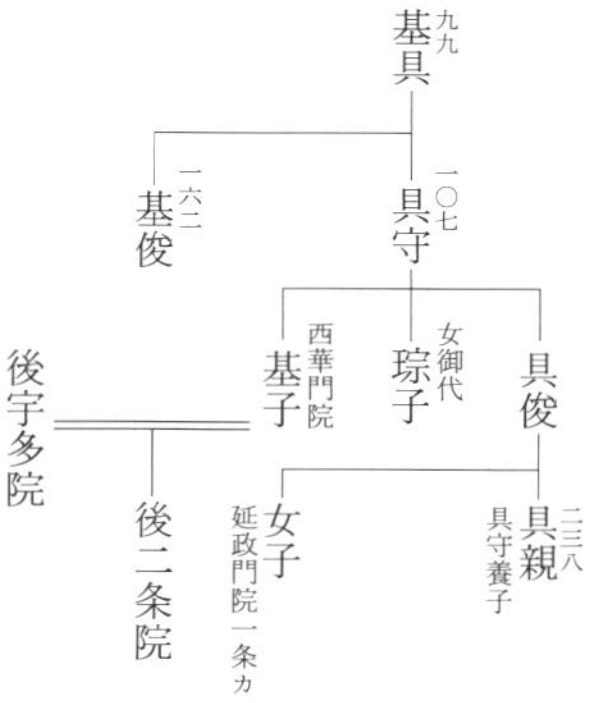

3—6　**堀川家系図**　数字は徒然草に登場する章段

生前の後二条天皇とは無関係

これまで兼好の伝記では、早くに堀川家との縁が生じ、そこから後二条天皇に親しく仕えたと考えられてきた（図版3—6）。後二条の母は具守の娘基子《きし》で、堀川家は外戚であったからである。しかし、後二条朝の蔵人在職の事実はなく、堀川家との関係も兼好三十代になって初めて確認されるとすれば、後二条との関係も再考すべきである。

家集・五七番歌は、その後二条の追善のため、生母の基子（延慶二年正月院号宣下、西華門《せいかもん》院《いん》と号す）の命に応じた詠歌で、兼好と後二条との関係を考えるのに必ず引き合いに出されていた。

後二条院のかゝせ給へる歌の題のうらに、御経かゝせ給はむとて、女院《西花門》より人々によませられ侍りしに、夢に逢ふ恋を

うちとけてまどろむとしもなきものをあふとみつるやうつゝなるらん

（夢で思う人に逢えましたが、その逢瀬は気を許してまどろむことすらなかったのに、それでも逢ったと思えたのは、結局そちらが現実なのでしょうか）

詞書によれば、後二条が生前、歌題を書いた紙があり、その裏面に写経しようとして、その題で西華門院が人々に歌を詠ませた、と解されており、兼好には「夢逢恋」題（正しくは「夢中逢恋」か）が当たったと解される。しかしよく考えると変である。遺墨の裏面に写経し、ついでに和歌を詠むとしても、その和歌はどこに書くのだろうか。

追善のため故人の手跡を裏返して写経する供養は極めてよく見られる。中古中世にはそこ

から進んで、最初から写経の料紙とするため新たに詠歌することが行われていた。詞書は省略があって分かりにくいが、これも後二条が生前に書いた歌題に従って新たに歌を詠み、その和歌の料紙を継いで、裏面に写経したのである。したがって必ずしも没後すぐの催しではない。むしろ、こうした追善和歌は七回忌の例が最も目立ち、十三・三十三回忌の例もある。後二条の七回忌は正和三年（一三一四）、十三回忌は元応二年（一三二〇）、三十三回忌は暦応三年（一三四〇）、いずれかの機会であろう。なお施主の西華門院は文和四年（一三五五）まで健在であった。

兼好が西華門院・堀川家との関係により加えられたことは確かであるが、生前の後二条に知られていたとか、まして恩顧を蒙ったとはいえないのである。また和歌も純粋な題詠《だいえい》であり、追悼の意は見出せない。

延政門院一条の正体

堀川家に出入りするようになってさほど経たなかった頃、正和五年（一三一六）正月、前内大臣具守が六十八歳で没した（図版3―7）。洛北岩倉には堀川家の山荘があり、かつ代々の墓所を兼ねていたため、そこに埋葬された。翌春、兼好は延政門院《えんせいもんいん》一条という女性と次のような和歌の贈答をした（家集六七、六八）。

3—7　**堀川具守**（1249—1316）像（中央公論社『天子摂関御影』〈続日本の絵巻 12〉）

ほりかはのおほいまうちぎみを、いはくらの山庄にをさめたてまつりにし又の春、そのわたりの蕨をとりて、雨降る日申しつかはし侍りし

さわらびのもゆる山辺をきて見れば消えし煙の跡ぞかなしき

（早蕨が萌え出した、大臣様を埋葬した山のほとりに来てみると、あの日空に消えた火葬の煙の名残が悲しく思い出されます）

返し　　延政門院一条

見るままに涙の雨ぞふりまさる消えし煙のあとのさわらび

（大臣様を火葬にした山に生えた早蕨を見るにつれ雨のような涙が一層落ちることです）

「さわらび」には「火」、「もゆる」は「萌ゆる」と「燃ゆる」を懸け、火葬の煙を暗示する。そうした技巧は措いても、前記五七番歌とは違って、こちらには故人を哀傷する心が感じられる。それもそのはずで、兼好の贈歌は源氏物語・早蕨《さわらび》巻で、宇治十帖に登場する姫宮の

一人、中の君が父の八の宮を悼んだ「この春は誰にか見せむ亡き人の形見につめる峯のさわらび」という歌を踏まえている。

この延政門院一条とは誰か、さまざまな推測がある。延政門院悦子《えつし》内親王（一二五九〜一三三二）は徒然草六十二段にも登場する、後嵯峨院の皇女である。その女院に仕えた女房となるが、「一条」は上﨟女房の名であり、大臣か大納言の娘に限られる。同時代の女院の女房歌人の例に照らしても、たとえば昭慶門院《しょうけいもんいん》一条の父は権大納言北畠師親《きたばたけもろちか》、徽安門院《きあんもんいん》一条の父は権大納言正親町公蔭《おおぎまちきんかげ》である（ともに大臣になり得る家格である）。すると延政門院一条は具守の娘と考えるべきである。具親のごとく、早世した権中納言具俊の子で、祖父具守の養子となっていたのであろう。そのように考えて初めて源氏物語を踏まえた兼好の贈歌の意味が分かる。ただしこの贈答は家人との間にしては、ややうちとけた感もある。兼好は常勤の家司などではなく、「遁世者」として堀川家に出入りしていたもので、主従関係は比較的緩やかなものではなかったかと想像されて来るのである。

六波羅から広がる人脈

以上、兼好が出家してから歌壇に知られるまで、ほぼ三十歳代の事績を探った。この間の動静は分からないことが多いが、後年の活動の基盤を準備した時期であったと思われる。興味深いことは金沢流北条氏が京都の、それも最高位の権門から実に熱い視線を注がれて、新たな人間関係が生じたことである。貞顕個人の資質、また六波羅探題在職が異例に長かったせいもあるが、むしろこれは北条氏全般に対していえることであろう。これまでは武家が辞を低くして交際を求めていたように説明されて来たが、実のところ貞顕自身はさほど積極的ではなく、当然そこに劣等感もなく、かえって公家や寺院の方から縁故を渇望していたのであった。このように考えて初めて、貞顕に仕える立場にあった兼好が、堀川家や仁和寺真乗院に出入りするようになった理由が説明できるのである。しかしそれでも依然として公・武・僧を隔てる壁は高かった。次章では内裏奥深くにまで入り込んだ兼好について記すことにしたい。

第四章

内裏を覗く遁世者

――都の兼好（二）

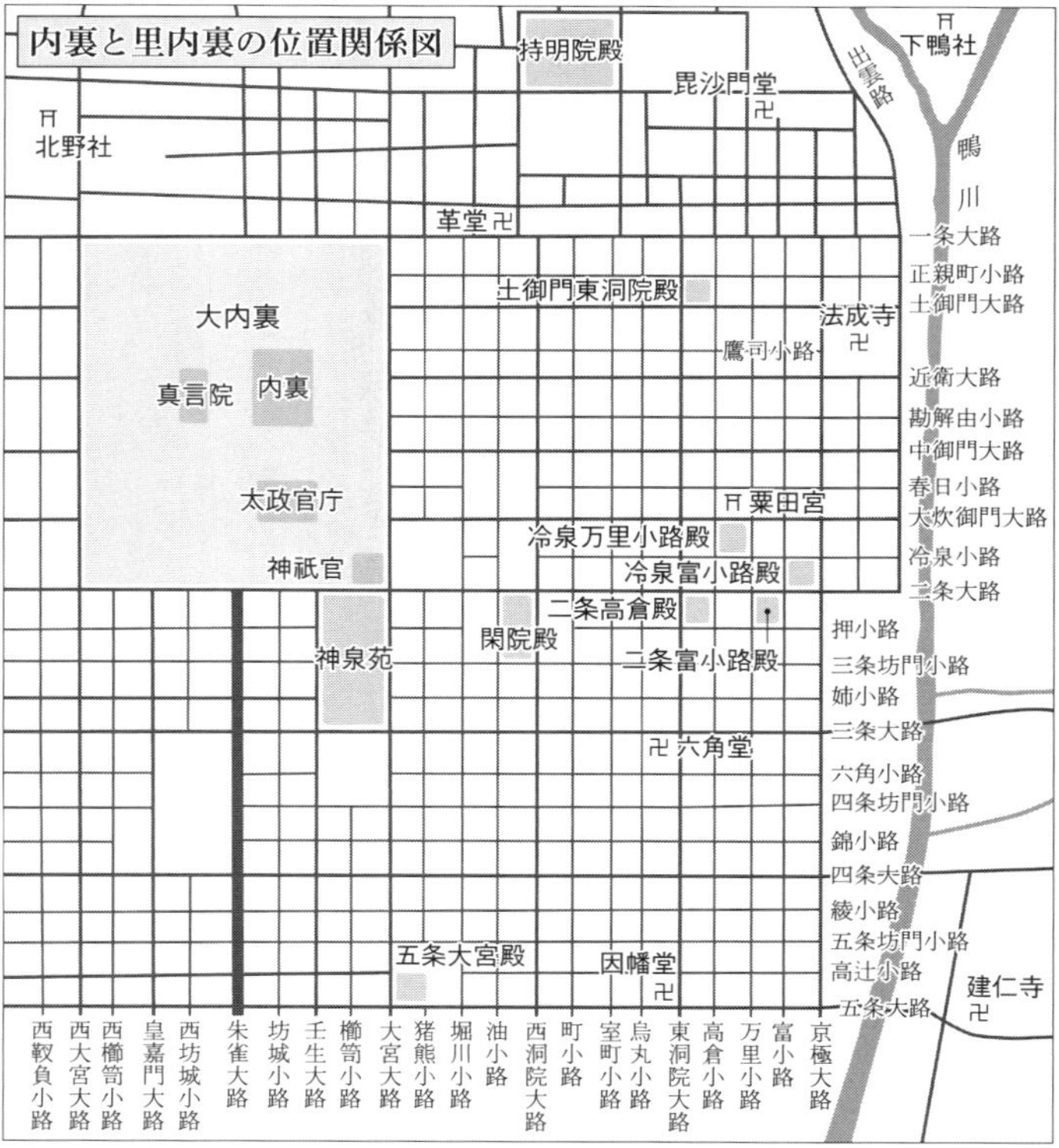

内裏のありさま

徒然草は二十二段で「何事も古き世のみぞ慕はしき」と宣言し、続く二十三段は、過去のよき精神を最も遺す空間として内裏のありさまを描写する。

おとろへたる末の世とはいへど、なほ九重《ここのえ》の神《かむ》さびたる有様こそ、世づかずめでたきものなれ。

露台《ろだい》・朝餉《あさがれい》・何殿《なにでん》・何門《なにもん》などは、いみじとも聞ゆべし、あやしの所にもありぬべき小蔀《こじとみ》・小板敷《こいたじき》・高遣戸《たかやりど》なども、めでたくこそ聞ゆれ。「陣《じん》に夜《よ》の設《もうけ》せよ」と言ふこそいみじけれ。夜《よる》の御殿《おとど》のをば、「かいともし、疾《と》うよ」など言ふ、まためでたし。上卿《しょうけい》の、陣にて事行へるさまはさらなり、諸司《しょし》の下人《しもうど》どもの、したり顔に馴れたるも、をかし。さばかり寒き夜もすがら、ここかしこに睡《ねぶ》り居たるこそをかしけれ。「内侍所《ないしどころ》の御鈴《みすず》の音は、めでたく優《ゆう》なるものなり」とぞ、徳大寺太政大臣《とくだいじのおおきおとど》は仰せられける。

「めでたし」が四度も繰り返され、鼻白むような宮廷讃美が繰り広げられる。天皇が日常を送る清涼殿の様子、また廷臣が陣で政務を行う情景を想起したこの段を解説して、蔵人として後二条天皇に奉仕した経歴を誇りとしこれを回想したとする意見が目立つ。しかし兼好は蔵人ではなかった。仕えた天皇が誰かもはっきりしない。正徹物語は兼好が「滝口」であったとする。ただそれも確証なく、滝口のほか出納《すいのう》・雑色《ぞうしき》・所《ところの》衆《しゅう》などの蔵人所の下級職員はいずれも侍品から選ばれる。兼好と宮廷との関係も再考の余地があろう。そもそも成人後、京都にあっても俗体で過ごした期間はごくわずかであったと思われる。

何よりこの段は懐古ではなく眼前の情景であった。それではどうしてこのようなことを知り、書いたのだろうか。まずは当時の内裏の実態を考えてみたい。

みすぼらしい実態

内裏といえば、多くの人は日本史教科書の類に必ず掲げられていた、大内裏図を思い浮かべるのではないか。

平安京の中央北、北は一条大路、南は二条大路に接し、東西は大宮大路と西大宮大路で区切られる、東西一・二キロ、南北一・四キロ四方の広大な空間が大内裏である。大垣で四周を囲まれ、大極殿《だいごくでん》以下の官庁が建ち並んでいる、その中心やや東寄りに内裏がある。敷地には主要な朝儀の場である紫宸殿《ししんでん》（南殿《なでん》）と天皇の生活空間である清涼殿《せいりょうでん》（中殿《ちゅうでん》）を中心に、淑景舎《しげいしゃ》（桐壺）・昭陽舎《しょうようしゃ》（梨壺）といった平安文学でもおなじみの建物、いわゆる七殿五舎（殿は東西七間、舎は同じく五間）が配置されている。この内裏でさえ南北三〇〇メートル、東西二〇〇メートルの規模である。

しかし兼好が眼にした内裏は、大内裏のそれではない。当時は洛中の廷臣の邸を借り受けるのが常で、これを里内裏《さとだいり》と称した。いかに立派な邸宅でも、その広さは原則大路小路で区切られた四方一町（一二〇メートル）であるから、内裏の半分のスペースしか取れないし、また新造はせず、既存の建物を流用することが常であった。邸宅は寝殿といくつかの対屋、泉殿、およびそれらをつなぐ廊で構成される。すると七殿五舎はとても無理、せいぜい根幹となる清涼殿・紫宸殿・仁寿殿《じじゅうでん》、そして左右近衛府の陣が取れればよしとしなければならない。前掲二十三段は通説では文保年間（一三一七〜一八）以前に執筆していたとされるので、兼好が目にした内裏は花園天皇の里内裏二条富小路殿《とみのこうじどの》であった。ごく標準的な規模の邸宅である。すると「あやしの所にもありぬべき小蔀・小板敷・高遣戸なども、めでたくこそ聞ゆれ」とは文字通り一般の屋敷にも当然備えられている家具や備品でも内裏になればすばらしく感ずるということで、まさに気分を綴った章段なのである。

ところで、兼好の生きた鎌倉後期の里内裏は、二条富小路殿をはじめ、冷泉万里小路殿《までのこうじ》・二条高倉殿・冷泉富小路殿など、南北は冷泉と押小路、東西は東洞院から東京極という、四方数百メートルの範囲に集中していた（章扉）。一方、二百三十段に「五条内裏には、妖物ありけり」として、亀山《かめやま》天皇の時代、清涼殿北端の黒戸《くろど》というフリースペースで殿上人が碁を打っていたところ、化け損じた狐がちょこんと座って見物していたという話を載せる。この五条大宮内裏は洛中ではあるが、市街からはやや離れていたせいか、他にもさまざまな怪異が頻発して心霊スポット化し、文永七年（一二七〇）八月に焼亡した後は再建されず放棄されてしまう。

まして大内裏は平安中期には既に維持が難しくなり、大嘗会のようなごく主要な朝儀でのみ利用され、普段は管理する人も無く、荒廃の一途を辿る。要するに大内裏はこの国の政治経済の規模を越えたサイズだった（桃崎有一郎『平安京はいらなかった』）。とくに内裏の西隣は最後まで開発されず、宴の松原と通称される荒蕪地のままで、早くも九世紀末の光孝天皇の代には「鬼」が出て人を食らった。鎌倉時代となると大内裏は「内野《うちの》」と呼ばれる草原が広がり、太政官庁や真言院など老朽化した建物が点在するだけで、廃墟マニアでもない限り夜など決して近寄りたくない場所であっただろう。

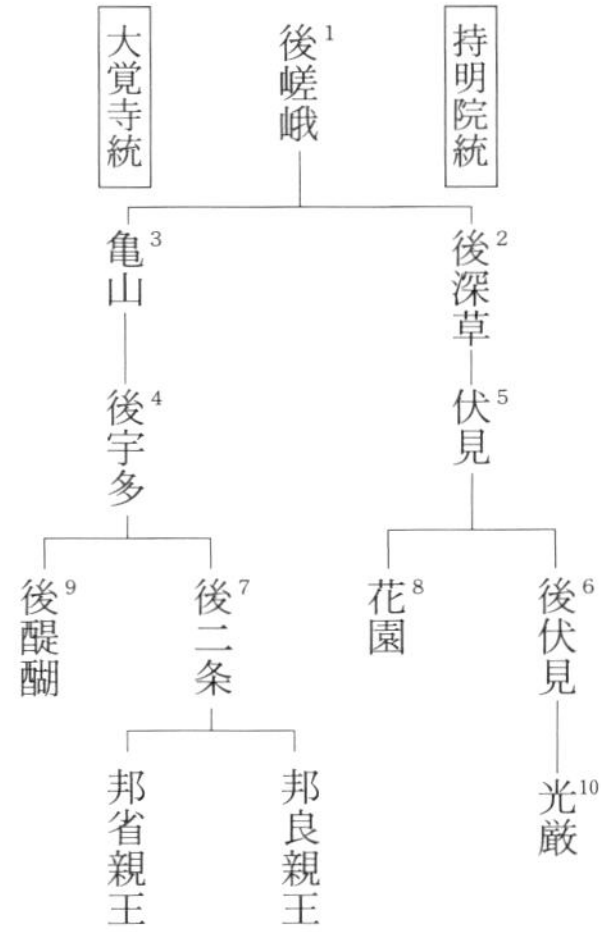

4—1　**皇室系図**　数字は即位順

両統迭立と幕府の「干渉」

さて鎌倉時代中後期、皇室は後深草《ごふかくさ》上皇・亀山上皇の兄弟に始まる二つの家に分裂し、半世紀にわたり皇位を争っていた（図版4—1）。

分裂が長期化した理由はいろいろあるが、まず鎌倉幕府の存在が挙げられる。承久の乱以後は皇位継承に幕府の承認が必要であった。だから決定権を握る幕府が、どちらかに皇位継承を断念させれば皇統は一本化するはずだが、なぜかそれだけはしなかった。幕府の対応は終始「両御流皇統断絶すべからざるの上は、御和談ありて、使節の往返を止めらるべし」（花園院宸記元亨元年〔一三二一〕十月十三日条）という微温的なものであった。どちらの側も断絶させる訳にはいかないので、原則話し合いで決めてくれ、幕府への働きかけは止めてほしいというのである。このため何度かの不順はありながら、後深草・亀山の子孫がかわるがわる即位した。これが「両統迭《りょうとうてつ》立《りつ》」と呼ばれる。そして相手側の執拗な運動と、幕府の唱える「中立性」のため、譲位が頻繁となった結果、幼帝が続いて、その父や兄による院政が常態となった。しかも後二条を除いては譲位後も長く存命であったから、上皇たちそれぞれが御所を構え、そこに女房や近臣集団を擁して、政情はおのずと複雑化した。

たとえば後二条天皇の治世では法皇二人・上皇三人が同時に健在であった。そのうち父後宇多上皇は冷泉万里小路殿に住んで院政を行ったが、やがて嵯峨の大覚寺を再興して、密教の研鑽に没頭する。それゆえこの皇統を大覚寺統と称する。次の花園天皇の時は父伏見上皇の院政が敷かれたが、伏見は室町院《むろまちいん》暉子《きし》内親王という未婚の女院の御所持明院《じみょういん》殿を相続し、乾元元年（一三〇二）から住んでいた。持明院統の号はここから生じている。

文保二年（一三一八）二月、花園が在位十年で退位、後醍醐天皇が即位するが、そのことが二十七段に記されている。皇位継承のたびに人々が新たな治天の君の御所に押し寄せる光景が繰り返されたが、これは兼好にとり初めて身近で目撃した皇位継承劇なのであろう。

御国譲《みくにゆず》りの節会《せちえ》行はれて、剣璽《けんじ》・内侍所《ないしどころ》（神鏡のこと）渡し奉らるるほどこそ、限りなう心ぼそけれ。
新院《しんいん》の、おりゐさせ給ひての春、詠ませ給ひけるとかや。
殿守《とのもり》のとものみやつこよそにしてはらはぬ庭に花ぞ散りしく
（清掃を担当する主殿寮の役人がもはや他人事として掃き清めない庭に落花が一面に散り

敷いている)

今の世のことしげきにまぎれて、院には参る人もなきぞさびしげなる。かかる折にぞ、人の心もあらはれぬべき。

花園は譲位が近くなると内裏を出てまず土御門《つちみかど》東洞院殿に移り、そこで譲位節会を挙行して、長年身に添えた三種の神器を新帝のもとへ送り出す。ついで持明院殿に移り、仙洞《せんとう》(退位後の御所)とした。父伏見は前年に死去していた。かつて治天の君の御所として繁栄していたから、寂寥は身に堪えたであろう。

兼好の「かかる折にぞ、人の心もあらはれぬべき」という感想もよく分かるが、とはいえ大覚寺統・持明院統の間で皇位がやりとりされることも既に半世紀に及んでいる。廷臣が両統に奉仕することも常態となっていた。いまさら平安時代の女房日記のように、譲位を悲しみ、廷臣の節操のなさを慨歎したところで、底の浅い感傷にとどまってしまう。また兼好がもし六位蔵人であったならば、これよりちょうど十年前の、後二条の早世、花園の践祚《せんそ》こそ特筆すべきであったろう。

持明院統の失意が深いとすれば、新しい皇太子には、持明院統ではなく、大覚寺統の邦良親王が立てられたことにある。一見、大覚寺統にははなはだ有利な決定であるが、生前の伏見の治世は、寵愛する歌人京極為兼《きょうごくためかね》の容喙《ようかい》を許すなどの失政が目立ち、幕府が持明院統の統治能力を疑ったことが遠因らしい。

新内裏の完成

ところで花園から後醍醐への代替わりには、それまでとは違うことがあった。内裏を引き続いて後醍醐が利用したことである。

この冷泉富小路内裏は、譲位の前年、二条富小路内裏にかわり、鎌倉幕府が建造したものである（なお新旧内裏は二条大路をはさんで斜向かいで近接するためか当時から呼称に混乱が見られる）。敷地は後深草法皇御所の跡地が充てられ、殿舎は高倉天皇から後深草天皇まで、九代九十年にわたり使用された閑院《かんいん》内裏を模した。面積こそ縮小したものの、かえって贅を凝らし、恒常的な使用に堪える里内裏であった。建築史研究からも「紫宸殿・仁寿殿・清涼殿の三者を主として南庭には校書殿《きょうしょでん》・宜陽殿《ぎようでん》を左右に配し、日華《にっか》・月華《げっか》の両門代を具えて内裏古制に準じた施設の構成は建暦《けんりゃく》・建長《けんちょう》両度の閑院内裏のそれと比較して遜色はなかった」（川上貢「二条富小路内裏について」）との指摘がある。

ただし閑院内裏は六十年前の正元《しょうげん》元年（一二五九）五月に焼亡しているため、記録に乏しく、細部は直接知る人の証言を参考にしたらしい。花園の祖母玄輝《げんき》門院は数少ない生き残りであった。女院は竣工後も内裏を見物し、いくつかの調度品にダメ出しをした。たとえば清涼殿の鬼間《おにのま》と殿上の間との壁に穿《うが》たれた半月型の覗き窓に鋭い切り込みが入っていたのを、閑院内裏はそうではなかったとして作り直させた。「又鬼間の櫛形《くしがた》の穴、初めは鬢櫛の如く彫ると云々、しかるべからざるの由仰せあり、よつて彫り直す」（花園院宸記文保元年四月二十三日条）。このことは評判となったようで、兼好も三十三段に記し付けている。

閑院内裏が理想とされたのは、後嵯峨上皇・後深草天皇の時代の、公武の融和の賜物であったからでもある。閑院内裏は何度か建て直されているが、最後の殿舎は、建長元年（一二四九）二月に焼亡後、幕府が再建したものである。吾妻鏡によれば、同二年三月一日に「造閑院殿雑掌」を定めて朝廷に進めており、目録によると、紫宸殿を執権北条時頼《ときより》、清涼殿を長井《ながい》泰秀《やすひで》と中原季時《なかはらのすえとき》、仁寿殿をかつて連署《れんしょ》（執権の補佐役）を務めた北条時房《ときふさ》の遺族、宜陽殿を同じく連署北条重時といった具合に、殿舎・門・廊・対屋・池・橋そして築地屏に至るまで、およそ三百人もの大小御家人に分担させて造営している。冷泉富小路内裏が直接模倣したのもこの建長度の閑院内裏であった。

当然、造営費も同じように御家人に賦課されたことになる。幕府としては両統共用に堪えるような、きちんとした内裏を建ててやるのだから、朝廷には公武協調と善政に励んで欲しい、というところであろう。

それにしても朝廷はもはや幕府に丸抱えである。内裏造営は御家人にとって少なくない負担であり、将軍御所ならばともかく何故内裏をという反撥を生むことは避けられない。それを押さえてまで協力したのに、その新内裏で後醍醐天皇が事もあろうに倒幕を企てた時、世間は「主上御謀叛」と称したが、たしかに幕府としては心外もはなはだしかったであろう。「謀叛」とはいうまでもなく下の者が上の者に対して企てるものである。

入り込む見物人

謹厳な花園天皇も新居は嬉しかったらしい。竣工直後には、関白らを引き連れてあちこち見分した。宸記に「南殿（紫宸殿）・仁寿殿の方暫く徘徊す、殿舎華構、華美を尽くす」とある。すっかり満足して清涼殿に戻ったが、その時「見物の女、小袖を着する者、悉く追ひ出す」とある（文保元年四月二十日条）。天皇の居住空間近くまで早くも見物人が入り込んでいるのである。

この時代の内裏は、里内裏であるゆえ、四周が道路に直接面する訳で、必ずしも閉ざされてはいなかった。とりわけ政務朝儀の行われる日は見物人で溢れていた。

寛喜三年（一二三一）十一月に朝廷が発した制符《せいふ》（法令）に「禁中儀式幷びに上下礼節を糺《ただ》し行はしむべき事」の一条があり、

公事《くじ》の日、宿衣《しゅくえ》を着する雲客（殿上人）・侍中（五位蔵人）、出現すべからず、群女堂上に昇り、雑人庭前に満つ、見物を致さんが為に、殆ど威儀を黷《けが》す、官職を帯する輩、布衣《（狩衣）》を着用し、済々（多く）の卑賤に相交じり、同じく巍々《ぎぎ》の礼法を窺ふ、かれと云ひこれと云ひ、禁ぜざるべからず、

とある。儀式の日、殿上人や五位蔵人は宿直用の略装で出て来るな、また官職に就いた者が狩衣《かりぎぬ》を着て見物するなと戒めるが、正装でなくては公家たちが群衆に紛れてしまうからなのである。つまり我先争って紫宸殿に昇り、禁庭を埋め尽くす見物人の存在が前提となっている。こうした現象は政治的背景からは説明できない、都市住民にとっての内裏の意義を改めて考えさせる。内裏とは強い磁力を放つ場であり、それは公家社会とは出自を異にする武家・僧、あるいは関東出身者の上により強く働いた。たとえば幕府は大番役《おおばんやく》（内裏の警固）を務める諸国御家人の関係者が節会を見物することを厳禁した。元日・白馬《あおうま》・踏歌《とうか》と続く正月三節会は、非常に魅力的なアトラクションでもあったが、「大番衆の下人など見物の為参入の間、嗷々《ごうごう》狼藉の由、その聞えあるにより、停止すべし」（吾妻鏡 貞永《じょうえい》元年〔一二三二〕十二月二十九日条）とするのは、物見高い都市住民の雑踏のうちに、武士が交じれば騒ぎにな

ることを懼《おそ》れたのである。これが決して杞憂ではなかったことは、他ならぬ金沢貞顕の被官が証明してしまった。

応長元年（一三一一）正月十六日の踏歌節会で、花園天皇が紫宸殿に出御する直前、見物人のうちにいた「北方武州貞顕、祗候人」鵜沼孫左衛門尉が滝口平有世《ありよ》を殺害、駆けつけた大番衆によって門外で討ち取られた。同じく鵜沼八郎は紫宸殿に昇り、居合わせた下級官人二人を斬殺し、自殺したのである。八郎は絶命寸前に門外に放り出され、辛うじて死穢は避けられたが、最も神聖であるべき紫宸殿が流血にまみれる惨事となった。「女を相論すと云々」とあるので、鵜沼は見物の女性に声をかけてトラブルとなり、抜刀したのであろうか（武家年代記裏書）。前代未聞の不祥事に貞顕は更迭も覚悟したが、得宗貞時《とくそうさだとき》は不問に付した。ただ幕府による新内裏の造営は案外これも一つの原因かも知れない。

これはまさに当時上洛したばかりであったはずの兼好の身近で起こった事件である。その感慨を知ることはできないが、兼好の内裏へ抱いた憧憬は、この日に内裏につめかけた都市住民のそれと違いのあるものではなかった。

押し寄せる衣かづき

禁中奥深くまで無関係の観衆が闖入《ちんにゅう》すること、常識では理解しがたい現象である。とはいえ中世の朝廷はこうした見物人を必ずしも排除しなかった。それは天皇以下自分たちが「見られる」身体であることを承知していたからであろう。

ところで、105頁に引用した花園院宸記によれば、新造内裏を見物する女たちのうち「小袖を着する者」が追い出されたという。

「小袖」とは、もともと庶民の着用する袖口の狭い下着であったが、「色々の染物三十、前にて、女房どもに小袖に調ぜさせて」（徒然草二百十六段）とある通り、当時の公武社会ではさまざまに染色したものを重ね着してその彩りを競うようになっていた。そのため朝廷の倹約令では、しばしば小袖が取り締まりの対象となっている。目立たぬ恰好をすればよいものを、わざと派手な恰好をして内裏を見物する連中が非常に多かったのであろう。後醍醐天皇の建武政権下でも「陣中に於いて制止を加ふべき条々」という禁制が出され、陣中（内裏とその周辺一町のエリア）に、家庭ゴミを持ち込むな、高下駄で歩くな、商売をするな、といった信じ難い条項が並ぶが、やはり「布小袖・小袴を着る事」が禁止されている。

しかし、かたや追い出されなかった見物人もいたことになる。その違いは、恐らく頭に衣をかぶる、「衣《きぬ》かづき」の姿になっていたことにあろう。

「衣をかづく」つまり衣を被って頭を隠すのは、自らの姿を隠す意思表示であった。いわば天狗の「隠れ蓑」の原形であって、こうすれば天皇や廷臣たちにとっても、見えていても見

4―2　**興福寺維摩会を見物する裹頭**（中央公論社『春日権現験記絵』〈続日本絵巻大成 15〉）

えない存在となる。

徒然草百一段にはこのような逸話がある。やはり後醍醐天皇の時代、ある任大臣節会で、内弁《ないべん》（儀式の進行役の公卿）が宣命《せんみょう》を持たないで紫宸殿に昇ってしまった。大臣を任ずる旨を述べた宣命が無くては儀式にならない。しかし取りに戻る訳にもいかず途方に暮れているのを、六位外記中原康綱《なかはらのやすつな》が機転を利かせて「衣かづきの女房」に話を付けて、宣命を持たせて内弁のもとに届けさせたとある。紫宸殿には既に天皇が出御し、外弁《げべん》といって列席の公卿たちが居並んでいるが、「衣かづき」ならば内弁に近づいて宣命を渡しても、誰も咎めることはなかったのである。

男の場合、頭に頭巾などをかぶり目だけを出す姿、つまり「裹頭《かとう》」となる（図版4―2）。二百三十八段第七条で、二月十五日の皎皎《こうこう》たる月夜、千本釈迦堂に詣でた時、「ひとり、顔深く隠して聴聞し侍りしに」とするのは、やはり覆面をして人知れず参詣していたのである。

後七日御修法の見物

兼好は「裏頭」の姿となり、内裏へ自由自在に入り込む者の一人であった。その意味で同じ段の第六条は、正月の後七日御修法を見物した時の経験を記したものであり、興味深い。

一、顕助《けんじょ》僧正に伴ひて、加持香水《かじこうずい》を見侍りしに、いまだ果てぬほどに、僧正帰り出で侍りしに、陣《じん》の外《と》まで僧都見えず。法師どもを帰して求めさするに、「同じさまなる大衆多くて、え求めあはず」と言ひて、いと久しくて出でたりしを、「あなわびし。それ、求めておはせよ」と言はれしに、帰り入りて、やがて具して出でぬ。

顕助僧正は、たびたび登場した金沢貞顕の子真乗院顕助である。顕助は東寺二長者であった嘉暦《かりゃく》二年（一三二七）の後七日御修法では阿闍梨《あじゃり》を務めており、それ以外の某年、兼好が顕助の供をした時の記事と解される。

いつまでも戻って来ず、顕助が探しにいかせた「僧都」とは誰か。早くに北村季吟《きたむらきぎん》の文段《もんだん》抄《しょう》に「僧正同道の人なりしを見うしなひたる也」といい、ほぼすべての注釈が「僧正に従って拝観した僧のことであろう」などとする。しかし、いかにも唐突である。いっさいの説明もなしに「僧都」という本文だけで読者に伝わったとすれば、候補者はただ一人、顕助の実弟、少僧都貞助《ていじょ》であろう。

貞助は「大夫僧都」と称され、兄の後継者に擬されて真乗院に迎えられていた。兄の晩年にもかなり若かったであろう（顕助は十七歳で少僧都になっている）。幼い弟が迷子になったから「あなわびし」なのである。兼好は貞顕の縁で貞助を親しく知っていたはずで、顕助から貞助を探して来て欲しいと命じられた理由もおのずと明らかになる。

さて後七日御修法とは、大内裏真言院において正月八日から七日間にわたり東寺長者を導師とし玉体安穏・国家繁栄・五穀豊饒などを祈った法会である。十二日からの三日間は大阿闍梨が香水を加持し、十四日の結願日の夜、内裏清涼殿に持参し、天皇に灌《そそ》ぐ。加持香水とはこの儀を指す。

諸注、この場面を大内裏真言院の儀とし、「陣の外」とはその外陣《げじん》（堂内の区画で外側の部分）とする。一方、内裏清涼殿での儀であるとした注意すべき異説があったが（小林智昭「加持香水をめぐる覚書」）、これ以後も数多く刊行された注釈書は、儀礼的言及のみで当否を決することを避け、半世紀もの間、通説が踏襲され続けているのである。

4―3　**真言院**（中央公論社『年中行事絵巻』〈日本の絵巻８〉）　平安末期の様子を描いた想像図

陣の外まで僧都見えず

平安時代に基づく辞書の記述ではなく、当時の実態を顧みなければならない。真言院は大内裏のちょうど中央附近に位置していた。たしかに後七日御修法の間、阿闍梨以下の僧が日参したが、鎌倉時代後期ともなれば真言院はもはや壁をとどめるばかり、周囲は荒蕪地が広がっていた。もしそこに見物人が多少はいたとしても、建物の規模からすれば紛れることはまずあるまい（図版４―３）。そもそもそんなところに現れる見物人は妖怪変化の類か強盗に違いない。物騒すぎて阿闍梨は武装した兵を伴わなくてはならず、他ならぬ兼好が六十三段で「後七日の阿闍梨、武者をあつむること、いつとかや盗人にあひにけるより、宿直人とて、かくことことしくなりにけり」と、真言院の危険に触れているのである。

以上の事情、さらに見物人を集めた点でも、この章段の舞台は加持香水の行われた内裏以外にあり得ないのである。そのほとんどは儀式とは直接関係のない見物人であって、列座どころではなく、任意のところから見守っていたに違いない。同じような裹頭姿があちこちにいるから、見分けがつかなかったのである。

さらに諸注考慮していないが、「陣《じん》の外《と》」という語を、真言院の「外陣」と解してよいのであろうか。「陣の外」を外陣とするのは、恵空《えくう》の徒然草参考《さんこう》という古い注釈書に「禁裏の真言院の外陣也、法事を行ふ時に内陣外陣あるべし」とすることを用いたらしいが、人を見失うような空間ではない。そしてたとえば「死にければ陣の外に引き棄てつ」（枕草子六段）を引用するまでもなく、「陣の外」は内裏について普通に使われる語である。

「陣」ははなはだ多義的な語であるが、中世の里内裏については「門」と同義であること、多くの挙例により桃崎有一郎が証している（「中世里内裏の空間構造と「陣」」）。門には廊が附属していて、衛門陣・兵衛陣に准じられたためらしい。したがって「陣の外」とあれば要するに内裏の門外ということである。

そして顕助・貞助が見物したとすれば、後醍醐天皇の治世であり、内裏は例の富小路内裏であった。二条北・冷泉南・富小路東・京極西で四周を区切られ、方一町を占めたこの里内裏は、西礼（富小路に面した西向きを正門とする）御所であり、東向きの京極大路に面した門は裏門であった。この「京極西棟門」が、左兵衛陣に擬定されているので、「陣の外」とは

4―4　**内裏の正月節会の図**　上杉本洛中洛外図（米沢市上杉博物館蔵）。月華門の脇の入口に「ぢんの座」とあり、見物の衣かづきが入ろうとしている

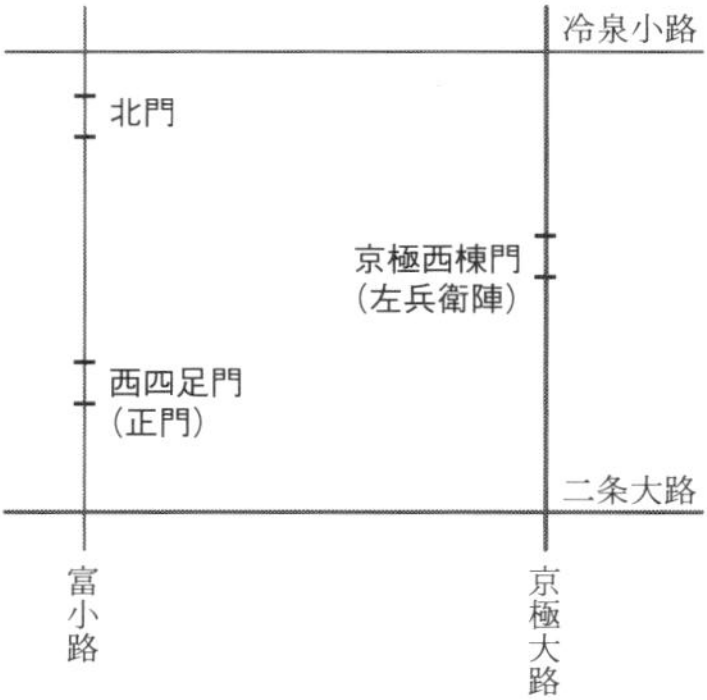

4―5　**富小路内裏の四周概念図**

この門外であろう（図版4―4、5）。

もう明らかであろうが、顕助たち一行はひそかに清涼殿の加持香水を見物に行き、従者たちは門外に控えていた。顕助は早く出て来たが、貞助は一向に出て来ない。坊官たちに探し

に行かせても、見物人が多すぎて分からない、そこで兼好が首尾良く探し出した、ということになる。他愛のない自慢だが、かつて貞顕被官が雑踏する内裏で起こした流血事件を思えば、さほど軽いとも思えないのである。

内裏へと導く兼好

ところで顕助は東寺二長者である。非番であったとはいえ、群衆に交じって加持香水を見物するとは、いささか奇異である。しかし、政務朝儀に出仕する義務のあるのに故障を申し立てて欠席した人物が堂々と「見物」に来ること、実はよくあった。応永十三年（一四〇六）正月十六日の踏歌節会で、関白一条経嗣《いちじょうつねつぐ》は、権大納言花山院忠定《かざんいんただざだ》（二十八歳）が堂上で突っ立ったまま節会を見物していたのを見咎めた。「そもそも花山院大納言、節会以前より参候し、堂上に佇立し、見物の由を称す、この卿、先年の所為又かくの如し、諸人目を側《そば》めると云々」（荒暦《こうりゃく》）とする。経嗣はひどく立腹しているが、忠定の衣冠上結《いかんうわくくり》という略装がけしからんのであって、束帯を着て内々に「御後《ごご》（紫宸殿の北庇）」に祇候して節会を見物することは、ふつうにあるとも述べている。

室町幕府将軍もまた大臣大将の高官を帯びても、憶して政務朝儀に加わらず、原則このような「見物」を続けた。唯一の例外は足利義満であるが、やはり最初はひそかに白馬節会を見物することから「公家化」の第一歩を始めたのであった。

つまり儀式の「見物」とは、貴種の大臣や納言に許された、一種の特権でもあった。この事情は顕密の高僧にもまったく同一であろう。顕助は、後継者である貞助に、彼が将来必ず奉仕するであろう内裏の加持香水の儀を「見物」させたのである。しかしいまだ参仕の経験もなく地理にも不案内であろうから、貞助は見物しているうちに迷子になってしまった。それがこの段を読むための前提であろう。

徒然草における宮廷への視線はおよそ明らかになって来た。兼好は公家社会の正式の構成員ではなかったのであろう。たしかに徒然草には数多くの廷臣が登場し、摂関・大臣の談話も記録されるが、しかしそれは多く伝聞や書承であり、師事した歌道師範を除いては、双方向的な対話はほとんど見られないのである。

中世の検非違使庁

兼好がいかなる形で公家社会に関わったかについては、廷臣の出自であるという理由では説明がつかなくなった。そこで注目したいのが検非違使庁（当時は使庁《しちょう》と略した）である。

使庁は洛中の非違を検察、つまり市内の警察や治安維持に当たるもので、平安時代初期に設置された臨時の職（令外官《りょうげのかん》）であったが、早くに追捕・糾弾・罪状認定など司法全般に亘る権限を有することになった。これらはそれぞれ兵衛府・弾正台・刑部省の権能であったが、いずれも早く形骸化した。要するに大内裏の場合と同じく、職員令で規定される壮大な官衙《かんが》は、我が国には不釣り合いに過ぎた。朝廷の権能は検非違使庁に集約された恰好となった。朝廷は京都とその周辺を地盤とした、使庁以下いくつかの現業官司からなる公家政権へと変質したともいえる。とはいえ使庁の追捕・検断の能力も衰えており、ことに六波羅探題府が設置されると、次第に権限を譲ることとなった。

しかしそれでも使庁は依然公家政権の生命線であり、南北朝時代後期まで実質を保っている。それは使庁が京都市中の行政権を掌握していたからである。とくに人口稠密《ちゅうみつ》な上京では、条坊の内部がさらに小路辻子で分割され、巷所《こうしょ》と呼ばれる宅地農地があちこちに出現、地子（地代）が大きな財源となった。そこは「保《ほ》」と呼ばれる十二の行政単位で区切られており、それぞれに保官人と呼ばれる検非違使が置かれ、治安維持のほか地子の徴収に当たった。商工業者への課税が公家政権を支えていたことは多くの史料がある。さまざまな名目の課税は「保務」と称され、検非違使にとり一種の得分（役得）と化していた。探題府に刑事的側面を譲っても、市民間で頻発する訴訟への対応、つまり民事的側面は依然使庁の掌握するところであった。たとえば、さきに見た是法法師も、土地をめぐる訴訟を起こされた時、最初にしたことは使庁を懐柔することで、また戦災のため権利文書を失った時は、保検非違使に紛失状へ証判を据えてもらっているのである。さらに近年の研究では、使庁は朝廷の祭祀・儀礼では会場の設営をはじめ、周辺道路の整備清掃を担当し、また都市にはつきものの貧民救恤にも当たった。洛中住民にとって使庁は最も身近な官庁であった。

検非違使庁の職員

検非違使は、衛門府の職員から抜擢され、検非違使宣旨を受けた者で組織される。衛門府も含め、令制下の官司の幹部職員は、長官《かみ》―次官《すけ》―判官《じょう》―主典《さかん》からなる四等官制を敷く（官司により文字は異なり、たとえば衛門府では督・佐・尉・志となる）。さらにその下には史生《ししょう》ないし府生《ふしょう》と呼ばれる書記役が置かれる（図版4―6）。

検非違使補任《ぶにん》という職員録がある。宝治《ほうじ》二年（一二四八）から文永四年（一二六七）までの期間を遺すのみであるが、鎌倉中期の使庁の実態を知る貴重な手がかりである。

別当は衛門督が兼ねるが、二十年足らずの間に十四人（うち一人重任）を数える。参議から納言に昇進するのに別当の経歴が考慮されたためで、清華家《せいが》・大臣家などでは単なる通過点に過ぎず、その地位はかなり名目的であった。ただ別当が交替するたびに、尉（判官）以下の諸官は保務の権益を安堵（保証）されていたようで、いかに名目的かつ在職が短期間とはいえ、別当の権威は大きかった。「使庁興行」を謳われる、行政能力を発揮した別当もたしかにおり、後醍醐天皇の治世に日野《ひの》資朝《すけとも》や北畠《きたばたけ》親房《ちかふさ》らの腹心が別当に据えられたのも使庁を確実に掌握しようとする意図であろう。

別当が実務に臨まない時には、次官である衛門佐が検非違使の宣旨を受けて使庁を統轄した。左右二名が定員で、この職は五位蔵人と弁官を兼ね、勧修寺《かじゅうじ》流・日野流の名家の実務をする公卿が担った。検非違使補任では、佐は左右あわせ十四人、短期の交替も目立つが、在官九年に及ぶ者もいる。

尉が、いわゆる検非違使として、古典文学にも最もよく登場する人々である。定員は定まらない。大別して二種ある。一つは法律学、すなわち明法道《みょうぼうどう》を修めた法曹の人々。もう一つは、名誉を求めて任じられる武士。源義経が戦功として任じられたことは後者で、遂に判官を異名とするに至った。義経はこの名誉が害をなしたが、鎌倉幕府御家人も検非違使を強く望んでいる。とくに検非違使尉のまま五位に叙される、いわゆる「大夫尉《たいふのじょう》（大夫判官）」は最大の名誉であった。検非違使補任でも尉は九十四人にも上り、うち明法道の専

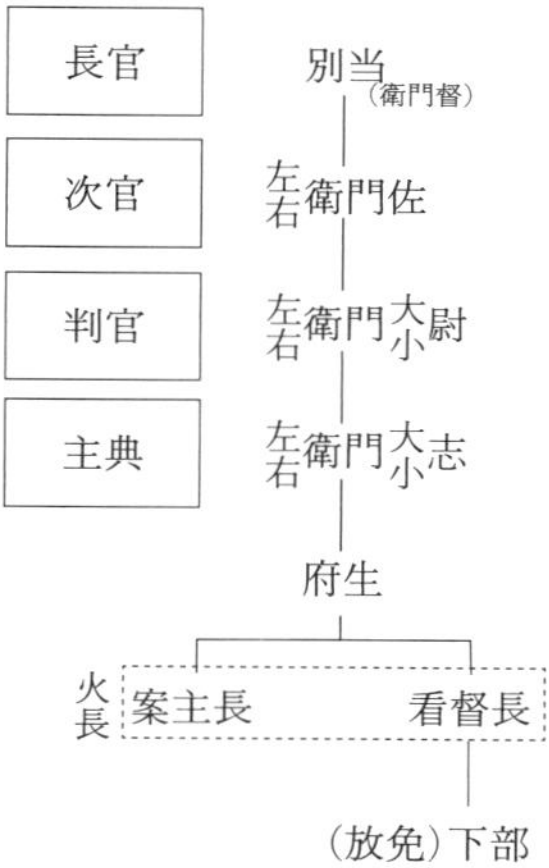

4—6　検非違使庁職制表

門家として知られる中原氏が二十九人、惟宗《これむね》氏が六人を占める。使庁の運営は実質上この中原氏の手中にあったといえるであろう。残りは関東御家人、北面・西面を務めた武士、また六位蔵人を兼ねた下級官人もいるが、これらはほぼ名目だけの在職と見られる。

志にはもっぱら明法道出身者が任じられる。「法家の検非違使」「道の検非違使」と呼ばれ、二百二十一段に登場する「道志《どうし》」がこれである。検非違使補任では二十九人、うち二十三人がやはり中原氏である。そこから十五人が尉に転任している。

府生は公家社会では最下層の侍品に属する人々が任じられ、使宣旨を受けた。検非違使補任では府生が八人確認され、紀氏一、三宅氏二、大江氏二、中原氏三であり、源平藤橘の四姓は含まれない。うち三人が志に転任している。

百四十四段は明恵《みょうえ》上人の逸話である。馬を河で洗う男が「あし、あし」と言ったのを明恵は梵字の「阿字《あじ》」（大日如来を象徴する）と聞き違えて感動し、誰の馬かと尋ねて、「府生殿の御馬に候」と答えれば、「こはめでたきことかな。阿字本不生《あじほんふしょう》（不生不滅の真理）にこそあなれ」と、一人で勝手に感動し法悦に浸っていたという。明恵といえば純粋苛烈な宗教心で知られるが、ここではやや戯画風である。この「府生殿」も検非違使であろう。府生という官は兵衛府・近衛府にも存するが、当時実質的に存在していたのは衛門府生で検非違使となった者だけで、京都市民にも身近な存在であったからこそ成立した逸話なのである。

4—7　**賀茂祭の検非違使と看督長・放免**　賀茂祭草子（京都産業大学蔵）

賀茂祭の検非違使

「花は盛りに」で始まる百三十七段は徒然草でも最も有名かつ長大な段であるが、内容の中心は「祭」見物をする人々の描写である。「祭」とは賀茂祭《かもさい》である。四月の中の酉の日、宮中の儀を終えた勅使一行が都大路を渡る路頭の儀は、都の住民にとって最大の娯楽であった。平安時代末期、行列は検非違使・山《やま》城介《しろのすけ》・内蔵寮《くらりょう》使・馬寮《めりょう》使・春宮《とうぐう》使・中宮使・近衛使・女使からなる長大なものであったが、鎌倉時代にはその規模は次第に縮小していった。官司によっては代理人を立てるようになる。ところが行列の先頭に立つ検非違使だけは人数を減じなかった。まず使庁の下吏である看督長《かどのおさ》が二列の隊伍を組み、その後を検非違使が官の順に、つまり府生・志・尉・大夫尉の順に騎馬で進み、それぞれ舎人《とねり》・童・調度懸《ちょうどがけ》・雑色といった従者そして鉾持《ほこもち》の放免《ほうべん》を従わせている（図版4—7）。検非違使は全員参仕が原則であり、路頭の儀は検非違使のためにあったといっても過言ではない（丹生谷哲一「賀茂祭と検非違使の位置」）。
彼らの行粧《ぎょうそう》は年を追って華美の度を増していった。鉾持は綾羅錦繡《りょうらきんしゅう》で身を包み、造花をはじめ鏡や鈴といったありとあらゆるアクセサリー（附物）をぶら下げ、わざと人目を惹くように仕立てた。朝廷は何度も制符を出して過差《かさ》（贅沢）を禁じたが効果はなかった。徒然草二百二十一段では、およそ半世紀前の建治《けんじ》・弘安年間（一二七五〜八七）は放免の附物の意匠が古歌を踏まえた気品あるものであったと「老いたる道志どもの、今日も語り侍るなり」とし、

このごろは、附物、年を送りて過差ことのほかになりて、よろづの重き物を多くつけて、左右の袖を人に持たせて、自らは鉾《ほこ》をだに持たず、息つき苦しむ有様、いと見苦し。

と批判する。「昔は良かった」式の懐旧で、だいたい装飾が重すぎて一人では立てなくなった放免の姿は滑稽でしかないが、毎年眼にする光景であった。「建治・弘安」は正しい歴史認識で、正応《しょうおう》元年（一二八八）、鎌倉幕府は、検非違使尉となった関東御家人が上洛し賀茂祭の行列に加わることを義務づけた。もともと検非違使となる御家人は富裕であったから、文字通りの晴の舞台で鎬《しのぎ》を削った。これが時に悪趣味でさえあったため、当時御幸に供奉し

たある若い公家が侍や郎従にごてごてした恰好をさせると、「田舎検非違使の祭供奉の行粧」のようだと揶揄されている（実躬《さねみ》卿記徳治元年〔一三〇六〕十二月五日条）。百三十七・二百二十一段はこうした都の風俗を背景に読むべき段で、兼好の慨歎とは裏腹に、検非違使は過差によって都の耳目を一身に惹きつけていたのである。

下級官人の横断的活動

安倍・紀・惟宗・中原などの氏の出身で、検非違使の尉・志・府生など主に官衙の三四等官を構成する者を、官人と称した。彼らは同時に摂関・大臣の下家司《しもけいし》であり、院庁の主典代、朝廷の太政官の史生、蔵人所の滝口・出納・小舎人といった、官庁・政庁の四等官や書記役といった事務職を横断的に兼務していた（中原俊章『中世公家と地下官人』）。文簿の才、つまり経済的才覚に秀でているため、とかく金ばかりかかる儀式に明け暮れる朝廷としては、彼らに管理運営を委ねるしかなかった。自然上官は実務に携わらなくなる。天皇の身辺に仕え朝儀の世話をする六位蔵人さえ、諸大夫層の数家の世襲独占するところで、ほぼ形骸化していた。順徳天皇（在位一二一〇～二一）は「近代公事、六位無沙汰、偏へに只出納・小舎人の沙汰なり」（禁秘抄）と、六位蔵人が仕事をしないと慨歎するのである。鎌倉初期でこのありさまである。平安時代中期の官制をもとに「兼好は六位蔵人に抜擢されて天皇に親近した」と考えることが、いかに当時の実態と乖離《かいり》したものか、いうまでもなかろう。

そこで兼好が「滝口」であったとする証言はやはり注意される。侍品で内裏に出入りしていたならば、むしろ蔵人所の出納・雑色・所衆ではなかったか。いったい、これらは単なる職（地位）であり、令制で定められた官ではないから、相当する位階を持たない。府生・史生・舎人などもいわゆる判任官で、当該官衙の推薦で任命される雑任《ぞうにん》である。こうした地位を長年務めることで、六位相当の官に任じられ、さらに勤労を重ねてようやく叙爵、という道筋を辿ることになる。なお中原氏のように法律を修めて衛門志に任じられた「法家の検非違使」に対し、それ以外の下級官人で衛門府生に任じられて検非違使の宣旨を蒙る者を「非《ひ》成業《じょうごう》の検非違使」と称したが、これは五位の厚い壁に昇進を阻まれる彼らが辛うじて手にできる名誉であったからに他ならない。

兼好が朝廷に出仕していたならば、こうした侍品の職に就いたと考えられ、正式な任官には至らなくとも、その所縁は長く続いたのではないかと想像される。より重要なことは兼好が日常接して情報を得ていたのはこのクラスの人々である。前掲百一段の中原康綱も実は随身源康顕の子なので侍である。それが中原家に仕えて才能を見出され、改姓の上、六位の外記となった。中原家は代々の当主が五位の大外記に任じ、朝廷の事務を担当してきたが、それでも世襲の実績は当主を実務から遠ざけ、こうした優秀な家人に委ねるようになったのである。六十六段では鳥柴《としば》（木の枝に雉《きじ》を付けた、贈答品の一種）のデコレーションについての随身下毛野武勝《しもつけののたけかつ》の談話が紹介されるが、この武勝は右近衛府番長《ばんちょう》で、かつ蔵人所に属する鷹飼《たかがい》であった。自信に満ちた談話には主人の関白近衛家平《このえいえひら》も従った。なお百六十三段に登場する「もりちか入道」もやはり近衛家下家司の惟宗盛親《これむねのもりちか》と考えられる。さらに百二段には、長年内裏に奉仕していた、又五郎《またごろう》なる「老いたる衛士」が取り上げられる。ごく賤しい身分であるが、公事に通暁していた又五郎には、有職で知られた洞院公賢さえ一目置いて、他の公卿に対して朝儀の師範に推薦したとある。実務に通じた彼らの言動はいかにも明晰かつ的確であり、そこにはひそやかな自負さえ感じさせる。

侍品の官人は裕福であり、わずかな名誉で満足し、その上、故実の研鑽にも熱心で奉公の労も惜しまないのに対し、公卿・殿上人は、官位昇進の不満ばかり口にし、そのくせ政務朝儀には不熱心でサボタージュすることばかり考えていたから、実力の差はおのずと明らかだろう。徒然草のあの宮廷讃美がどちらの側から出たものか記すに及ぶまい。

使庁の評定——徳大寺実基の逸話

こうして見ると徒然草という作品は、いよいよ検非違使庁との関係が無視できなくなる。現に堀川家は歴代別当を経歴し、九十九・百六十二段は、弘安八年（一二八五）に別当になった基俊の在職中のエピソードである。もっともこれは時期からも兼好が直接見聞したものではない。ここでは二百六段を掲げたい。

徳大寺故大臣殿、検非違使《けんぴいし》の別当《べっとう》の時、中門《ちゅうもん》にて使庁の評定《ひょうじょう》行はれけるほどに、官《かん》人章兼《にんのりかぬ》が牛放れて、庁屋のうちへ入りて、大理の座の浜床《はまゆか》の上に登りて、にれうちかみて臥したりけり。重き怪異《けい》なりとて、牛を陰陽師《おんようじ》のもとへつかはすべきよし、おのおの申しけるを、父の相国《しょうこく》聞き給ひて、「牛に分別なし。足あれば、いづくへか登らざらん。尫弱《おうじゃく》の官人、たまたま出仕の微牛《びぎゅう》を取らるべきやうなし」とて、牛をば主《ぬし》に返して、臥したりける畳をばかへられにけり。あへて凶事《きょうじ》なかりけるとなん。

「怪しみを見て怪しまざる時は、怪しみかへりて破る」と言へり。

徳大寺公孝《きんたか》公が別当であった時、検非違使庁の会議を行われていたところ、官人中原章兼の牛が車から離れて、邸内に入り、別当の座の浜床の上に登って、反芻しながら横たわった。重大な変異だと言って、牛を陰陽師のところへやるよう面々申し上げたのを、公孝公の父太政大臣実基《さねもと》公（一二〇一～七三）がお聞きになり、「牛には分別がない。足がある以上どこにでも登るものだ。微禄の役人が、たまに出仕するときの痩せ牛を没収される謂れはない」といって牛を持ち主に返して、牛が横たわった畳を取り替えなさった。何も不吉なことは起こらなかった、ということである（図版4—8）。

この段は、迷信にとらわれない、徳大寺実基の開明性・合理性に感動したものと解釈される。たしかにその通りであるが、使庁に関して言及しなくては不十分である。

まず使庁の評定は徳大寺邸で開かれている点に注意したい。これは徳大寺家が使庁の運営に当たっていたからである。別当ではなく、その父が出て来て指図をするのも同じ理由である。同家では年少の公孝ではなく、いまだ実基が惣領（家督）として君臨していたからである。公孝は名目上の別当に過ぎず、実基が使庁の運営に当たった訳で、そのような立場を「庁務《ちょうむ》」といった。なお「中門」とは、邸内の主要な建物を結ぶ廊下の中途を通れるようにしたもの。実際には門はなかったようで、母屋から邸内に延びた廊を指すと考えてよい。

公孝が別当であった期間は文永四年（一二六七）から二年余、兼好誕生前のことである。同じ話が官史記《かんしき》（小槻季継記《おづきのすえつぐき》）という故実書に見え、出典と考えられている。こちらでは「実基公子公孝、検非違使別当ニテ庁ノ始日、官人章国乗リタリケル牛放レテ、

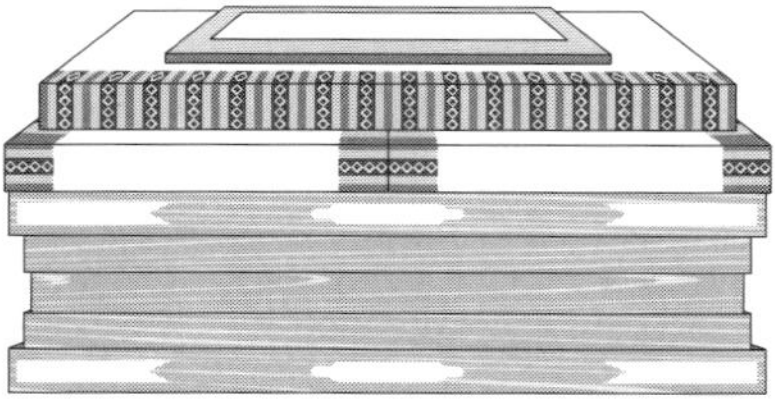

4—8　浜床の図

大理ノ座ノ上ヘ昇リテ糞ヲシタリケル程ニ」と、事件は別当就任後に行う庁始の席で起き、官人の名は章兼ではなくて章国《のりくに》、また牛は「にれうちかみて」どころか脱糞したとある。章兼も章国も古参の検非違使であるが、官史記の方がより古い形なのであろう。

官史記との比較

官史記の記事は前後二段からなり、前段には実基に関する別の逸話がある。徒然草には引用されなかった、前段の内容を紹介したい。

　太政大臣実基公、検非違使別当《嘉禄元十一十補》ノ時、八歳男子ヲ二人ノ女、面々ニ我ガ子ノ由ヲ称シケル間、法曹ノ輩計ラヒ申シテ云フ、法意ノ旨ニ任セテ三人ガ血ヲ出シテ流水ニ流ス時、真実ノ骨肉ノ血ハ末ニテ一ニ成リ、他人血気ハ末ニテ別ルナリ、カクノ如ク沙汰スベキノ由計ラヒ申スノトコロ、大理云フ、八歳ノ者血ヲ出スベキノ条、モツトモ不便(懸)ノ事ナリ、今度沙汰ノ時、カノ三人并ビニ諸官ナド参ルベキノ由仰セラレテ、ソノ日遂ニ雌雄ヲ決セラレズ、後ノ沙汰ノ日、カノ三人・諸官ナド参ラシムルノ時、数刻ノ後大理出座、仰セラレテ云フ、件ノ女性両人シテ、コノ男子ヲ引キテ、引キ取リタラムヲ母ト用ヰルベキノ由計ラハレケル時、二人シテコノ子ヲ引キケル、引カレテ損ゼントスル時ハ、一人ノ女ハ放チ、今一人ハ只引キ勝タントス、カクノ如クスル事度々、ソノ時大理云フ、放チツル女ハ実母ナリ、イタハシガリテカクノ如ク放ツモノナリ、今一人ハイタハル心無ク、只勝タント思フ心バカリニテ引クナリト云々、相違無ク放チツル女ハ母ナリ、当座引カル、ハ荒ラカニハ似タレドモ、思慮ノ深キトコロナリ、実基公ハ法曹ニ達セル人ナリ、

（引用は東京大学史料編纂所蔵、藤貞幹《とうていかん》筆本の影写本による）

実基公ご自身が別当だった時、一人の男の子を二人の女が我が子だと言って争った。法家の検非違使が集まり、「三人から血を採り水に流すと本当の親子であれば混ざるし、他人ならば分離するというので、そのようにすべきである」と申し上げたところ、実基は八歳の子にそれは可哀想だ、自分に考えがあるからとその日は引き取らせ、数日後、出頭した女たちに子の手を引っ張らせ、勝った方が本当の母親だと宣告して試してみた。当然ひどく痛がる。一方は思わず手を放した。これこそが母親だ、と判決を下したという。

同様の話題は古今東西にある。最も有名なものは旧約聖書・列王記に登場するイスラエルのソロモン王の裁決で、二人の母親が一人の子を争った時、剣で二つに割いて与えようとして反応を試したという。また南宋で成立した棠陰比事《とういんひじ》（難事件の判例を集めた説話集）にもほぼ

同じ内容が見える。そして我が国では「大岡政談《おおおかせいだん》」によってよく知られる（瀧川政次郎「徳大寺実基に就いて」）。

このうち、どれが古くて源泉かと詮索しても意味がない。ソロモン王にしろ大岡忠相《ただすけ》にしろ、要するに優れた裁判官に共通する説話なのである。理非曲直を正すことはもちろん、人情味があって庶民が期待する名裁判官に必ず伴う話といってよい。官史記がこのエピソードを「実基公ハ法曹ニ達セル人ナリ」と結ぶ通り、実基は優れて理想的な検非違使別当であったと広く知られていたのである。

すると徒然草の二百六段の読み方も変じて来る。一同は章兼（ないし章国）の牛を陰陽師のもとに送れと定めた。もし陰陽師に送ったら、この牛には悪霊が憑いていると宣告されて取り上げられてしまうであろう。それは可哀想だと実基は思ったのである。畳が汚れたなら取り替えればよろしいとして、検非違使庁の評定を始めたのである。下僚に対しても温情ある措置で、別当としての美質といえる。

使庁関係の章段

実はこの前に位置する二百三・二百四・二百五の各段もまた使庁の話題なのである。

二百三段は勅勘《ちょっかん》（天皇の譴責）を蒙った者の家の門に、検非違使が靫《ゆき》（矢を入れる器）を掛ける故実を語る。看督長という使庁の下部の役であったが、最近その作法も絶えたとする。賀茂祭の行列でも看督長はこの靫を背負って行進しているので、検非違使を象徴する器具であった。

ついで二百四段は「犯人を笞《しもと》にて打つ時は、拷器《ごうき》に寄せて結ひつくるなり」とあり、犯人を捕まえた時の拷問の作法について記し、拷器という容疑者を固定する拷問器具に触れている。これは検非違使庁の本務に関わる事柄である。

さらに二百五段は起請文に触れる。起請文とは「何かを人に誓約して、もし自分がその誓約を破ったら、神仏の罰が自分の身に下るように祈願して、その神仏の名を書き込む」誓約書のことである。延暦寺関係者の間では伝教大師最澄《さいちょう》の名を出す起請文が行われ、その濫觴は慈恵《じえ》僧正こと良源《りょうげん》（九一二〜九八五）であり、さほど古くはないとした上で、

起請文《きしょうもん》といふこと、法曹《ほうそう》にはその沙汰なし。いにしへの聖代、すべて、起請文につきて行はるる政《まつりごと》はなきを、近代このこと流布したるなり。

と述べる。つまり起請文に証拠能力があるかという議論に対し、法律の専門家は問題としないと言い切っている。昔は起請文によって政治判断をしたことはなかったとも書いてある。

これも明法道への関心を窺わせるが、康永二年（一三四三）に使庁で審理された、祇園社神人《じにん》の洛中の綿販売の権利をめぐる著名な訴訟が参考となる。原告・被告の提出した文書の審査では埒が明かないため、別当 油小路《あぶらのこうじ》隆蔭《たかかげ》は関係者一同から起請文を出させるよう命じた。しかも祇園社が延暦寺に属するため、「大師勧請起請文」を取るよう求めたのである。ところが官人たちはこぞって「かくの如き雑訴の理非、起請文をもつて落居、その例無し。向後かくの如き沙汰に及ばば、奸訴《かんそ》断絶すべからざるか」と強硬に反対している（祇園執行日記）。この一件、徒然草成立後とはいえ、この段の背景として非常に参考になる。いわば使庁で目下問題とされていた事柄なのである。

以上の章段の後で、徳大寺実基が登場する。同じテーマがこれほど連続することは徒然草でもそうはない。兼好は明らかに使庁の業務、別当の判断に多大の興味を寄せているのである。

法曹に通じた「侍」

実は二百六段は官史記に「庁始ノ日」とあるのに従えば正確な年代が判明する。文永四年（一二六七）七月二十日に徳大寺家で庁始があったことが民経記《みんけいき》に見える。そして「年歯十五歳と云々、この齢の庁務またその例不審」とある。別当公孝は十五歳というが、庁務に堪えるのか、と記主藤原経光《つねみつ》は訝しんでいる。ところが数日後にこんなことが書いてある。

昨日新大理《しんだいり》（大理は検非違使別当の唐名）の第に法家検非違使等を召集す、両博士章職《のりもと》・章澄《のりすみ》、明盛《あきもり》・職隆《もとたか》・章兼、八箇条の篇目を注し父母譲前後状以下、子細を尋ねらる、面々退きて勘ふべきの由申さしむ、申次の式部大夫某、左右無き法曹《そう》の学生也と云々、官人等舌を巻き退出の由、章澄示さしむと云々、

徳大寺家に法律家の検非違使が集められ、八箇条の質問を下された。あまりに高度な内容だったので、面々その場で答えられず、後日に答申を提出したという。ここに名が見えないが、実基の意から出たことは明らかである。

この時の答申は現存している。明法条々勘録がそれで（ただし十六条ある）、検非違使の一人で明法博士の中原章澄が実基に提出したものである。

その内容は現在の民法に相当し、とりわけ相続譲渡の疑問を取り上げる。たとえば第一条は右の民経記の記事の通り「父母の譲《ゆずり》前後の状の事」とある。子孫に財産を譲るのに複数の譲状がある時、どちらをもって正とするか、というものである。

この問題は社会階層を問わず多くの家庭を悩ませたが、ちょうどこの頃、歌道師範家の御《み》

子《こ》左《ひだり》家でも、藤原為家《ためいえ》はいったん長男為氏《ためうじ》に譲った家領・文書を最晩年に取り戻し、改めて三男の為相《ためすけ》に譲っている。そして為家没後、為氏と為相は、まさに譲状の前後を争点にして三十年以上、公武の法廷で争い続けた。公家法では最初に書いた譲状が有効とする前状説が有力であった。一方、武家は後状説を採った。財産を得た途端、不孝な子は親の面倒を見ないかも知れないと危惧するからで、御成敗式目では親が以前の譲状を破棄する、いわゆる「悔《く》い返《かえ》し」の権利を認めている。この相違は深刻で、使庁でも判断に窮したため、法律家に見解を質しておきたかったのであろう。章澄は明法家としては珍しく後状説を主張し、前状説を支持する章国・章兼らを批判している。

　ところで民経記によれば、明法博士から意欲的な答申を導き出したのは、ひとえに徳大寺家の「申次」某が「左右無き法曹の学生」、たいへんな法学者であったからであるという。この某は六位相当の式部丞《しきぶのじょう》に任じ、辞退後に五位になった者で、典型的な「侍」である。別当の家では家司が使庁の儀式政務に当たることも珍しくないが、実基は専門家でもないのに法律に通じた人物を擁していたことが分かる。つぎのようなエピソードもある。古今著聞集巻十二（偸盗）に収める「強盗の棟梁大殿《おおとの》・小殿《ことの》が事」によれば、およそ嘉禎《かてい》・暦仁《りゃくにん》年間（一二三五～三八）、洛中を騒がせた小殿という盗賊が改心して使庁に自首し、検非違使判官源康仲《やすなか》に拾われて、蛇の道は蛇とばかりに昔の仲間の追捕に実績を挙げた。康仲が主人の実基に働きかけ小殿は「侍ゆるされて召し仕ひけり」という。実基は代々北面の武士であった検非違使尉の康仲を家人として用い、さらにこの元泥棒をも侍として召し抱えたのである。別当のもとには雑多な連中が出入りし、使庁の業務に携わっていた証となろう。

徒然草は「都市」の文学か

徒然草では法解釈めいた、理詰めで話を進める段がいくつかある。九十三段の「牛を売る者あり」、二百九段の訴訟に負けた者が係争地以外の田を腹いせに刈り取る話などがすぐに想起される。使庁に接し、法律の知識をもってさまざまな人間の行動を眺めていた間に知ったとしてよいであろう。

ただし使庁が洛中を支配する公家政権そのものであり、侍品の下級官人によって支えられていた事実がより重要である。兼好の宮廷への関心を、通説のように公家社会の出自に求めるのはもはや無理であろう。徒然草は後醍醐天皇の治世に成立したと考えられるが、その宮廷への具体的言及は意外に多くない。後醍醐の腹心であった日野資朝《すけとも》の不穏な逸話（百五十二〜四段）は実に印象深いものの所詮はゴシップの類で、かえって実際の資朝が活動した公家社会からの距離を感じさせる。その外縁に接する侍品から出て、蔵人所、使庁、院庁あるいは摂関家などの組織にごく軽い身分で仕えた後、出家後は遁世者の立場を活かして内裏に自由に出入りしたり、洛中の人々を惹きつけてやまない宮廷文化への先導役を担ったりしていたと見ることができるからである。また洛中の人々が、使庁とともに意識せざるを得なかった六波羅探題府との関係を、兼好が依然保っていたとすれば、より興味深い。このような兼好が著した徒然草はやはり中世都市京都の生み出した文学であるといえる。「都市の文学」とは、多用されすぎてもはや手垢のついた概念であり、近代の都市と中世のそれとはおよそ異なるが、今後はこの視点によって、徒然草に息づいている洛中の人々の描写の秘密が解けることであろう。

第五章

貴顕と交わる右筆

――南北朝内乱時の兼好

鎌倉幕府滅亡前後の状況

元弘元年（一三三一）八月、後醍醐天皇は京都を逃れて笠置《かさぎ》に兵を挙げる。六十年間にわたる南北朝内乱の幕開けであった。あたかも徒然草はその直前に成立したと考えられている。鎌倉幕府の派遣した大軍によって、後醍醐は捕縛され、廃位の上、隠岐《おき》に流される。持明院統から光厳《こうごん》天皇が践祚するが、正慶《しょうけい》二年（一三三三）、足利氏の裏切りによって畿内の情勢は一気に討幕に傾き、五月七日、兼好ともなじみ深い六波羅探題府は瞬時に崩壊し、周辺は焦土となった。続いて関東から九州までほぼ全国同時に叛乱が勃発するという、予想だにしない事態によって、北条氏一門とともに鎌倉幕府は滅亡した。五月二十二日、金沢貞顕は鎌倉東勝寺《とうしょうじ》で得宗高時に殉じた。伊勢国には貞顕の孫淳時《あつとき》が遣わされていたがこれも討たれた。仁和寺真乗院の貞助は逐電して行方不明となった。

光厳は廃位され（在位の事実そのものを否定された）、治天の君後伏見上皇は出家を余儀なくされた。年号も元弘が復活し、廷臣の官職もすべて二年前の後醍醐の出奔時に戻された。

こうして華々しく親政が実現するが、諸勢力の寄せ集めである建武政権は常に内紛をかかえ、とくに功臣足利尊氏・直義《ただよし》兄弟の向背が疑われ、不穏な雰囲気が立ちこめていた。

一条猪熊の仮寓

元弘・建武の間、歌人としての活動を除き、兼好の動静は伝えられていない。金沢流北条氏の族滅は衝撃であったはずであるが、累が及ぶことはなかったらしい。この時期にむしろ古今集をはじめとする古典の書写校合に励んでおり、かえって余裕を感じさせなくはない。なお、頓阿との有名な和歌の贈答もこの頃とされている（続草庵集・巻四・五三八～五三九）。

世の中しづかならざりし頃、兼好がもとより、「よねたまへぜにもほし」といふことを沓冠におきて、

よ[1]もすずし[10]ね[2]ざめのかりほ[9]た[3]枕も[8]ま[4]袖も秋に[7]へ[5]だてなきかぜ[6]

返し、よねはなし、ぜにすこし、

よ[1]るもうし[10]ね[2]たくわがせこ[9]は[3]てはこず[8]な[4]ほざりにだに[7]し[5]ばしとひませ[6]

沓冠《くつかぶり》とは折句の難易度の高いもので、一首に各句の頭字だけではなく末字にも定められ

た文字を詠み込むことである（清濁は無視する）。そして和歌としても意味を有するように作られている。兼好は男のわびしい独り寝を、頓阿は男を待つ女の恨みを詠んでいるが、明らかに頓阿の答歌の方が流麗である。ここから深刻な窮困を読み取ることは難しく、技巧を競ったものであろう。

とはいえ、兼好も焼け出されたか避難するかで仮住まいをしていた形跡がある。洛中を舞台に、官軍と足利氏以下武家方との角逐《かくちく》が続く延元元年（一三三六）三月、兼好は「一条《いちじょう》猪熊旅所《いのくまたびどころ》」で源氏物語桐壺巻を書写し終えた（宮内庁書陵部蔵本奥書）。「青表紙御本《あおびょうしのごほん》」つまり藤原定家自筆本という、信頼すべき証本を借り出すことができたことが契機であった。

この「一条猪熊旅所」とはいかなる地か。「旅所」とは祭礼などで神の一時的な行在所《あんざいしょ》を指す語であるが、この時代、自らの仮寓を「旅所」とか「旅宿」ということがあった。そして「一条猪熊」は鎌倉時代から長らく平野流卜部氏の一門が集住する地であった。正確には一条大路の北側、猪熊通りに沿って北小路までを占めた。ゆえに洛外である。兼好がここに身を寄せたとすれば、やはり平野流とはなんらかの縁があったと見られるのである。

饗庭因幡守のサロン

続いて康永二年（一三四三）七月になって、この桐壺巻を兼好は「宣名《のぶな》」という人物と一緒に校合《きょうごう》（親本と比較して写本の本文の誤写誤脱を正すこと）している（図版5—1）。これまで注意されたことはないが、大中臣宣名は新たに兼好晩年の知己に数えることができよう。宣名は、まさにこの時期成立した、二条派歌人を対象とする私撰集の藤葉集《とうようしゅう》に一首入集している（ちなみに兼好は三首）。そこに「大中臣宣名饗庭因幡守」とある。藤葉集の写本には作者に関する注記がしばしば付されているが、これは成立時に遡るらしく、同時代史料として信頼に足る。宣名は当時「饗庭《あえば》因幡守《いなばのかみ》」と称されていたことが分かる。「饗庭」と号し大中臣を姓とするならば、伊勢国員弁《いなべ》郡饗庭御厨（現三重県いなべ市藤原町）または三河国幡豆《はず》郡饗庭御厨（現愛知県西尾市吉良町）を本拠とする、祭主の一族であろう（「宣」を通字とする庶流がいくつかある）。御厨は伊勢神宮の荘園であり、祭主・祠官の一族が知行していたからである。ならば兼好との縁も説明できる。あるいは近親かも知れない。

「饗庭因幡守」は同じ康永二年の祇園社執行《しゅぎょう》顕詮《けんせん》の日記（祇園執行日記）にも登場する。これによれば祇

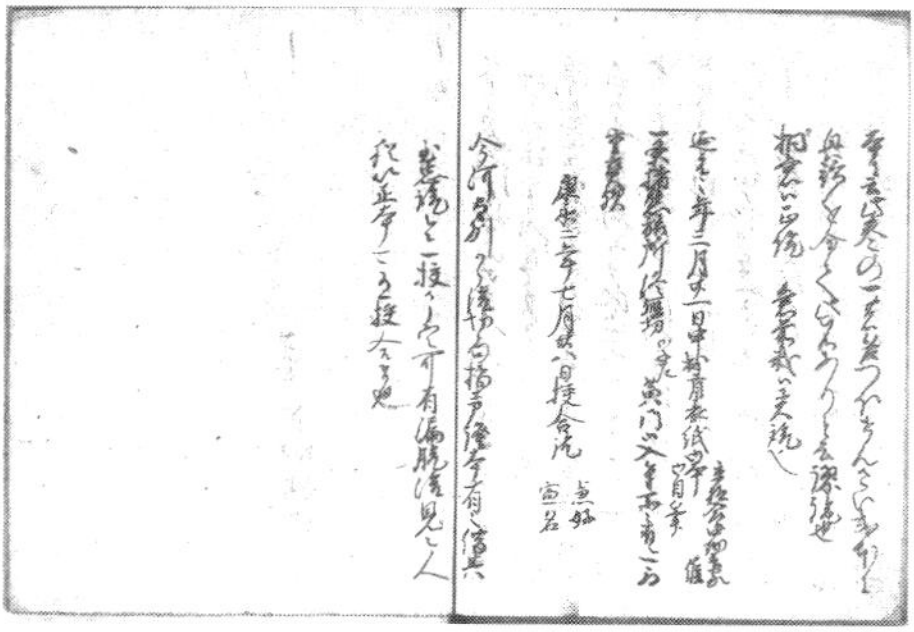

5—1　**源氏物語桐壺巻**　宮内庁書陵部蔵。兼好と宣名とが連署した奥書。これは江戸前期頃の転写本

園社や常在光院の近隣に居住し、月次茶会を主宰する人物である。毎度「七度勝負四十五種」あるいは「七度茶五十種」が行われ（当時の標準は四種十服である）、当時大流行の兆しを見せ、佐々木導誉ら新興武家が興じた闘茶《とうちゃ》の一例として、茶道史上にも注目されている。東山で余裕のある生活を楽しみ、一種のサロンを擁していたことが十分想像できる。徒然草八十六段の、中納言 平 惟継《たいらのこれつぐ》と園城寺《おんじょうじ》の円伊《えんい》僧正のように、兼好とは「同宿」して、古典研究などに励んでいたか。兼好も再び東山で暮らしていたのであろう。

宣名は受領（名目上の国司）となっているので五位であり、暮らしぶりからも上層武家のような印象も受ける。憶測するに、伊勢国北部に強い影響力を持った金沢流北条氏に接近し、そこで常在光院近くに屋敷を構え、同氏滅亡後は足利氏に仕えていたか。63頁で挙げた平親清は公家の出身で五位の加賀守であったが、極楽寺流北条氏に仕えて御家人となり、若狭国の守護領佐分利郷を知行して名字としている。このようなケースかも知れない。さらなる考察を続けたい。

足利氏との関係ならば、ただちに尊氏の寵童、饗庭命鶴丸《みょうづるまる》が想起される。命鶴丸は貞和四年（一三四八）以後の記録では源姓となり実名は氏直《うじなお》ついで尊宣《たかのぶ》とするが、それ以前は「大中臣直宣《ただのぶ》」と名乗り、その名で風雅和歌集に入集する。勅撰集入集者は原則成人に限るので、稚児には適当な名を名乗らせた。その時「宣」字を用いたとすると、命鶴は宣名の子息である可能性もある。命鶴の屋敷も祇園社近くにあったことが知られ、これは宣名の邸と同じであろう。尊氏の使者として各地に遣わされ、海千山千の大名さえ手玉に取った、南北朝のアンファンテリブルというべき命鶴丸が晩年の兼好の交友範囲に現れるのは興味深い。

秩序を復原する力

さて延元元年（一三三六）の洛中の攻防戦の末、後醍醐天皇は尊氏・直義兄弟に降参し、幽閉の身となる。尊氏らは年号を建武三年に復し、八月には持明院統から光明《こうみょう》天皇を擁立、兄の光厳上皇の院政を開始させた。十一月、直義の主導で制定された建武式目は、新しい武家政権が鎌倉幕府の後継者であることを謳っている。しかし後醍醐は十二月に吉野に逃亡、天皇を自称した（光明に授けた三種の神器は偽器だと主張した）。京都と吉野に二人の天皇が併立する事態となり、当時の史料も二つの朝廷をそれぞれ北朝・南朝と呼んでいる。

二年後、後醍醐が股肱《ここう》と頼む北畠顕家《あきいえ》、新田義貞が戦死し、南朝の脅威がほぼ消えたタイミングで、暦応元年（一三三八）八月十一日、尊氏は征夷大将軍、直義は左兵衛督に任じられ、本格的な執政を開始する。征夷大将軍はいうまでもないが、左兵衛督も既に尊氏・義貞が任じられており、武家名誉の官であった。尊氏は直義を信任して大半の政務を委ねていた。この二頭政治はうまく機能し、幕政は揺籃期の十年ほどはむしろ安定していたのである。

太平記では、この時期について、絶え間ない戦乱による人心の荒廃と秩序の崩壊を飽くことなく描き、そして政治家たちの無策を糾弾して止まない。時代の雰囲気をよく伝えてはいるが、そこには偏った決めつけや無責任なゴシップ、そして誇張が大いに混じり、鵜呑みにする訳にはいかない。たとえば、太平記が最も忌み嫌った高師直や佐々木導誉の評価である。師直を筆頭に一貫した敵役であり、公家や寺社の権威を無視して傲岸不遜な「婆娑羅《ばさら》大名」として描かれている。そのため戦前まで常に不人気の極悪人で、不敬の烙印さえ捺された。戦後は逆に新しい時代の申し子としてもてはやされたが、いずれも一面的であり、近年再々評価が盛んである。武家政権は決して秩序を乱す存在を容認する訳にはいかず、現実の師直や導誉もまた伝統の重みを十分に理解していた。何より幕府を率いた直義が、公武関係をはじめとして、かつての体制への復帰を目指していたからである。この時期の政治体制は、鎌倉時代の延長であるといってもよい。あたかも兼好はかつてと同様、あるいはより頻繁に、高師直ら室町幕府要人のもとに頻りに出入りしているのである。

ところが、直義が苦労して築いた室町幕府の初期体制も、観応の擾乱《じょうらん》が勃発するや否や、あっけなく潰え、現在知られている兼好の足跡も文和元年（一三五二）を最後として、まさにこの擾乱のうちに跡絶えることになる。

観応の擾乱は直義と師直との対立に始まるが、もはや単なる幕府の内訌で終わらず、直義・師直が共倒れとなったばかりか、逼塞《ひっそく》していた南朝が息を吹き返し、多くの守護大名が幕府から離叛、戦乱は全国に広がりおよそ十年にわたった。将軍尊氏はなかなか果断な処置が取れず、これまで擁してきた北朝さえみすみす犠牲にしてしまった。観応二年（一三五一）十一月、関東に逃れて叛旗を翻した直義を討つべく、尊氏は南朝と媾和したため、北朝の崇《す》光《こう》天皇は廃位されてしまう。これを南朝の年号を取って正平一統《しょうへいいっとう》と称する。一時凌ぎのための和睦であるのは明白であり、南朝は延元の後醍醐の轍を踏むまいと、尊氏の不在を狙って京都に突入、光厳・光明・崇光の三上皇を京都から連れ去り、五年にわたり河内国金剛寺《こんごうじ》（現大阪府河内長野市天野町）に監禁するのであった。正平一統は数ヶ月で破れ、関東平定の後、幕府は北朝を再建しようとするが、たいへんな労力を払うことになる。

なぜこんなことになってしまったのか――太平記巻二十六「大塔宮の亡霊胎内に宿る事」では、大塔宮護良親王《おおとうのみやもりよし》（尊雲法親王《そんうんほっしんのう》）以下、かつて南朝のために働き、死後天狗道に堕ちた高僧の怨霊が集会し、直義ら幕府要人に取り憑いて世を乱す算段をする。これは順調に秩序を恢復《かいふく》しつつあった幕府の政道があっけなく潰えたことに、当時の知識人が誰一人合理的な説明をなし得なかったことの裏返しであろう。

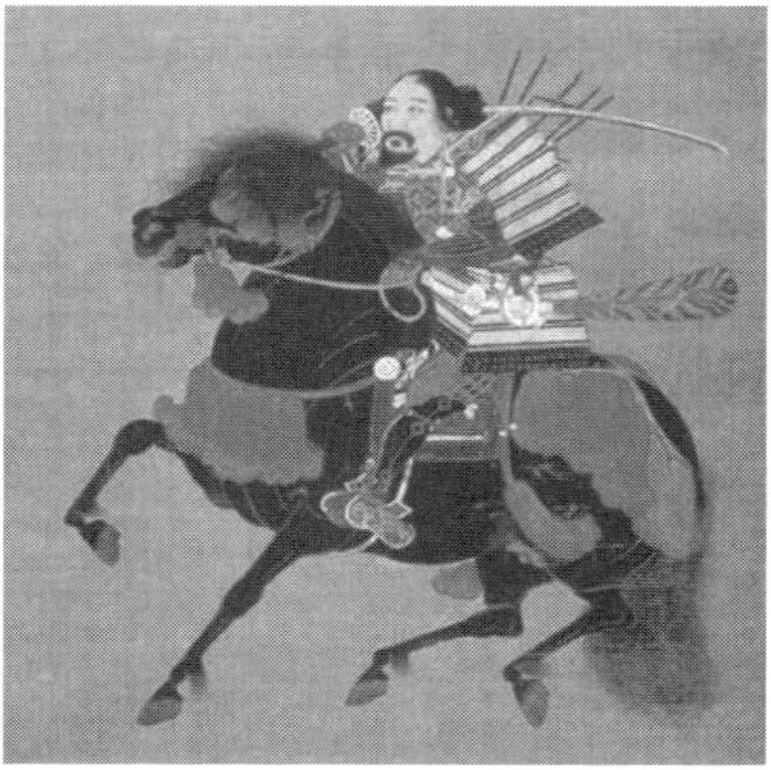

5—2　**騎馬武者像**　京都国立博物館蔵。像主は高師直（？—1351）か

高師直という政治家

兼好が出入りした室町幕府要人のうち、古来最もよく知られ、実際に関係が深かったのが将軍執事高師直である（図版5—2）。

高師直については、近年、亀田俊和《かめだとしたか》氏の伝記が刊行され（『高師直』）、太平記以来培われた暴虐のイメージがかなり変わった。そもそも御家人で最も格が高い足利氏の、累代の執事の家に生まれた師直が伝統や秩序を頭から無視するはずがないのである。和歌や和漢聯句《わかんれんく》の才があり、類題集の夫木《ふぼく》和歌抄を書写させ、流布に一役買ったらしい。また仏典の出版事業にも助資を惜しまず（師直版といわれる）、遺墨からも水準以上の教養があったことが窺える。

そんな師直が、幕府政治に強い影響力を及ぼしたのは、南朝の反攻を斥けた、赫々たる武勲による。とりわけ室町幕府創設の暦応元年（一三三八）、畿内を転戦し、南朝の敵将北畠顕家・春日顕国《かすがあきくに》らを迎え撃った攻防戦は有名である。五月に和泉堺浦では顕家を討ち取り、ついで七月には石清水八幡宮《いわしみずはちまんぐう》に籠もる顕国を攻め落としている。なお、太平記では八幡宮に放火したことに筆誅を加えるが、実際には一ヶ月ほど包囲を続け、逡巡の末に決行したと見られている（亀田氏によれば、乱暴狼藉では南朝軍もひどいもので、少なくとも神社仏閣を占領したり焼き払うことも躊躇していない）。

従来、合戦で恩賞に預かるためには敵兵の首を所持して首実検に供えなければならなかったが、その場で証人を見つけて放棄してよいとした分捕切棄《ぶんどりきりすて》の法は、この時に採用されたと伝えられる。さらに戦功を立てた者に酬いようとしても、建武政権では文字通り空手形で終わった教訓を活かし、尊氏の将軍下文に、執事施行状を附属させた。それは旧主の手から土地を召し上げることを守護に命ずるもので、強制執行によって功人が恩賞に預かれるようにした（なお師直に従軍した吏僚に金沢流北条氏の遺臣倉栖氏がいたことが確認される。兼好はその旧縁を辿って近付いたのかも知れない）。

こうした施策は戦時の緊急処置とはいえるが、将軍の命を確実に実現する文書行政システムであり、決して単なる武辺者《ぶへんしゃ》に構築し得るものではない。このことは新たに足利氏に与して働いた畿内の中小領主の支持を集め、師直の支持基盤となっていった。反対に鎌倉幕府より続く大名・御家人にとっては、足利氏の執事などは格下の存在であったから、自然直義のもとに結集したのである。

艶書代筆の一件

前述したように太平記巻二十一・塩冶《えんや》判官讒死の事には、師直のもとに出入りする「能書の遁世者」として兼好が登場する。この一件の背景となった出雲守護塩冶高貞《たかさだ》の叛乱は暦応四年（一三四二）のことである。高貞が京都から出奔して討たれたことは事実であるが、師直が積極的に関与した史料はなく、兼好が師直のもとに出入りしていたこと以外は、例によって虚構なのだが、改めて触れてみよう。

師直は、たまたま侍従《じじゅうのつぼね》局という老女房から塩冶高貞の妻の美貌を聞き、恋慕の情やみがたく、侍従局を媒介にしてストーカーまがいの行為に及ぶ。なかなか師直に靡かないと見ると、今度は艶書《えんしょ》《けそうぶみ》をしたためる。

侍従帰りてかくこそと語れば、師直いよいよ心あくがれて、「度重ならばなさけによはる心しもなどかなかるべき。文をやりてみばや」とて、兼好と云ひける能書の遁世者を呼び寄せて、紅葉重ねの薄様《うすよう》の、取る手も燻ゆるばかりなるに、（人知れぬ心の奥をくれぐれと）引き返し引き返し黒み過ごしてぞ遣はしける。返事遅しと待つ処に、やがてまうで来て、「御文をば手に取りながら、あけてだに見給はず、庭に捨てられたりつるを、人目にかけじと取つて帰り候ひぬる」と語りければ、師直大きに気を損じて、「いやいや、物の用に立ぬ物は手書なりけり。今日よりして兼好法師、これへ経廻すべからず」とぞ怒りける。（引用は西源院本《せいげんいんぼん》による。括弧内は天正本《てんしょうぼん》に存する字句）

兼好に代筆させた艶書は、開封されもせず、空しく庭にうち捨てられてしまう。かわって師直被官で歌人でもあった薬師寺公義《やくしじきんよし》が「師直にかはりて文を書きけるが（詞をばいかに書くとも、思ふ程の心の色を知らせがたければとて、歌ばかり）」にすると、さすがに女も返歌だけはよこした。兼好は師直の怒りを買い、公義は大いに面目を施したという。

このような挿話はもとより創作にかかる。ただ、嘲笑される師直の艶書のありさまには太平記ならではの周到な工夫を読み取ることができる。

武家を対象とする消息の故実書では、一見意外なことであるが、艶書について解説するものが目立つ。たとえば同時代の今川了俊《りょうしゅん》書札礼では、一章を設け艶書の心得を説く。そこには「一句に歌ばかりにあらはしたるは中々よきなり。詞ばかりのふみはかくの如く大事なるべく候」、あるいは「文のにほひはわざとがましく、ことごとしくかうばしきはわろし。をのづからしみふかきやうにかほるべき也」とある。

また、この時代には艶書の書き方を教える書物、具体的な文例を示すとともに料紙・書式・包み方などの書様を説いた艶書文例集が成立している。たとえば至徳《しとく》二年（一三八五）

二条良基が足利義満のために執筆したと考えられる思露《おもいのつゆ》という艶書文例集でも、艶書の書き方を「文のかきやうはよのつねの哥などのやうに散らし書くべし、墨つきほのかなるもよし」さらに「初《はじ》めつかたはたゞ哥ばかりにてひとこと葉あるべし。こまかなること葉あるまじきなり」などと教えている（小川「中世艶書文例集の成立」）。

こうした証言を踏まえる時、師直の艶書の料紙の「紅葉重ねの薄様」とは、表は紅、裏は青の薄い斐紙《ひし》のことであるから、いかにも趣味が悪い。そして触れた手までが匂うほど香を焚きしめたのは明らかに行き過ぎで、しかも相手に初めて思いを伝える時は歌だけで足りるのに文を「引き返し引き返し黒み過ごして」（散らし書きにするので長い文章だと紙面が黒く見えるのである）記したのは論外である。要はしてはいけないことをすべてしたのである。

この逸話は当時の艶書がどのように製作されて受け取られるものであったか——艶書でさえきちんと様式化されていなければならないことを前提とする。作法を無視するものは受け取ってもらえないばかりか物笑いの種となる。了俊や良基が文章だけの艶書はかえって難しいとするのも留意すべき一つのポイントで、文で失敗した兼好と歌で成功した公義との明暗もここに収斂《しゅうれん》する。

太平記は要するに教科書なのである。それも子供向けの学習漫画で、よく知られた人物が登場してストーリーに仕立てたものに近い。ここでの師直のキャラクターは太平記での人物造型＝役割に従ったまでで、この話が史実であったか否かを詮索してもあまり意味がない。注意すべきは武士にとっても日常の社会生活を送るのにも必要であった知識をどこからどうやって得るかであろう。

園太暦に見える兼好

康永・貞和年間は室町幕府の要人間に交際が広がったためか、兼好の足跡は比較的よく遺されている。北朝の重鎮であり、政務朝儀の権威であった太政大臣洞院公賢（一二九一〜一三六〇）の日記園太暦およびその目録に、兼好は三箇所登場し、うち貞和四年（一三四八）十二月二十六日条に、

> 兼好法師入来す、武蔵守師直の狩衣以下の事これを談ず、今度正慶符《しょうきょうのふ》を用ゐらる、かの符の趣を示し聞かせ了《おわ》んぬ、

とある。ここで高師直の使者となって、公賢を訪れ、師直の装束を尋ねている。

兼好の伝記では必ず取り上げられる史料であるが、しかし検討が十分ではなかった。まずこの記事が正月を控えてのものであることに注意する必要がある。

公賢のもとには幕府官僚のもとから質問があいついでいる。前日には直義の意を受け、引付方頭人《ひきつけがたとうにん》・政所《まんどころ》奉行を務める二階堂時綱《にかいどうときつな》がやって来て、正月の幕府沙汰始（年頭の訴訟審理）で奉行人（訴訟審理に当たる事務官僚）が狩衣を着する可否を制符ではどう定めているか問い合わせた。

師直の質問も同じである。引用記事の「正慶符」とは正慶元年（一三三二）、治天の君であった後伏見上皇が発した制符である。内容は倹約を謳って、公的な場における車馬の数や随行人の装束を制限するものであった。出仕の行粧については武家にも公家の法律が適用されるため、師直の依頼に応じ、公賢は兼好に制符の趣旨を解説したのである。師直がここでも保守的な一面を見せていることは興味深い。直義にしろ師直にしろ、もはや礼法から外れた行動はできないのである。もし集団のうちで一人だけ美麗な狩衣を着していたら、無能で秩序を乱す者という烙印を捺され、社会的な信用を失墜させてしまうであろう。

当時の社会では、自らは公的な場でどのように振る舞えばよいのか、相手に対してはどの程度の敬意を払えばよいのか――すなわち書札礼《しょさつれい》、路頭礼《ろとうれい》といった作法を知ることが重要な教養であった。乱世であればあるほど、その後の復原力もまた強く働いた。この時は、依然公家の制度が基準であり、その知識は秩序を守る側に立った武家にも不可欠であった。

京都に幕府が置かれると、武家が伝統的な教養を必要とする機会は倍旧したであろう。何事も公家に教えを請わなくてはならないが、権勢ならびなきとはいえ、五位の武蔵守で、将軍の家臣に過ぎない師直は、大臣である公賢に直接音信することはできない。非公式に問い合わせるしかないが、ここで兼好のような遁世者を通ずることが最も便利であった。公家の側も直接武家と交渉を持つことは恥であるから、遁世者を介することで体面を保つことができたであろう。社会の断層を乗り越える遁世者の活躍はたいへんなもので、兼好の歌友であった頓阿はまさにその才覚によって頭角を現し、歌壇をも制覇するのである。

当時の主従関係はかなり自由でかつさまざまな形態があるから、兼好が師直の家臣であったとは軽々しくいえないが、広く考えれば師直の家に召し抱えられていたと見てよい。こうした使者を務められる兼好が公家の法制や装束に通じた人物であったとする前提も成り立つであろう。徒然草には、明示されている訳ではないが、権力者の依頼に応えて故実を教示されたり自ら探索したりした結果、得られた知見を記し付けた章段がかなりある。

賢俊の伊勢参宮

兼好は醍醐寺座主の三宝院賢俊《けんしゅん》僧正（一二九九〜一三五七）からも恩顧を受けた（図版5—3）。尊氏の護持僧で、実際何度かその窮地を救い、幕府政治にも隠然たる影響力を持った黒衣の宰相である。なお日野資朝（135頁）は賢俊の兄で、兄弟運命を異にした。

5―3　三宝院賢俊（1299―1357）像　醍醐寺蔵

　貞和二年十月二十五日、賢俊は、兼好を帯同し、十四日間にわたる伊勢参宮の旅に赴いた。賢俊僧正日記によれば、尊氏・直義から内外両宮に奉納する神馬・太刀を託されている。執事師直も太刀を渡しており、「隠密の儀」とはいいつつ、室町幕府を代表しての参宮であった（章扉）。

　京都を発った一行は翌日には伊勢国に入ったが、ただちに参宮を遂げず、山田から宮川沿いを遡り、歴代の伊勢祭主の館のある岩出《いわで》を経て、棚橋《たなはし》郷にある法楽寺《ほうらくじ》（現三重県度会郡度会町棚橋）に落ち着いた（図版5―4）。

　一帯は祭主大中臣氏の所領であり、法楽寺はいわば祭主の氏寺であった（神宮で私的な祈願は厳しく禁じられたため、祭主の一族は仏教に救済を求め、多くの寺を建立した）。両部神道（真言神道）の浸透もあり、当時の法楽寺は醍醐寺の末寺となり三宝院に属した。これは権僧正通海《つうかい》（一二三四〜一三〇五）の功による。祭主大中臣隆通《たかみち》の子に生まれ、醍醐寺に入っ

5―4　**神宮山蓮華寺**（かつての大神宮法楽寺）

た通海は、神威を高めるには真言の祈禱を神宮でも盛んにすべきと説き、折からの元寇に際しては大神宮の内外両宮の脇に法楽舎《ほうらくしゃ》という寺院を建て、二百十六人もの供僧を置いて異国降伏を祈願した。通海は見事に朝野の人心をつかみ、結果、法楽寺は末寺十一寺を従える大寺に発展した。この通海は賢俊にとり直接の祖師であった。賢俊は師賢助《けんじょ》から「通海僧正遺跡」を相続しているが、これは法楽寺とその寺領である。

十一月三日、賢俊たちは棚橋から山田に出て、外宮《げくう》・内宮《ないくう》の順に参詣した。ただ僧侶は神域に入れないから、賢俊は尊氏・直義・師直らから託された神馬・太刀を、祭主大中臣親忠《ちかただ》に渡し、「法楽会」（神前読経）を興行している。通海が建てた法楽舎に拠ったのだろう。翌日は鏡宮《かがみのみや》と二見浦《ふたみがうら》を巡礼した。鏡宮は内宮の摂社朝熊宮《あさまのみや》の異称とされ、神体の鏡二面を祀る。この宮は醍醐寺と縁が深く、通海がとりわけ尊崇していた。賢俊は通海が伊勢の地に遺した足跡を慕うかのようである。

参宮後の直会では時の祭主大中臣親忠の館に招かれた。親忠からは馬のほか重宝の引出物があった。祭主の富裕が窺われる。親忠は二見浦巡礼を終えた一行を近くの松下でも重ねて饗応している。こうして一行は五日に法楽寺を立ち、八日に土御門万里小路の京門跡法身院《ほっしんいん》に帰着している。

馬を贈られる兼好

参宮の随伴者として賢俊が名を記したのは十四人である。いずれも賢俊お気に入りの児《ちご》・門弟・中間であるのに対して、兼好のみが寺外の人で、かつ「不慮に相伴す」との注記がある（傍点著者、以下同）。

> 勢州下向の人数
> 阿衡　長命　亀徳　長験律師　藤松　兼好（不慮に相伴す）　朝円法眼　親宗　覚舜　印世
> 隆円　良円　任秀　中間一人浄円
> 長［命］の若党一人　亀徳三人（遁世者）一人　朝円五人
> 隠密の儀の間、毎事存ずる旨有りて略式なり、鈴鹿山より曾禰の山越以下参るの間、六十余騎なり、

筆頭に挙がる阿衡《あこ》はことに寵愛された児で、帰洛後十二月には大覚寺の寛尊《かんそん》法親王に付い

て出家、寛融《かんゆう》と名乗り入寺したので、顕貴の生まれと推定される。
法楽寺では連日、寺僧が輪番で一行をもてなした。初日は宗俊《そうしゅん》法印、ついで賢恵《けんえ》法印、賢朝《けんちょう》法眼、賢清《けんしょう》阿闍梨といった具合である。「賢」字を持つのは賢助の門弟で、賢俊の法弟であろう。めいめい餞別として賢俊に馬を贈ったが、その交名《きょうみょう》も日記にある。

今度馬を引き進《まい》らする輩
宗俊法印月毛八寸　賢恵法印河原駮　二位（賢清か）阿闍梨栗毛
此外
宗法印、兼好に鹿毛引く、賢法印、阿衡に鹿毛引く、

一行を代表して賢俊鍾愛の阿衡丸に馬が贈られたことはよく分かる。しかし、寺僧トップの宗俊が、一介の遁世者に過ぎない兼好にも馬を贈ったのはなぜか。「その歌人としての名誉のためであったろう」（金子金治郎「晩年の兼好法師」）とする見解があるが、近代的な発想である。当時の贈与行為は、集団間・個人間、それぞれの関係を忠実にトレースする。兼好は三宝院の児・門弟・中間たちとは異なる理由で一行に加わったものであり、ことに宗俊とは個人的なつながりがあったと見るべきである。

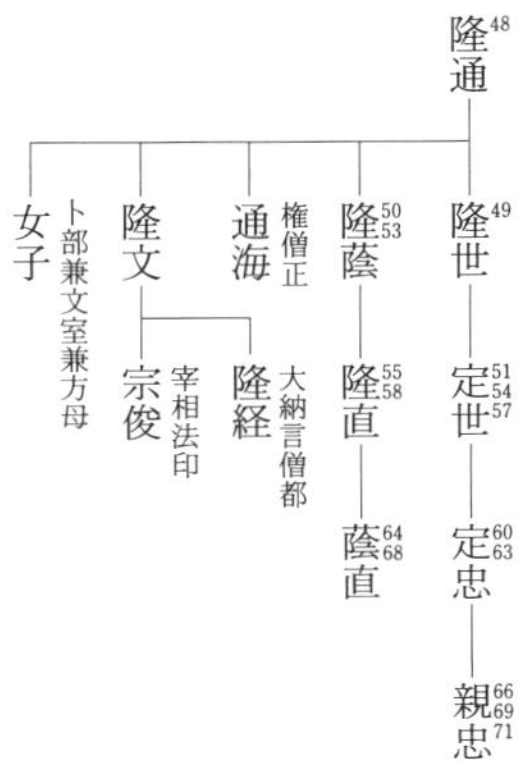

5―5　祭主大中臣家系図
数字は祭主代数

実はこの宗俊法印は祭主の一族で、大中臣隆文《たかふみ》の子であった。通海僧正には甥に当たる。祭主家と兼好との旧縁は何度か述べた通りである。兼好は現祭主親忠の父定忠に親しく仕えていたと推測され（18頁）、宗俊の贈与は親忠の意に沿ったものと考えられる。

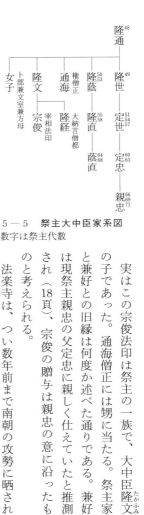

法楽寺は、つい数年前まで南朝の攻勢に晒されていた。建武三年（一三三六）十二月、南伊勢に入った北畠親房の命を受けて、大納言僧都隆経《りゅうけい》が寺内に乱入、宗俊たちを追い出し、城郭を構えた。この隆経は宗俊の実兄である。翌年隆経は討たれるが、残党の抗戦は康永元年（一三四二）八月、守護仁木義長《にっきよしなが》によって鎮圧されるまで続いた。賢俊が滞在中に連日「経蔵を開き検知」あるいは「宝蔵を開き舞装束以下を検知」しているのは、隆経らが寺宝を持ち去っていたからである。

骨肉の争いは祭主家本宗でも深刻であった。北朝・幕府に信任された親忠に対し、南朝方の隆蔭流の一族が復権を狙っていた。かねて南朝のシンパと目されていた外宮禰宜度会《わたらい》（村松）家行《いえゆき》の動向も不気味であった。当時、現地の情勢は再び険呑《けんのん》に傾きつつあった。果たしてちょうど一年後の貞和三年冬、家行が楠木正行《くすのきまさつら》と呼応して蹶起し、親忠は命からがら京都へと逃亡したのである。

一見穏やかな賢俊の参宮であったが、真の目的は南伊勢における北朝・幕府随一の拠点であった法楽寺の復興を視察し、祭主親忠と協議することであった。ここに賢俊が兼好を「不慮相伴」させ、また宗俊がわざわざ馬を贈った理由が明らかになろう。

内裏二間観音の紛失と出現

当時の賢俊の権勢は「かの僧正、公家・武家媒介す」（園太暦観応元年〔一三五〇〕十月十七日条）という言に集約される。鎌倉時代以来の伝統で、朝廷と幕府とは直接の意思疎通はせず、協議の必要が生じた時は西園寺家を通ずることになっていた。しかし同じ京都の地にありかつ政務多端の時節、自然交渉の機会は増えた。そこで非公式なチャンネルとして活躍したのが賢俊であった。伊勢から帰京した賢俊はやがて奇怪な事件に遭遇する。

十二月五日、公武の祈禱と要人の会合に多忙な賢俊を、足利直義が急に召し出した。直義は一体の十一面観音像を示し、行方不明となっていた「内裏二間《ふたま》観音」であると告げた。公育房《こういくぼう》なる僧が南朝から拝領し、興福寺大乗院に保管されていたのを、噂を聞きつけた直義が、信任する等持寺《とうじじ》前長老古先印元《こせんいんげん》を使者に立て、門跡と交渉の末に手に入れたのだという。

「二間」とは清涼殿東廂に位置し、夜御殿《よるのおとど》に接して、護持僧が祗候する一室である。そこには天皇の念持仏である観音像が安置され、毎月十八日東寺長者が二間観音供（仁寿殿観音供とも称された）を修し、玉体安穏を祈った。しかしその観音像は元弘・建武の戦乱に際して焼失したとも、後醍醐天皇が三種の神器とともに持ち去ったともいわれた。それが突然出現したため、賢俊が職務上真偽をよく知るだろうと意見を求められたのである。

賢俊は「二間観音は十一面観音ではない」と考え（理由は後述）、まがい物である、と看破したらしいが、自身の見解だけで否定し去るには重事に過ぎた。そこで、それぞれ在位中に接していた花園法皇・光厳上皇の御覧に供したらいかがと勧めた。もっともだということで翌日、やはり直義の帰依する禅僧明叟斉哲《みんそうせいてつ》とともにまず上皇に持参すると、賢俊と同じく、「これは十一面なり、かの御本尊に非ず」との勅答であった。賢俊は直義に復命した。

十三日、上皇はふたたび参上した賢俊たちにこう語った、「一説には十一面観音というが、誰の手から出たか分からぬ像を妄《みだ》りに安置する訳にもいかぬ。そもそもこれまでは紛失したらその都度造立して来た。今更慣例を改め難い。これは早く返却したい」と。さらに上皇はくだんの公育房のことを既に御存知であったが、そこで賢俊は「不可説《ふかせつ》の悪僧、無双の謀仁」であると暴露した。明叟はその正体を初めて知った風であったという。結局この十一面観音像は等持寺に渡された。なお、真の二間観音像は依然吉野にあったようで、南北朝合一後になって後亀山法皇から後小松天皇に返還されたという。

この一件は、直義が二間観音出現の噂に飛びついたことが発端である。直義は光厳上皇に嘉納してもらえることを期待していた節がある。取り巻きの禅僧もそれを煽った。賢俊は「若《も》しかの時宜《じぎ》に依り同身《(心)》せしめば、生涯の不覚、法流の恥辱、ただこの事に在り」と胸を撫で下ろす。「時宜」とは直義の意向を指す。

壇ノ浦の合戦で海底に沈んだ三種の神器の一つ宝剣が伊勢国で出現し、神宮から京都に献上されるという奇瑞《きずい》が起こったのも、貞和四年秋から冬にかけてのことであった（太平記巻二十六・伊勢国より宝剣を進《まいら》す事）。いかにも胡散臭《うさんくさ》いが、この時も直義は霊夢を見たことですっかり信仰し、関係者の褒賞、光厳上皇への奏上にまで及んだというのは、二間観音をめぐる対応ともそっくりである。奇瑞に舞い上がる人々は上皇の重臣勧修寺経顕《かじゅうじつねあき》の諫言によって覚醒し、真偽うやむやとなるのだが、真面目な直義は三種の神器をはじめとするレガリア（皇位の象徴）の欠如を当事者の北朝以上に気に病んでいたらしい。そこを付け込まれたとしたら脇が甘いとしか言いようがないが、さすがに賢俊は老練慎重であった。

二間観音は十一面観音なのか

二間観音出現の一件は、背景も経過もまことに不透明であった。これは真言密教が公武政権の中枢に深く浸透していた、鎌倉後期から南北朝期にかけての思想的状況を象徴している。

政治上の判断とは別に、東密の小野流を汲む真言僧にして護持僧である賢俊の心には、なお払拭できない疑義があった。持ち込まれた二間観音像が十一面観音であったからである。

そもそも二間観音（仁寿殿観音）の存在は、十一世紀の後一条・後朱雀《ごすざく》・後冷泉・後三条各天皇の代になって強く意識される。この時期に小野流の祖仁海《にんかい》（九五一～一〇四六）・成尊《じょうそん》（一〇一二～七四）があいついで護持僧となり、修法の形を整えたからである。しかしその本尊たる観音像は聖《しょう》観音・十一面観音・如意輪《にょいりん》観音いずれとも定まっておらず、材質・彩色もまちまちであった。その中ではスタンダードな一面二臂《ひ》の聖観音であることが比較的多い、といった程度である。

一方、密教の立場で神祇信仰を体系化した両部神道は、前記成尊らに淵源を持つ。そこでは伊勢神宮つまり天照大神の本地仏《ほんじぶつ》を論じて、十一面観音とするものがあった。すると十一面観音が皇室祖神の天照大神として垂迹《すいじゃく》したからこそ、二間観音は実は十一面観音なのだということになる（図版5―6）。

やがて天照大神は真言宗で宇宙の中心とされる大日如来と一体とされ、この考えが定着するが、なお十一面観音説も根強く、ことに伊勢では顕著であった。法楽寺の通海もその著作大神宮参詣記で、空海《くうかい》の始めた仁寿殿観音供の趣旨を伊勢神宮の本地と連動させて、

5―6　聖（正）観音・十一面観音・如意輪観音

顕ニ付ケ密ニ付ケ、大神宮ノ御本地ヲアラハシテ祈リ申サル、年始ノ勅願也トゾ承ル、

と解説する。さらに「祭主永頼《ながより》ハ蓮台寺《れんだいじ》ヲ作リテ、十一面ヲモテ神宮御本地トアラハシ、荒木田《あらきだ》ノ一門ハ田宮寺《たみやじ》ヲ造リテ十一面ヲアラハシテ、氏ノ伽藍トセシ」と記すので、祭主大中臣氏、内宮祠官の荒木田氏の間で強く支持されていたことも分かる。

賢俊にとり通海は先師の一人であり、その説も当然熟知するところであった。しかし十一面観音説は教学上の議論であり、実際の像とは乖離しているはずである。そもそも二間観音を持ち込んだ公育房はいかにも南朝のスパイ然としているが、かつて醍醐寺座主をめぐり賢俊と争った弘真《こうしん》（文観《もんかん》）の関係者であり、後にも偽経を製作して後醍醐天皇の伝授を受けたと吹聴《ふいちょう》するような人物であった。そんな怪しい人物が持ち込んだ十一面観音はイカサマに違いない。しかし万一本物であったら――賢俊は内心動揺し、二間観音像は当初何であったのか探求しようとしたのであろう。ことは緊急を要し、かつ秘密裡でなければならない。

二間観音の実態

賢俊は参院当日の十三日為房卿記《ためふさきょうき》（大御記《だいぎょき》・大府記《だいふき》）の延久四年（一〇七二）記事の抜書二紙を得た。醍醐寺文書「為房卿記抄」（九七函三一号）がそれである（図版5―7・口絵1）。第一紙の端裏書《はしうらがき》には賢俊の手で「為房卿記《大蔵卿》吉田中納言《隆長卿》入道覚源これを所持す、貞和二・十二・十三、兼好房これを書き抜き持ち来たる、」と書かれている。兼好が抜書し、持参したのであった。なおこの二紙の筆跡は確実な兼好の自筆である自撰家集また高野山金剛三昧院短冊和歌などと比較しても、同筆と認められる。

藤原為房（一〇四九～一一一五）は勧修寺流の祖として著名な公卿で（「前《さき》ノ三房《さんぼう》」の一人）、二間観音成立の劃期である後三条天皇の治世に、六位蔵人として朝儀を奉行する立場にいたから、その日記は好適な史料といえる。

現存する為房卿記の自筆本はわずか一巻に過ぎず、延久四年分も散佚しているが、記録期間は四十年を超えており、この当時は厖大な巻数を誇ったと思われる。

それは「吉田中納言入道」こと、甘露寺隆長《かんろじたかなが》（一二七七～一三五〇）の所持するものであった。為房の末裔で、勧修寺流一門の長老である。金沢貞顕の室は隆長の縁者であり、その旧縁が生きていたことが分かる。なお徒然草百七十七段に登場する「吉田中納言」も隆長であろう。

ここには延久四年正月二十九日・三月十日・七月十三日の記事が抜書されている。簡単に紹介し、内容を検討したい。「てへり（者）」は、「といへり」の略で変体漢文などで引用文末に置く連語である。

仁寿殿御仏造立の事
延久四年正月廿九日、大御記《大蔵卿為房卿》に云ふ、今日、仁寿殿御仏事を始めらるべきにより て、先づ天気《(後三条天皇)》を伺ふのところ、諸《(ママ)》仰せ下さる。白檀《びゃくだん》の聖観音像一躰、高さ七寸、同じく梵天《ぼんてん》・帝尺《たいしゃく》像各一躰、

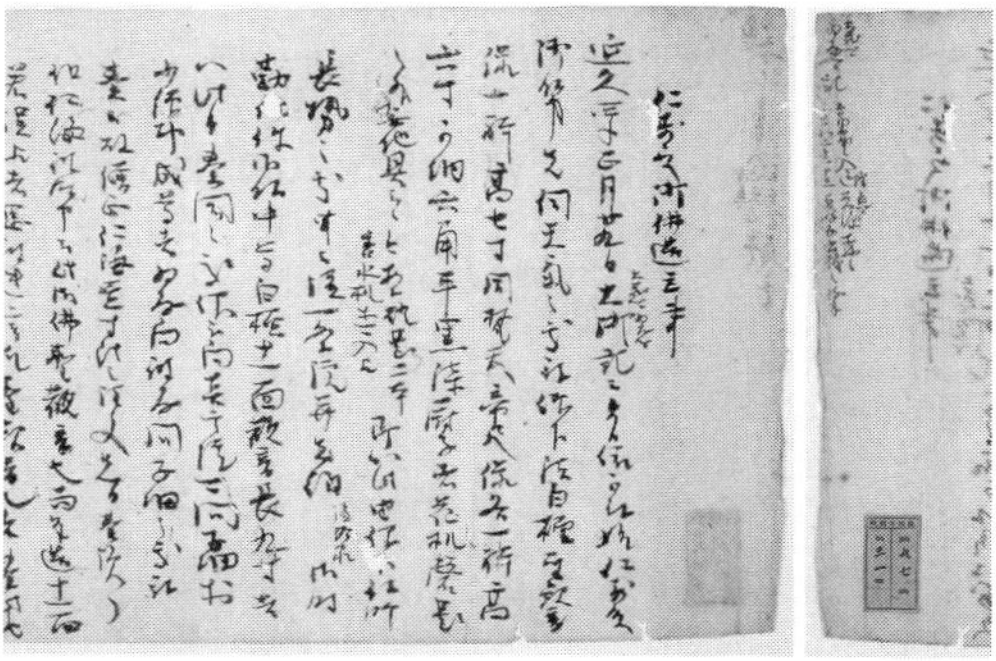

5—7　兼好が抜書した為房卿記　「為房卿記抄」（醍醐寺文書97-31）。下図は賢俊の記した端裏書（部分）

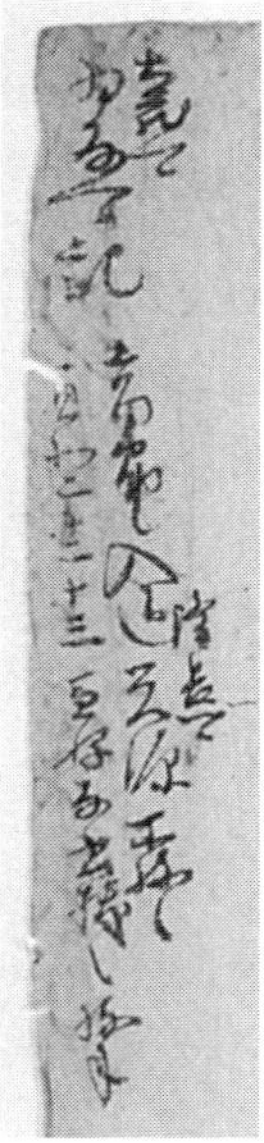

高さ六寸、六角の平の黒漆《くろうるし》厨子《ずし》に納むべし、てへり、花机・磬台《けいだい》の外他の具無しと云々、今案に、灯台二本、香水机など入るべきか、

即ちこの由を以て仏師長勢《ちょうせい》に仰せ下すのところ、申して云ふ、後一条院幷びに先朝後冷泉の御時、くだんの御仏を勤仕す。中尊は白檀の十一面観音、長さ九寸、てへり。

この旨をもって奏聞のところ、仰せに云ふ、真言院に向ひて子細を少僧都成尊に問ふべし、てへり。為房、かの房に向ひ子細を問ふのところ、奏されて云ふ、故僧正仁海、寸法を［書き］置くの注文、先日奏覧しをはんぬ。但し仁海、かの時申して云ふ、この御仏は聖観音なり、しかるに十一面を造り奉るは、もしくは誤りか、てへり。かの遺言を思ふに、なほ聖観音なり、てへり。この由を奏するのところ、しからば聖観音をもってなほ中像たるべし、てへり。

次に又後朱雀院御記を引検せしめ給ふのところ、金色観音幷びに梵天・帝尺像各一躰、六角平堂に納め、仁寿殿乾角戸の内に安置し奉る、これ旧貫なり、てへり。

この御記に就いて、金色・白檀、両説疑ひ有り。相ひ尋ぬるの後、来月重ねて吉日を撰びて始むべきの由、仰せらるるところなり。よりて長勢罷り出づべきの由下知しをはんぬ。〇下略

この記事の核心は、後三条が二間観音供の前身である仁寿殿観音供を修するに当たり、本尊（中尊）はいかなる仏を造立すべきか逡巡する場面にある。

後三条はまずは高七寸で白檀《びゃくだん》の聖観音を造らせるよう命じたところ、製作に当たった仏師から疑問が呈された。後一条・後冷泉両代の観音は、長さ九寸の白檀の十一面観音であったからである。

そこで為房が護持僧成尊のもとに赴き意見を尋ねると、師の仁海が二間観音の材質・像容や寸法を記した「注文」（書き付け）を進上した。さらに聖観音であるべきで、十一面観音は誤りであると仁海は洩らしていたと証言した。

醍醐寺文書のうちに、仁海が長久元年（一〇四〇）十月十九日に進覧した「二間御本尊事」と題する注文の写しが数通伝えられている。長久元年ならば後朱雀の代である。本尊はたしかに高七寸、白檀の聖観音となっているのである。

観音像の材質は、仁海の注文では「白檀」であったが、後朱雀の日記では「金色」であった。後三条はいったん一同を引き下がらせた。一月ほどした三月十日の記事には仁海の注文に忠実に基づいて、改めて高七寸で白檀の聖観音像を新造させるよう命じたとある。そして七月十三日、開眼供養を遂げた記事で抜書は終わっている。

兼好の働き

以上の抜書を読めば、二間観音供の前史とおぼしき後一条・後朱雀・後冷泉の各代、観音の像容がそもそも一定しなかったこと、仁海が最終的に聖観音であるべしと結論し、後三条天皇がそれに従って新造したことがはっきりと理解される。兼好の抜書は要点を尽くしており、二間観音出現の一件と関わり、賢俊にもたらされたことは明白である。

賢俊は確証を得て仙洞に参り、信ずべからざる旨を述べたのであった。上皇も経緯を問い糾すよう命じた。同日、禅林最大の実力者夢窓疎石が召されている。騒ぎが直義周辺の禅僧から出ただけに、事態を収拾させようとしたのである。

こうしてこの一件は何事も無かったように終息した。とはいえ賢俊は兼好のことや為房卿記の抜書については日記に何も記さず、抜書の端裏書に「兼好房これを書き抜き持ち来たる」とそっけなく注したのみであった。事の性格上、賢俊が表立って調査を命ずるようなことは難しく、時間も限られていた。すると兼好は、権力者の関心話題にふだんからよく通じており、いま何が必要かを的確に見抜いていたといえる。人脈と知識を活かした働きは有能なブレーンのそれとしても評価できよう。何より晩年の兼好が、水面下ではあるが、南北朝の歴史の一局面に携わっていたことには興味が尽きない。

第六章

破天荒な家集、晩年の妄執
——歌壇の兼好

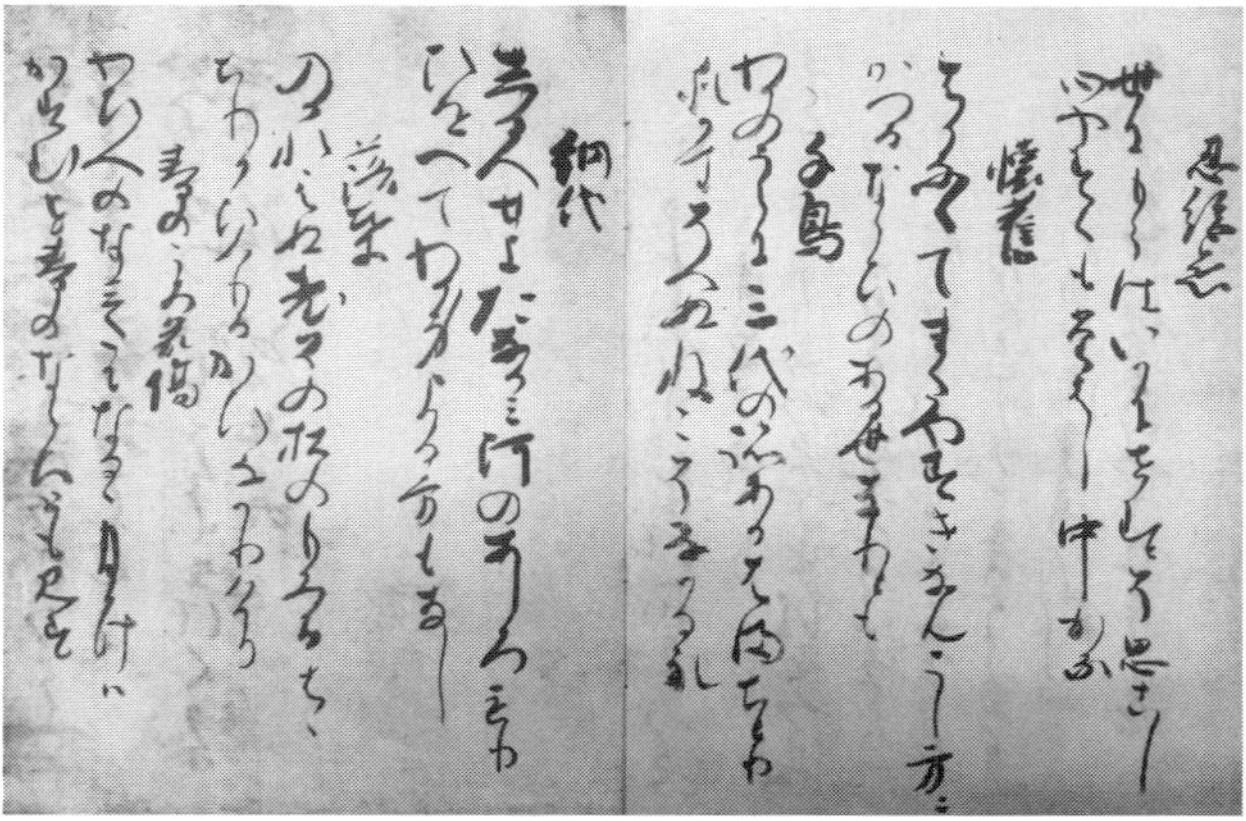

兼好自撰家集（自筆本）　最晩年に加筆したと考えられる冊尾の歌群。前田育徳会蔵

歌人としての兼好

兼好は生前も死後も歌人として知られていた。兼好はまず歌壇という歌人社会で認められ、名声を得ていった。歌人の伝記は常に歌壇での位置を定めて記述することが必要である。

そもそも客観的な兼好像が提示されるようになったのは、歴史学よりも国文学、しかも戦後の歌壇史研究の進捗によるところが大きい。たとえば兼好の没年は、近世兼好伝が観応元年(一三五〇)四月八日、享年六十八とする説を採って長く信じられ、大日本史料第六編でさえ従ったが、井上宗雄氏『中世歌壇史の研究　南北朝期』が、その後の健在を示す史料を四点挙げて否定、同三年八月までの事績を明らかにしている(国語教科書などでは、それ以後の生存が確認できないとの意で、没年を「一三五二年?」としている)。また兼好の家集、詠草、和歌活動については稲田利徳氏の大著『和歌四天王の研究』がある。徒然草の余慶ではあるが、兼好の歌壇活動や和歌作品の研究は、同時代の歌人に比較しても相当に進展している。ここでは先行研究の成果に拠りつつ、歌人としての活動を考え直すことにしたい。

歌道の師二条為世

兼好の歌道の師は二条為世《ためよ》（一二五〇〜一三三八）である。徒然草二百三十段にも登場して「藤大納言殿《とうのだいなごんどの》」と呼ばれている。俊成《しゅんぜい》―定家《ていか》―為家―為氏―為世と続いた御子左家嫡流の生まれで、父の代から二条を称した。新後撰・続千載の二つの勅撰和歌集の単独撰者となり、大覚寺統の天子や幕府将軍の師範となるなど、世俗的な栄誉を一身に集めた歌人である。子息の為道《ためみち》・為藤《ためふじ》・為冬《ためふゆ》、孫の為《ため》定《さだ》・為明《ためあきら》・為忠《ためただ》・為重《ためしげ》、みなひとかどの歌人であり、門弟も非常に多かった。娘為《い》子《し》（権大納言典侍＝贈従三位為子）は後醍醐天皇に寵愛され、尊良《たかよし》親王・宗良《むねよし》親王を産んだ（図版6—1）。

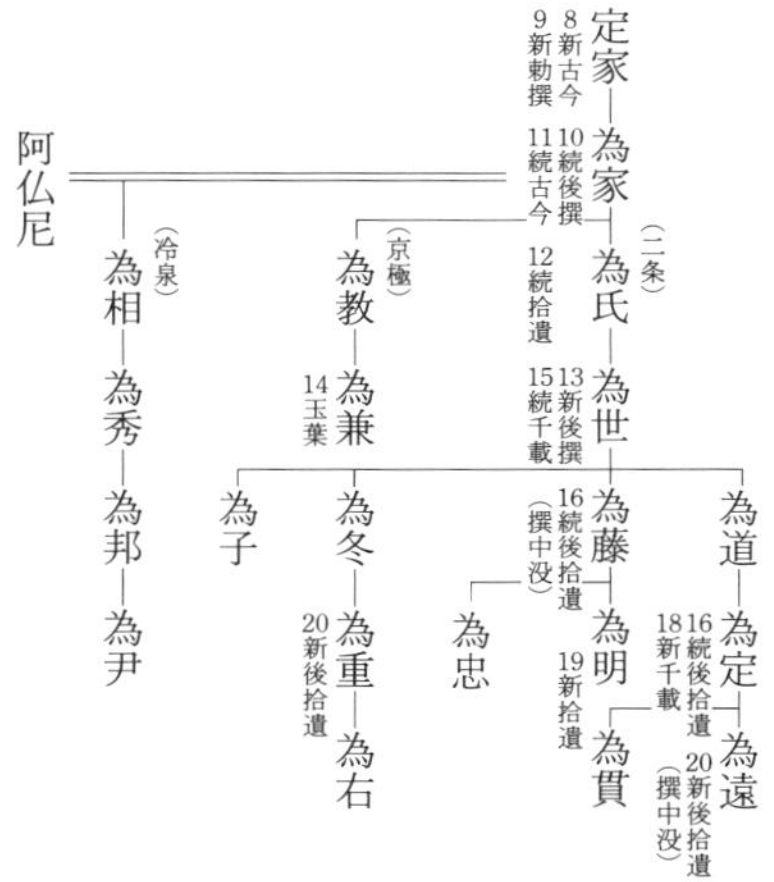

6—1　**御子左家系図と撰進した勅撰集**　数字は二十一代集のうちの順番

まさに歌壇の大立者の名にふさわしいといえるが、その生涯は擡頭する庶流との対立に明け暮れた。とくに従弟の京極為兼《ためかね》および年少の叔父冷泉為相《ためすけ》とは鋭く対立し、前者とは勅撰集撰者の地位をかけて、後者とは家領をめぐって争った。

為兼の歌風は革命的で清新であるとしてすこぶる評価が高いため、為世といえば保守的で陳腐と見られてしまい、分が悪い。たしかに為世は頑迷偏狭なところがあり、しかも売られた喧嘩は買ってしまう人なので庶流はもちろん、院や摂関にも容赦しなかった。家庭では長男為道・次男為藤を先立たせ、三男為冬と庶孫為忠を偏愛したが、後継者とした嫡孫為定(一二九三〜一三六〇)とはあまりうまくいかなかった。しかし、少なくとも孫の代まではいい加減な人物はおらず、近代に至るまでの古典和歌の歌風は、為世の庶幾《しょき》するところであり、よかれあしかれ中世和歌を支えてその方向性を定めた功績は認めなければならない。

二条派和歌の評価

古典和歌はほぼすべてが題詠である。与えられた題に即して題意を満たすように詠むもので、かつては現実体験に即していなければ価値は低いとして斥けられた。さすがに最近はそこまでの偏見は影を潜めたが、それでも古典和歌、わけてもその最も正統なスタイルとされる二条派の人気の無さに変化はない。

たしかに和歌の題材はいわゆる花鳥風月のうちに限定され、しかも着想にも一定のパターンがあり、個人の感動を自由に詠むものではない。

ただしこうした題材と着想は、平安時代の古歌、ことに古今集・後撰集・拾遺集などの勅撰集に収められた名歌によって発見され、親しまれた結果、数百年かけて定着したものである。題となった事物の美的本質やテーマを深く表現した詠み方を、題の「本意《ほい》」という。

どうして和歌はこのような束縛を課したのか。前近代は異なる階層・地域の人とは絶望的にコミュニケーションが取れない社会であったことに答えがある。つまり個人的な経験や感動がそのまま理解評価されることはなかったということである。そもそも言語でさえ違い過ぎた。そこで古典文学の出番となる。江戸城で行き会った津軽侯と薩摩侯は、謡曲の言葉を借りて辛うじて会話できたとする俗説があるが、和歌に限らず文学の役割は、このような共有圏を創り出すことであろう。題材が定まり「本意」がある程度決まっている和歌だからこそ、より深く表現する面白さを体験でき、読者も作者の感動を理解できるし、第三者も巧拙を論ずることもできる。

もとより陳腐化する運命は避けられないし、実際同じような作品が量産されている。為世ら二条派は古典和歌の範疇で新しい美や感動を発見せよと教えたのに対して、近現代では自由な発想や古歌にとらわれない表現を尊んだ京極派の評価が高くなるのは当然であろう。

これについても一言弁ずるならば、題詠は既に台本が定まっている古典的な演劇や芸能のようなものである。表現は演出の一つであろう。何千回何万回と演じられた「忠臣蔵」などさしずめ歌題のようなもので、伝統的な演出に飽きたらなくなれば、本意の「主人の敵を討つ」というテーマを外さず、歴史的背景を無視して現代や外国へと舞台を移すこともあろうし、あるいは敢えて「本意」さえ読み替えることもあろう。

しかし、もし「忠臣蔵」のストーリーは知っていても、初めて舞台に接する人がいたら古典的演出こそ安心できるのではないか——討ち入りの日は雪が降り、吉良《きら》は炭小屋に隠れ、大石は陣太鼓を打たないと落ち着かない。雪も炭小屋も陣太鼓も「忠臣蔵」に欠かせないアイテムであり、それ自体が「忠臣蔵」というテーマの一部となり得ている。そのことで余計な説明を省くことも可能である。

和歌の表現もそうしたものであった。実は「着想は思うがままに、表現も古歌にとらわれずに詠め」という京極派の主張は、決して和歌のアナーキズムを目指した訳ではない。「何かに感動する心、対象に向き合う心を、一歩しりぞいたところで観察し、自らの言葉で表現することで、対象そのものになりかわる」という深遠なもので、十分な作歌鍛錬を積んできた廷臣・女房にしか浸透せず、古典文化に憧れて初めて和歌を詠もうとする、武士のような新興階層には理解の外であった。素人の観客が大枚をはたいて前衛的な舞台を見させられた時、義理で拍手くらいはするが、困惑しか感じないのと同じである。

同じく古典に拠るとしても、二条派の教えのように、よく知っている古歌に学んで、その表現を借りて新しい題意を詠むこと、とくに古歌の部分的引用によりその内容を効果的に想起させる技法（本歌取り）がよほど分かりやすいし、何より中世の大多数の作歌層にとって、安心して参入できる。鎌倉時代以来、武士が和歌を好み、その作品が一見没個性的である理由は、これで説明がつく。また古今集を知ることが歌詠みにとって何より肝要であることも理解できるであろう。

為世門の和歌四天王

果たして為世は門弟の指導には熱心であった。廷臣ばかりではなく、武士や僧侶、あるいは格別の出自を持たない地下にも及んだ。そして、とくに優れた地下門弟四名を四天王と称した。この為世門の四天王、門弟に俊秀が多い上に、為世が長命であったためメンバーに出入りがあったらしいが最も標準的な組み合わせは、正徹物語が定めたところの（8頁）、頓阿・慶運・浄弁、そして兼好となっている。

和歌四天王の存在意義は、やはり広く支持された二条派和歌のありようと密接に関わる。和歌を詠むためには、まずは最低限、題と本意を知らなくてはいけないし、そのためには詠草の添削が繰り返される。しかし、一般の門弟がこまごまとした指導を為世や為定に期待することは非現実的である。また歌道師範も自ら権威を安売りするようなことはしない。庶子を代理にするのも一法だが、この時代はすぐに一家を立てようとする野心を抱くので信頼できない。そこで活躍したのが、師範にあくまで忠誠を誓った地下門弟である。

南北朝初め頃の四天王の活動は、当時しばしば席を共にした武家歌人の今川了俊が、六十年後に執筆した著作、了俊歌学書で回想している。

その世にも為世卿の門弟等の中には、四天王とか云ひて、かれらが歌ざまを、薬師寺（公義）・中条（長秀）・千秋（高範）・秋山（光政）などと云ひし人々、小師《しょうし》のごとくに信ぜしかども、故為秀卿の弟子になりにき。（引用は冷泉家時雨亭文庫蔵冷泉為和《ためかず》筆本による）

公義は前出した高師直の被官（149頁）、長秀・高範・光政は足利尊氏の近習である。当時はまだ歌歴の浅い人々であった。「小師」とは仏教で師範のもとで輔佐する僧のこと、和歌を詠み始めた武士たちがまずは四天王に就いて学んでいたことをよく示し、また身軽な四天王を介して二条派が門弟を拡大していったさまが窺える。たとえば浄弁は九州に下向し（兼好家集・二〇六に餞別の歌がある）、現地の武士たちに和歌を指導、歌壇らしきものまで形成される（了俊によれば、その四天王がある時期から冷泉為秀《ためひで》の門弟となったというが、そのことは後述する）。

また古今集を門弟に講義して難解歌の解釈を中心に伝授する、いわゆる古今伝授もこの時代に定まり、為世らの説を伝える注釈書もいくつか遺されているが、それらは師範の執筆したものではなく、地下の門弟による聞書《ききがき》である。四天王では浄弁の注が現存する。なお兼好作と伝えられる古今集注釈書があり、二条派の説ではあるものの真偽不明であったが、現在では別人の作と確定している。

歌壇への登場

四天王各人の出自経歴を紹介すれば、浄弁は天台僧で青蓮院《しょうれんいん》に属し、晩年権少僧都、法印となった。頓阿の前身は鎌倉幕府御家人の二階堂貞宗《さだむね》とされるが、これは「頓阿」という法名を持つ同名異人である。関白藤原師実《もろざね》の子孫とする系譜はさておき、「本名は泰尋《たいじん》法印、妙法院《みょうほういん》の出世《しゅっせ》法師なり、遁世の後、頓阿と改むと云々」（実隆公記延徳三年〔一四九一〕六月三日条）という証言がほぼ事実を伝えていると見られ、執当（庶務役）として門跡に仕えた坊官の出であったと考えられる（坊官系図）。比叡山に学んだ後遁世し、時宗に帰したが、門跡とは生涯関係を保っていた。実子経賢《きょうけん》も妙法院に仕えた。慶運は浄弁の実子で、これも青蓮院の坊官であった。兼好も正和・文保の交（一三一二〜一八）、叡山で修行し、横川《よかわ》や

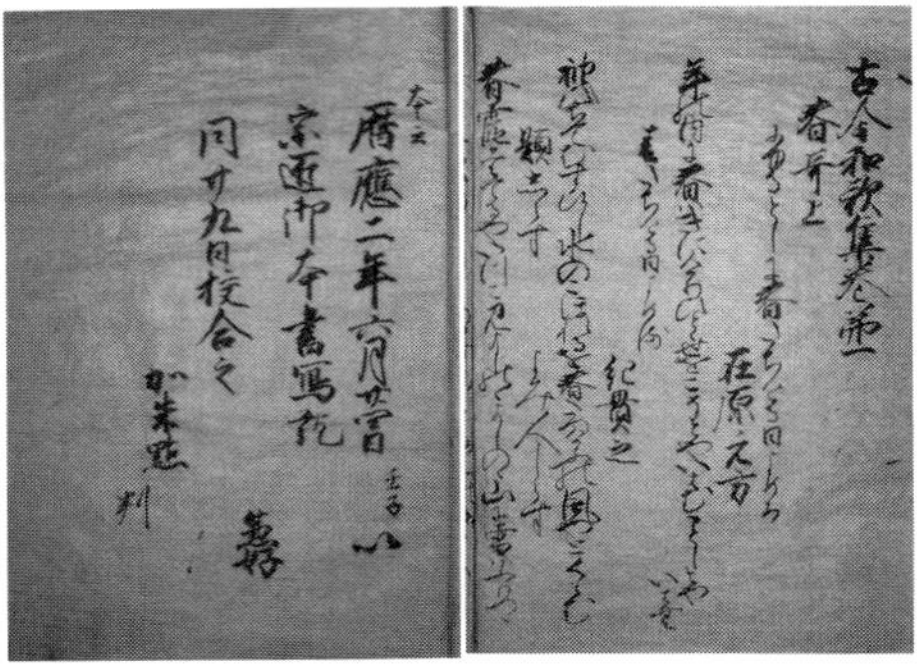

6—2　**古今和歌集の兼好奥書**　鶴見大学図書館蔵
暦応二年（1339）宗匠（為定）御本を書写校合したと記す。この本は室町中期の転写本

修学院に居住したことが家集により知られ（五二〜五五、六三）、ここで頓阿たちとの接点が生じたことも十分に考えられる。

四天王はいずれも叡山で学んだ経歴があり、出自も経歴も共通項のなかった四人という訳ではない。実は為世が正和四年（一三一五）に東山の花の名所で門弟を集めて開催した花十首寄書《はなじっしゅよせがき》をはじめ、その頃の二条家の催しに頓阿・浄弁・慶運はよく参じているが、兼好だけは参加が確認されない。そのため「歌道への執心が一歩少く、従つて又歌壇での声価も一段低かつた」（福田秀一「歌人としての兼好」）ということになっているが、頓阿らを介して為世に入門した、と考えればよいのであろう。為世が撰んだ続千載集には最も若年の慶運を除く三人が入集している。この後兼好の活動はようやく本格化し、元亨三年（一三二三）には歌壇でも名を知られるようになった（77頁）。

果たして兼好は翌年十一月十六日には二条家の「証本《しょうほん》」をもって古今集を書写した。

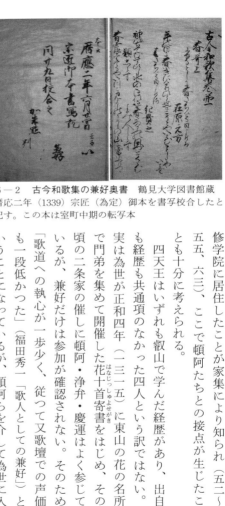

「証本」とは一般には信頼できるテキストのことであるが、ここでは二条家に伝わった、藤原定家が貞応《じょうおう》二年（一二二三）に書写校訂したいわゆる貞応本のことで、その披見を許されたのである。さらに十二月十三日には為世から古今集の説を教授され、「奥書《おくがき》」をもらっている。写本を書写した際に年代・場所などを記した文章が奥書であるが、この場合は伝授の証明として為世の承認のもと記し付けたのである。ここに歌人としての免許を得たといってよい。延元元年（一三三六）三月には為定から重ねて伝授を受けている。兼好の三代集以下古典書写の事績はいくつかあって、ほとんどすべて歌道師範家の本によることを明記し、披見し得たことの喜びや誇りも感じられる（図版6―2）。

二条為貫との贈答

徒然草では醒めた、時にシニカルな批評さえよくする兼好であるが、歌道ではそのような素振りはなく、為世・為定への姿勢は恭順を極めた。康永年間（一三四二～四四）前後、為定家の歌会で詠んだ作品の一部が伝えられ（民部卿家褒貶和歌《みんぶきょうけほうへんわか》）、そこには新出の和歌が三十九首もあるが、うち二七・「喚子鳥《よぶこどり》」題で、

君がためいやたか山の喚子鳥よぶこゑすなりつかさくらゐを

（官位がいよいよ高くなるようにと、あなたのためいやたか山の喚子鳥の呼ぶ声が聞こえます）

と詠む。「いやたか山」は近江とも備中とも伝えられる歌枕。題詠であるが、為定の昇進への期待を込める。二条家は代々大覚寺統に近かったので、北朝では比較的不遇であった。為定の昇進は門弟としても切望されたであろう。長く前権中納言のまま据え置かれた為定が権大納言になったのは貞和二年（一三四六）十二月五日のことであった。

また為定の嫡子為貫《ためつら》との贈答歌にこのようなものがある（家集一五・一六）。

少将ためつらの君、ひさしくとひ給はぬをうらみやりたる、返事におこせたる

いまぞ知るとはばやとこそ思ひしにげに身をすつる心なりけり

返し

うき身をもとはれやせまし思ふよりほかなる君が心なりせば

一五番歌は、連絡がしばらく途絶えたことに兼好が恨み言を遣ったのに対して、為貫が送った歌である。これは古今集・雑下・九七七・躬恒《みつね》の、

人をとはで久しうありける折に、あひうらみければよめる
身をすてて行きやしにけむ思ふよりほかなるものは心なりけり
(我が身を捨てて心はそちらに行っていたのでしょうか。なるほど自分の思いとは無関係に動くものは心でしたよ)

を踏まえる。為貫はちょうど躬恒と同じ状況に置かれた。そこで「お訪ねしたいと思っていましたが、つい無音のまま過ぎました。しかし心だけは勝手にあなたのもとに行っていたと、なるほどいま(あの躬恒の歌が)分かりましたよ(だからあなたは連絡して来たのですね)」と、兼好の恨み言を逆手に取った返答をした。兼好もこの本歌に拠って、「あなたの心が身体を離れたならば、この哀れな身をまず慰問してくれたでしょうに(心をコントロールしているからこそ訪ねてこなかったのでしょうが)」と返したのである。

古今集を自家薬籠中にした二人のやりとり、たしかに気が利いているし、歌道家の嫡子と門弟ならではのものである(稲田利徳「為貫との贈答歌をめぐって」)。ところがこれまでの注釈書は「身をすつる心」に、(為貫の)遁世の意向、それに対する兼好の共感を読み取って来た。そんなことはまったく意識されていない。徒然草による先入観の強さが感じられる。なおこの為貫は惜しくも早世し、繁栄を誇った二条家にも衰頽の影が忍び寄る。

自撰家集の編纂

これまでも何度か参照したが、兼好の家集について解説しておきたい。江戸時代初期に突如出現した自筆本（尊経閣文庫蔵）が事実上の孤本であり、版本も含めて他の伝本はすべてここから発したものである。この本は清書以前の草稿本とみなされ、加筆修訂が夥《おびただ》しい（清書された本もあったはずだがその系統の本は伝わらない）。歌人の原本が伝来することは和歌史上も珍しいが、推敲の跡を辿ることで兼好の意識にも迫ることができるとされる。二八五首と連歌二句を収める。比較的規模が小さい家集である。

そもそも（私）家集とは撰集に対する語で、もっぱら個人の詠を集めた歌集である。歌会や歌合、あるいは恋愛や社交などさまざまな機会に詠まれた作品を記録し整理することは歌人ならば誰でもしたことであろうが、家集とはある種の編纂意識をもってまとめたと定義できる。単なる歌稿の集積は、区別してむしろ詠草と称すべきであろう。

その形態は日次《ひなみ》、類題、所収撰集別あるいは雑纂などさまざまであるが、題詠が確立した院政期以降、源俊頼の散木奇歌集《さんぼくきかしゅう》、藤原定家の拾遺愚草《しゅういぐそう》のごとく、生涯の作品をできるだけ網羅した上で、勅撰集に準じて四季・恋・雑の部立に分け、さらに同じ歌題ごとにまとめて排列するようになる。明確な構成意識を持ったものがやはり評価が高くて後世にも注目されている。

ところで和歌四天王のうち、浄弁にのみ家集らしい家集がないが、他の三人には伝存する。ここでも頓阿の草庵集《そうあんしゅう》が圧倒的に有名であり、後世への影響力もはなはだ強い。

草庵集は頓阿七十一歳の延文《えんぶん》四年（一三五九）頃の成立で、十巻に一四四〇首を収めるが、これも長年集積された日次詠草から生涯の秀歌を精撰したものである。頓阿生前から愛読され、続編が編まれるほどであった。また詞書も詳しく行き届いており、実に幅広く公武僧の要人の会で詠歌したり和歌を召されたことも分かる。恐らくそうした交遊圏を誇示する意図もあろう。

慶運集は約三〇〇首、四季恋雑に分類するが、詞書は原則題のみで、ぶっきらぼうな印象を受ける。伝本も少ない。後述するように世に認められない腹いせに詠草を埋めたといわれ、頓阿に比較して現存歌数が少ない。しかし草庵集が整頓され過ぎているだけで、まずはこうした題によって集めた和歌を排列することはしごく常識的な編纂方法である。

以上に比較すると、兼好の家集はよほど変わったものである。

まず冒頭に「家集事」と題して、編纂方針が明記されている。現代語にして示してみよう。

一、歌数

定めない。多寡は随意である（過去の家集も十六首・七百九十首・三百余首などまちまちである）。長歌や連歌なども混ぜるし、贈答歌はもちろん入れる。また贈答ではない他人の歌も、便宜によって多く載せる。

一、部立

一切設けない。部を分かつ人がいるが、そうしないことに私は共感する。

一、巻頭歌

部立がないのだから、とくだん配慮しない。恋歌・雑歌、また秋歌・冬歌であってもよいことは当然である。

一、哀傷歌

巻頭から十五番目に置いてある。非難する人は忠岑集《ただみねしゅう》がそうなっているのを思い出せ。

一、詞書

日記・物語などのように長く書き続ける。また歌合の判詞や和歌にまつわるあれこれのしきたりなどもついでに書く。そうした知識はいつものことである。

右の考えに従って以下記すつもりである。

このいわば行き当たりばったり宣言、数を定めない、分類もしない、ほぼすべての歌人が立春詠で始め出来映えにも気を配る巻頭歌にも意を払わない（一方、人の死を悼む哀傷歌は雑部の最後に置くのが常識で、縁起が悪いから始めの方には持って来ない）というのは、当時の家集の常識を裏切るものである。一つには忠岑集の名を挙げるように、文芸意識の鞏固《きょうこ》となる以前の、素朴な平安時代の家集に戻ろうとしたのであろう。実際、徹底はしていないが、詞書ではわざと古めかしい語を使っている（関白を「との」、大臣のことを「おほいまうちきみ」と表記するのは当時でも古語である）。さらにここには示されていないが、詞書はその和歌が詠まれた時点の時制を取る。具体的には人名・官職名は原則詠歌時のままで、同じ人物が違う呼称で現れたりする。通常はその後の官位昇進や出家・死没を反映させ、編纂時点に統一するものである（現に草庵集はそうなっている）。

ところがこうした最低限の統一もとらず、明確な編纂の方針は何もないはずなのに、この家集を精読した人は、兼好の個性が一貫していることを感じ取り、排列上の変化の妙を述べることも事実である。これは徒然草の章段の排列方法とも重なるところである。方針は立てない、という宣言は実は逆説であって、周到な配慮のもと和歌が並べられているらしい（草稿本なので並べようとした、というべきか）。「兼好が優れたエディターであったことが痛感されてくる」（稲田利徳「「兼好自撰家集」覚え書」）とは至言である。

したがって、この家集に収められる歌は、生涯にわたり詠んで来た作品をかなり厳しい眼で選りすぐったものである。かつては風雅集《ふうがしゅう》（第十七代の勅撰集）の撰集に合わせて成立したと考えられてきたが、最近は勅撰和歌集とは直接関係なく、「生涯の記念となるべき家集」（齋藤彰「兼好自撰家集の考察」）として編まれたと目されている。その時期は不明ながら、二二番歌で名所歌を召した「との」とは二条良基を指すと考えられ、ならば成立は良基が関白となった貞和二年（一三四六）二月以後となる。近年は貞和五年以後と見る説が有力である（もっと降るかも知れない）。ともあれ家集の編纂一つをとってみても、和歌四天王の特色がよく現れ、ことに兼好の個性が際立つ。

関白良基の寸評

浄弁は他の三人より三十歳以上年長で、康永三年（一三四四）を最後に姿を消す。既に九十歳近かったと思われる。したがって同世代の頓阿・兼好・慶運が実際には行動を共にすることが多く、何かと比較されたようである。

関白二条良基の邸で、為定を指導者に迎え、貞和年間（一三四五～四九）に開催されていた月次《つきなみ》三度の歌会にもこの三人が揃って出席していた（ちなみに良基は二条と号しても歌道家とは関係ない。「二条殿」は家祖良実《よしざね》の邸で、兼好らが参じた良基の邸は、二条大路より南の「押小路《おしのこうじ》烏丸《からすま》殿」である）。

達人たちは若き日の良基に強烈な印象を植え付けたようで、つぎの短評はどこかで目にしたことがあろう。

その比《ころ》は頓・慶・兼三人、いづれもいづれも上手とはいはれし也。頓阿はかゝり幽玄に、姿なだらかに、ことごとしくなくて、しかも歌ごとに一かどめづらしく、当座の感もありしにや。慶運はたけを好み、物さびて、ちと古体にかゝりて姿・心はたらきて、耳にたつ様に侍りしなり。為定大納言はことの外に慶運をほめられき。兼好は、この中にちとおとりたるやうに人も存ぜしやらむ。されども人の口にある歌ども多く侍るなり、「都に帰れ春の雁がね」、この歌は頓も慶もほめ申しき、ちと誹諧《はいかい》の体をぞよみし。それはいたくの事もなかりし也。

最晩年の良基が歌論書近来風躰《きんらいふうてい》で四十年前を回想したものである。さすが歌壇の事情とは無縁でいられる立場だけあって本音を隠さず、三者の個性の違いをよくとらえている。もちろん為世の唱えた二条風の範疇にある訳だが、伊藤敬氏は、頓阿を「進歩的古典主義」、慶運を「前衛的古典主義」、兼好を「保守的古典主義」と評した（『室町時代和歌史』）。頓阿は偏りのない完全無欠の名手、慶運は奇矯だが才気を感じさせる好敵手ということであろう。

事実二人のライヴァル関係を物語る逸話はかなりある。この二人に比較すれば兼好がやや劣るということは世も認めるところであった。「誹諧」スタイルを詠んだが、大したことはなかったという。正調とは外れる滑稽・諧謔では、かえって技量がものを言うのである。

二条為定の窮地

ともあれ、いかに名声があったとはいえ、摂関家の歌会に地下出身の遁世者が出入りし、関白に親しく名を知られるとは、前代では考えられないことである。さらに文和元年（一三五二）八月、良基は私的に詠んだ百首歌（後普光園院殿御百首《ごふこうおんいんどのごひゃくしゅ》）を、頓・慶・兼三人に合点（高評価の作品の右肩に〽のような記号を付けること）させた。頓阿は六八首（さらに添削評語をも付している）、慶運は七二首とかなり甘いが、兼好は四二首と辛かった。これが現在のところ確認される兼好の最終事績となっている。

関白の百首歌を合点したり添削したりすることはもちろん歌道師範の重要な仕事であり、当然為定が当たるはずであった。それを四天王の三人が奪ってしまったかのようである。

この百首歌がまとめられた文和元年八月は、正平一統の破綻を受けて、後光厳《ごこうごん》天皇が践祚し、十ヶ月ぶりに北朝が復活した月でもあった（145頁参照）。幕府の申し入れによって、良基はまず関白に復し、数々の困難を排して朝廷の再建に尽力したのであった。

旧冬以来、廷臣は南朝の命に服していたが、光厳上皇らの失意を思えば、胸中はさすがに複雑であった。しかも南朝は北朝の遺臣にすこぶる高圧的で反感を招いた。ところが為定だけは、長年にわたり大覚寺統から受けた恩顧を忘れられず、正平一統を心から歓迎したのである。一陽来復に沸く南朝の年始歌会では、為定が歌題「松契《ハル》二千春《ヲ》一」を進めた。さらに北朝廷臣は懲罰的に官位を一級貶《おと》されたが、為定はもとの官位を安堵された。太平記は「是は吉野殿へ内々音信《いんしん》を申されしに依て也（これは吉野の朝廷に内通していたからなのだ）」（巻三十）と暴露する——これでは北朝の再建後、為定は謹慎せざるを得まい。従弟の為明・為忠は、長年為定に頤使《いし》された鬱憤を晴らすのはこの時とばかり勝手な行動を取り、現に為忠は南朝参仕を続けている。そこへ為定は眼病を患い盲目同然となり、為貫夭折後に嗣子とした為遠《ためとお》はまだ幼稚である。頼れるのは頓阿ら地下門弟だけであった。

冷泉為秀の擡頭

冷泉為秀（?〜一三七二）は為相の息で、父とともに長く鎌倉を本拠とし、現地の武士に歌道を教えた。このなかには足利氏もいたようで、建武・暦応の頃には一時尊氏の歌道師範となっている。風雅集では撰集の助力を命じられた。しかしその後、為定も尊氏に接近すると、歌歴・官位で見劣りしたため、遂に歌壇の中心人物とはなれなかった。

しかし、為秀には黙々と歌道に精進する姿勢、また二条家の面々に伍する十分な歌才があり、それは良基からも「天性骨《こつ》の人にて、やさしくをだやかなるうたおほく侍るなり」（近来風躰）と認められた。今川了俊はそういう為秀の和歌に共感を覚えて門弟となり、生涯にわたり師事したのである。さらに為家を祖父に持つことから、伝来が確かで豊富な蔵書を誇り、その点では二条家（為定は為家から見れば玄孫に過ぎない）を凌駕していたらしい。

後光厳天皇の治世、二条派では為定が逼塞し、京極派は為兼以後はこれといった指導者を欠き、パトロンを兼ねる光厳上皇が辛うじてまとめていたが、それも上皇が南朝に連れ去られたことで終焉を迎え、京都歌壇は空白状態に陥っていた。そこでもともと持明院統に近かった為秀の声望が相対的に高まったらしい。文和三年十二月に「打聞《うちぎき》（私撰集）」を編纂する企図を天皇と良基に奏上したのは、将来の勅撰集下命を見越しての布石であった（冷泉家時雨亭文庫文書）。

兼好はこの時期に為秀に接近し門弟となったらしい。了俊歌学書では、前掲の引用（176頁）に続けて次のように記す。重要なので現代語訳も示す。

存命の時は、兼好法師は為秀卿の家をばことの外に信じて、後撰集、拾遺集をも為秀卿の家本申し出だして、うつしなどせし事、我等見及びしぞかし。かれらが申ししは、古今の説の事は昔為氏卿・為世卿二代の時、為相卿と問答に一天下の隠れなくなりて侍りしかば、今更二条家を改むべからず、さりながら今この御門弟に参りて直に説をうけ給はるに、かの説はあさまになりて侍るとぞ、此の法師等は申し侍りし。

（兼好法師は生前、為秀卿の冷泉家をことのほかに崇拝し、（古今集は勿論）後撰集・拾遺集も為秀卿の家に伝わる証本を借り出し、書写などしたことを我々は目の当たりにした。兼好はじめ四天王が申したことに、「古今集の説については、昔、為氏卿・為世卿の両代が、為相卿と討論して（両家の説の違いが）世間に明らかになりましたので、いまさら自分たちは二条家支持を改める訳にはまいりません。しかし今、こちらの門弟となり、直接に御説を承りますに、二条家の説は浅薄となりました」と、くだんの法師たちは申したことでした。）

冷泉家は門弟層拡大のため、家に伝わる秘本の公開にも積極的であった。為秀も、過去の経緯はともかく、頓阿・兼好ら二条家の地下門弟にも古今集の家説を授けた。彼らは等しく敬服し、ことに生前の兼好は真っ先に頭を垂れたという。

現在、兼好の生存は文和元年八月以後は確認されないが、それ以前、為定が権威を保っていた時期に、門弟が為秀のもとにしげしげと出入りすることは考えにくい。するとこれは文和年間（一三五二〜五五）に入ってのことであろう。

了俊がこれを執筆した応永十七年（一四一〇）当時の歌壇では、頓阿の権威が極めて高く、二条派が依然主流の地位を占め、冷泉家は挽回の機会を覗っていた。そのため了俊は頓阿たちがかつて為秀に拝跪していたと強調するのである。一方、頓阿たち地下門弟にしてみれば「家の人」というだけで絶対的存在である。しかも為定の逼塞している間、御子左家を代表する立場になった為秀に礼儀は尽くさなければならない。如才ない彼らの社交辞令を了俊が針小棒大的に取り上げている疑いは濃い。ただし、兼好個人を名指しして、ここまで具体的な証言を残したとなると、一応は信用せざるを得ない。

新千載集の成立

戦乱が小康状態となった延文元年（一三五六）六月、後光厳天皇は勅撰和歌集撰進を下命、撰者には前年出家していた為定を指名した。しかしこれは足利尊氏の執奏《しっそう》（武家から公家への申し入れ、事実上の命令）によるもので、後光厳の意志ではなかった。

元弘・建武以来の戦乱は後醍醐天皇をはじめとする怨霊の仕業であると広く信じられ、老来多病の尊氏は最も気に病んでいた。そこに二条家が千載集の先例を出して、勅撰集の編纂を働きかけたらしい。第七代の勅撰集である千載集には、下命者後白河法皇をさしおき、崇《す》徳《とく》上皇の詠が多数入っている。保元の乱に敗れて配所に崩じた崇徳の怨霊は後白河の治世に数々の祟りをなしたと畏怖されたが、源平合戦のさなか、後白河は、鎮魂を一つの目的として、生前の崇徳に信任されていた藤原俊成に勅撰集を撰ばせたのである。これを範に取り、新しい勅撰集を企画して後醍醐の和歌を優遇すれば必ずやその鎮魂となるであろう。撰者は後醍醐から最も恩顧を受けた為定が相応しい、という主張はたしかに一定の説得力を持つ（深津睦夫「新千載和歌集の撰集意図」）。偶然ながら下命時に俊成も為定も既に出家していた。このような一致も先例を重んずる中世では力を発揮した。

しかし為定は表立って動けないはずだから、実際は頓阿の功績であろう。そのことは下命から二年後、延文三年（一三五八）四月、尊氏が急死した時の対応によっても十分に推測できる。この集にさほど思い入れのない後光厳は撰集の中止を命じた。「撰者おりふし不運至極」、為定は天を仰ぐばかりであった。頓阿に相談すると「かつて玉葉集《ぎょくようしゅう》が撰ばれた時、得宗北条貞時が逝去しました。しかし撰集中止などの沙汰はございませんでした。これが先例となるでしょう」と智慧を付けた。為定は喜んだものの、「撰者の自分から武家に申し入れる訳にはいくまい。そちが内々に説得して参れ」と命じた。結果として尊氏の嫡子で二代将軍義詮《よしあきら》も同意し、そのまま撰歌は続行された（諸雑記《しょざつき》）。

こうして延文四年四月、まず奏覧《そうらん》（四季部六巻の完成）を見た撰集は、新千載集《しんせんざいしゅう》と命名され、ついで同年十二月に返納《へんのう》（最終的完成）を遂げた。その頃ようやく幽囚生活から解放され帰京した光厳法皇は不快の念を隠さず、いったんは協力姿勢を示した冷泉為秀も門弟からの強い突き上げでやはり入集を拒否した。この勅撰集の内情は円満な治世を祝言するにはほど遠かったが、為定は撰者の栄誉に満足し、まもなく世を去ったのであった。

撰者をめぐる争いと頓阿

為定の死が迫ると、若い為遠が家督を継承することに従弟為明が異議を申し立て、家門を二分する抗争となった。こういう場合地下門弟は勝者に従わざるを得ないから、頓阿はとりあえず両者によい顔をしつつ静観を決め込んだらしい。その間には草庵集を編纂、さらに二条良基と歌論書の愚問賢注《ぐもんけんちゅう》を著し、後光厳天皇や足利義詮の台覧《たいらん》に供するなど声望は高まるばかりであった。

形勢は為明の側に有利で、頓阿の黙認の下、義詮の執奏を取り付けて、貞治二年（一三六三）二月二十九日、勅撰集の下命を受ける。これが第十九番目の勅撰集の新拾遺集である。しかし新千載集の完成から三年余しか隔てず、後光厳天皇にとっても二度目となる撰集に名分はなく、世間の批判に晒された。それでも勇躍撰集の業に取り組んだ為明であるが、既に六十九歳、翌年十月二十七日、四季部六巻を奏覧させただけで死去してしまう。

またもや頓阿が事態の収拾に乗り出し、残りの恋部・雑部を編纂し、無事に返納を遂げるのであった。それにしても歌道師範家の最大の使命であった勅撰和歌集の撰進までが遂に地下門弟に取って代わられたのは、歌道における簒奪とさえいえる、象徴的な出来事である。中世和歌史はこの辺りに一つの劃期がある。長らく勢威を誇った歌道師範家の影響力はこの後、急速に退潮に向かうのである。名声に包まれた頓阿は、応安五年（一三七二）三月十三日に八十四歳の天寿を全うした。

南北朝時代、どの社会でも新旧勢力の交替は紆余曲折を経ながら進んだが、歌壇も例外ではなかった。錯綜する人間関係のなか、遂に歌道師範家に替わり、頓阿のような地下出身の覇者を生み出したのである。

ところで慶運は頓阿と前後して没したらしい。為定生前から、頓阿を激しく嫉視し、新千載と新拾遺の両集には入集を拒否したが、臨終に当たり、遂に頓阿に勝てなかったことに絶望し、東山草庵の傍らに詠草を埋めたといわれる（ささめごと）。実子慶孝、弟子基運がいたが歌壇で問題となる存在ではなかった。

「四代作者」への妄執

新千載集が下命された延文元年（一三五六）、兼好はなお存命であったらしい。了俊の伝える、冷泉家への接近が傍証だが、家集の自筆本にその痕跡が遺る。末尾の歌群八首（番号では二七九〜二八六）は、二七八番の連歌までいったん擱筆した後、しばらく経って加筆したと考えられている。能書といわれた兼好であるが、この間に老化が進んだようで、筆跡には衰えが著しい（章扉）。その歌群八首のうち、「千鳥」題でつぎの一首がある（二八一）。

和歌の浦に三代《みよ》の跡ある浜千鳥《はまちどり》なほ数そへぬ音《ね》こそなかるれ
（和歌の浦に三代の跡を付けた浜千鳥は、さらに数を重ねることがないといって声を出して鳴いているよ）

「和歌の浦」は歌壇を、そこに飛ぶ「浜千鳥」は自らを寓する。余命わずかなことを自覚した詠であるが、具体的には続千載・続後拾遺・風雅の三つの勅撰集に連続入集した後、「なほ数そ」ふことはあるまい、つまり四代の集の作者とはなれそうにない、として歎いているのである。杉浦清志氏は、風雅集に続く新千載集が延文元年六月に下命された時点で兼好はまだ存命しており、その後完成まで生きていられないと悟ってこの歌を詠んだとされた（「兼好家集成立存疑」「兼好家集成立論再考」）。

これは十分説得力に富む。なぜならば、歌人にとり複数の勅撰集に入集することこそ名誉であり、かつそれは生前でなければ意味がないからである。

当時の歌人はしばしば「N代作者」を自称する。古今集から新古今集までの八代集の時代、勅撰集の成立する間隔は平均四十年強、一世紀に二集の割合だから生涯撰集に逢わなかった歌人も珍しくないが、十三代集の時代は、集と集との間隔は平均十七年、最短五年にまで短縮する。「N代作者」の記録では、徒然草六十七段にも登場する今出川院近衛《いまでがわいんこのえ》が続古今集以後六代の作者で、これが最多であろう。これについでは頓阿と邦省《くにみ》親王が、続千載集から新拾遺集まで五代の作者であった。邦省は熱心な二条派歌人で、永和元年（一三七五）九月十七日、七十四歳で没した。実はこの時、既につぎの勅撰集（新後拾遺集《しんごしゅういしゅう》）の撰集作業が開始されており、前関白近衛道嗣《みちつぐ》は「今度の勅撰奏覧を待ち付けられず、無念なり」と、奏覧を待たずに没したのは残念至極と追悼している（後深心院関白記《ごしんじんいんかんぱくき》）。

あかの他人さえそう思うのだから、本人の無念はいかばかりであったか――兼好の和歌もまさしくこの心境を詠んだものとしてよい。

明らかになった没年

兼好は新千載集の撰集下命の経緯、そして頓阿の活躍はつぶさに聞いていたはずである。非公式ながら入集の内定の報も受けたかも知れない。ところがその後急速に老耄《ろうもう》が忍び寄り、同集の完成までは生きていられないと悟って、「千鳥」題の詠のほか、家集末尾八首の追加となったのである。家集にはそれ以前の勅撰集およびそれに准ずる私撰集への入集歌はすべて載せ、集名を明記しているから、もし新千載集への最終的な入集歌を知っていれば、家集にはなんらかの処置が加えられたはずである。そうはなっていないので、死没は延文元年六月の下命から同四年四月の奏覧の間であることはほぼ確実で、勘案して延文二、三年（一三五七〜八）であろう。

通説より五、六年は長く存命していたとはいえ、四代作者となれない無念さを抱いたまま、兼好はこの世を去った。あれほど「死」についても立派な省察をしていた人が、最後につまらない妄執にとらわれたものだと失望すべきか、それともこれが人生の真実として沈思すべきか。享年は七十代後半に達していた。京都を離れたとは考えにくいので、かねてのあらまし通り仁和寺浄光院に葬られたのであろう。

第七章

徒然草と「吉田兼好」

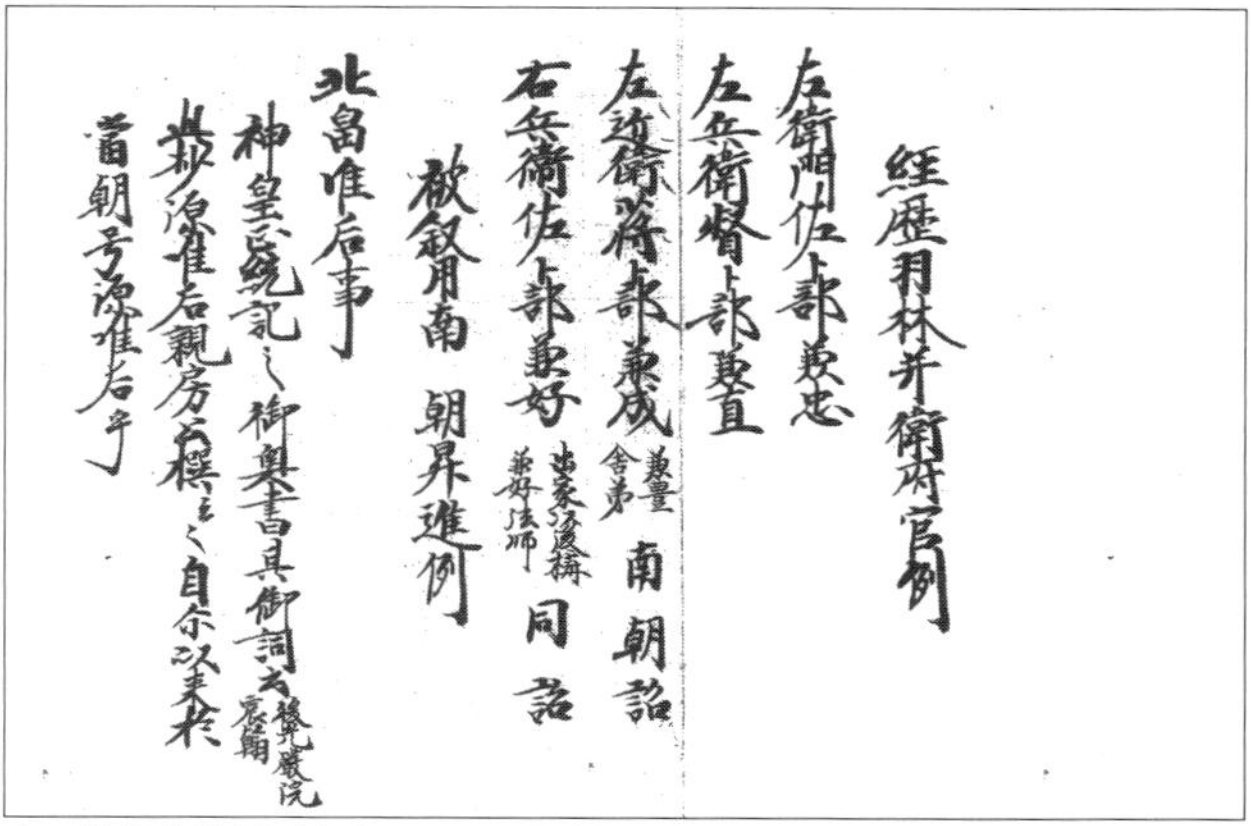
経歴相林并衛府官例
左衛門佐卜部兼忠
左兵衛督卜部兼直
左近衛将監卜部兼成 兼量舎弟 南朝詔
右兵衛佐卜部兼好 出家以後号兼好法師 同詔
被叙用南朝昇進例
北畠准后事
神皇正統記云々御奥書曰具御詞云
北畠准后親房卿撰之々自尒以来於
當朝号准后了

吉田兼倶筆勘例（東京大学史料編纂所蔵影写本による） 明応７年（1498）、嫡子兼致の左兵衛佐任官のため、一族のありもしない経歴をでっちあげたもの（215頁参照）

徒然草の成立

現代では兼好法師といえばまず徒然草の作者である。いまさら内容や思想の紹介は不要であろう。それでは、この作品はいつ頃、またどうして書かれたのか。国文学研究の難問の一つで、夥しい量の研究があるが、もはや新しい史料もなく、議論も膠着しているように見える。『新版　徒然草　現代語訳付き』（角川ソフィア文庫）の解説でも一通り述べたが、本書で記したことを補助線にして改めて考えてみたい。

古典作品に異名はつきものであるが、徒然草にはこれといった異名はなく、本人の命名なのであろう。ただし古写本はいずれも「つれ〳〵種（つれ〳〵くさ）」と題し、「徒然草」の表記は江戸期になってからのものである。序と長短さまざまの二四三の章段からなる、その区分が確定するのも江戸前期であるが、諸本間で記事分量の増減はない。

成立年代を示す外部徴証は存在しない。江戸期以来、後醍醐天皇の治世に成立したと考える読者が多かったが、橘純一（一八八六〜一九五四）は作品内部から執筆年代を特定できる

年　号	西　暦	段数及び要項	証例方向
元応　元	1319	136「六条故内府」。7月2日有房薨。	↓以後
二	1320		
元亨　元	1321		
二	1322	70「菊亭ノ大臣」。8月11日、西園寺兼季任右大臣（大納言ヨリ）。	↓
三	1323	238「堀川大納言殿」。11月30日具親任権大納言。	↓
正中　元	1324	136「故法皇」。6月25日後宇多法皇崩。	↓
二	1325	86「円伊僧正」。正中2年12月8日奏覧の続後拾遺集・雑下に「法印円伊」とあり。	↓
嘉暦　元	1326		
二	1327		
三	1328		
元徳　元	1329		
二	1330	86「惟継ノ中納言」。2月26日平惟継任権中納言。	↓
		219「四条黄門」。10月21日隆資任権中納言。	↓
元弘　元	1331	238「当代」。9月20日光厳院践祚。後醍醐天皇を太上天皇とす。増鏡村時雨、後醍醐天皇を先帝とす。	↑以前
		25「無量寿院」。10月7日同院焼亡。	↑
二	1332	118「中宮」。5月19日中宮禧子院号、礼成門院。	↑
三	1333		
建武　元	1334	101「六位外記康綱」。12月17日中原康綱任権大外記。	↑
二	1335		
延元　元	1336	33「今の内裏」。正月10日富小路内裏焼亡。	↑
建武　三		（103「侍従大納言公明卿」。5月25日公明任権大納言）橘は「中納言の誤りカ」とする	（↓以後）
建武　四	1337		
暦応　元	1338		
二	1339	238「堀川大納言殿」。12月27日具親任内大臣。	↑

7—1　徒然草の成立年代　橘純一『正註つれづれ草通釈』所掲図を私に修正した

記述を抽出した上で（図版7―1）、元徳二年（一三三〇）以後、元弘元年（一三三一）以前の、ほぼ一年間に収まると考証した（『正註つれづれ草通釈』）。反証がいくつか挙げられてはいるものの、後醍醐天皇を「当代」、冷泉富小路内裏を「今の内裏」、花園上皇を「新院」、後宇多法皇を「故法皇」とする徒然草のうちのかなりの章段が、後醍醐天皇の治世、それも末期に書かれたことは否定できない。後年に執筆された段があるにしても、限られたもので、かつ補入に際して全体の統一や手直しには及んでいないと見られる。

徒然草の成立にはそのほかさまざまな推測がある。たとえば三十三段前後を境に筆致が変化し（境界とする段は研究者間で相違がある）、各段の中心思想となっている「無常観」に質的な変化が認められるという理由から、三十三段以前は元応元年（一三一九）に執筆、その後元徳二年に大部分が執筆され、さらに建武三年（一三三六）頃に一部が補入されるという二部三段階成立説が提唱された（安良岡康作「徒然草概説」）。現在の通説だが、執筆を中断して十余年後に再開した動機が明らかにされている訳ではない。橘説もそうであったが、これも序段より順に執筆されたことを前提としており、そのままでは首肯し難い。現時点では数段階にわたる執筆と整理、そして編集（章段の加除補綴《ほてい》）があったと見ておくにとどめたい。

大草子という「ジャンル」 202

徒然草は「随筆文学」の傑作であるといわれる。ただし日常雑多な話題を取り上げ、時に深い省察に及ぶスタイルが似ているというだけで、当時「随筆」というジャンル意識はない。近代人の概念は、整理に便利ではあるが、それに流されすぎては本末顚倒である。もう少し実態に即した考えができないか。そこで南北朝・室町期には鎌倉大草子、宗五《そうご》大草子など「大草子《おおぞうし》（大草紙）」の称を持つ書がいくつかあることに着目したい。

「大草子」とは、文字通り大ぶりな冊子本のことであるが、日常雑多の知識を前後不同に記す雑記に使われ、いつしかそうした書物を指すようになった。たいていは「一、〜」という箇条書きであり、日記ではないから、その条が記された年代がいつかはあまり問題とはならない（鎌倉大草子は室町期東国の動乱を記した軍記であるが、純粋な編年体ではなく、一件ごとに記事がまとめられ、全体としてはかなり雑然としているゆえの謙称であろう）。今川了俊は「亡父は、街談巷説でも知ることができれば、学問に幅が出るものだと言って、あらゆる事柄を、聞書と名付けた、反古《ほご》の裏を利用した大草子を仕立て、そこに記し集めたのである」（落書《らくしょ》露顕《ろけん》）と述べ、父範国《のりくに》が大草子を作ってさまざまな知識を記録していたと回想する。

この大草子の形状や用途は極めて示唆的である。反古の裏を利用すれば、装訂は袋綴《ふくろとじ》本（紙を二枚に折り、折目と反対側を綴じる。当然片面書写）となる。当時の冊子（草子）は、料紙を数枚重ねて折り、折目を重ねて綴じる列帖装《れっちょうそう》が正式の装訂であった。それは両面書写

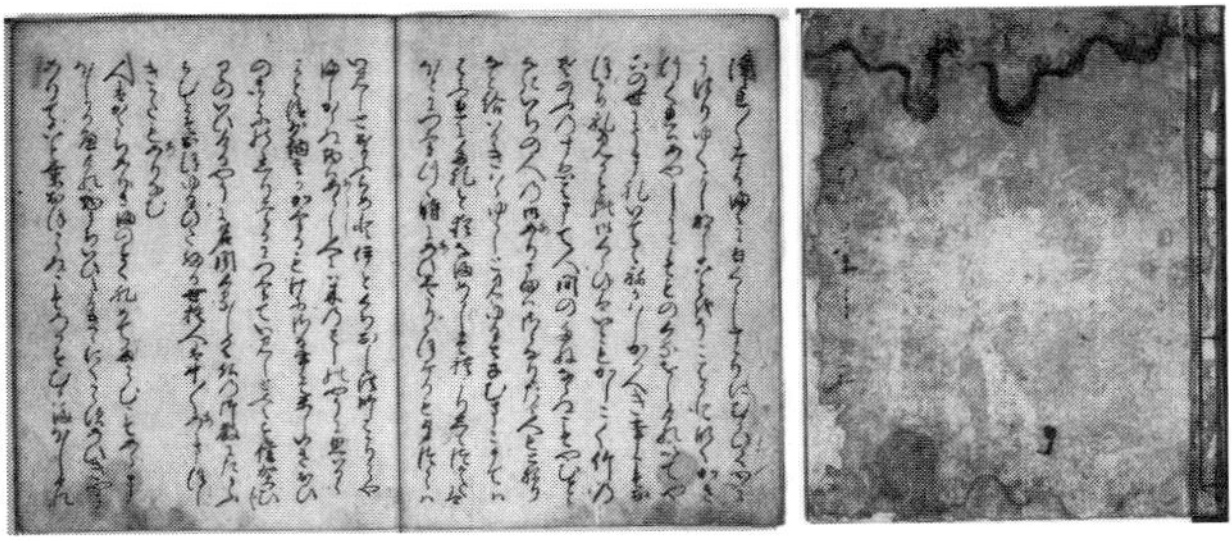

7—2　**徒然草の室町末期古写本**　国文学研究資料館蔵。縦横比が小さい形に特色がある

であり、一枚の紙を六ないし四等分（六半・四半）を料紙とするから、二つ折りの袋綴本に比してかなり小振りである。「大草子」とはこれに対する名称なのだろう。実際、現存する徒然草の室町期写本の装訂・書形を観察すれば、まさにこの大草子にふさわしいものである（図版7—2）。

さらに了俊自身にも「大草子」と題した著作がある。七十四条にわたり装束・蹴鞠・鷹狩などの武家故実を記している。識語《しきご》によると、了俊が九州探題として赴任した時期（応安四年〔一三七一〕～応永二年〔一三九五〕）、現地で稽古の志のある人のため記し、「大草子」と命名したのを、帰京後（少なくとも十数年は経ている）、都でも希望する人がいるので、思い出すままに書き付けた。だから「或ひは前後不同、或ひは無用の事などは用捨仕りて書き抜き了《おわ》んぬ、かくのごときいたづら事も後代には人の不審を披《ひら》かん為ばかりなり」と述べる。九州で成立した大草子とは、章段の順も違うし、採用しなかった内容もあるというのである。

近世の兼好伝では、徒然草の各章段は兼好が書き散らし、庵の壁を張っていた反古であり、没後に了俊が剝がさせ、一書にまとめたとする。これは崑玉集《こんぎょくしゅう》という偽書から出た俗説であるが、別に壁紙にしなくとも、兼好のもとには徒然草の母胎となった大草子が何冊かあったものと思われる。

読者と伝来の問題

徒然草がもともとかかる書物であったとすれば、各章段を執筆した段階では、特定の読者を想定することはなかったであろう。江戸時代から貴顕の教育書、あるいは警世の書として筆を執ったとする説が行われ、具体的に皇太子邦良親王や堀川家の人々などの名も挙がるが、根拠がある訳ではなく、また特定の個人を教訓するにしては内容が一貫しないし、文体も断定調に過ぎる。

一方で了俊大草子のごとく、誰かに求められれば、その「大草子」を編纂意識をもって一書に仕立てて与えることもおかしくはない。徒然草の初期の享受を調査すると、歌人の正徹や連歌師心敬《しんけい》のように文学的な読み方をした人もいたが、実は例外で、一般には啓蒙的な故実書として受け取られていたことが分かる。

その読者は出自教養を同じくする男性であろうが、それ以上具体的に考えることは難しい。

ただし二百三十八段の自讃七箇条は注意すべきである。第三条で金沢貞顕が心血を注いだ東山常在光院の建造に功績のあったことを記し（67頁）、第六条では仁和寺真乗院の顕助との関係を示し（110頁）、顕助の実弟貞助を「僧都」とのみして説明を省くことは、読者もまた金沢流北条氏や仁和寺真乗院との関係を熟知していることを前提とする。九十段では「大納《だいな》言法印《ごんほういん》」なる人物に仕える稚児乙鶴丸《おとづるまる》の失敗を語っている。「大納言法印」とは具体的には誰か、諸注未詳とする。公名からして門跡の執事クラスの僧であることは明らかだが、特定に及ばない。ところが正中・嘉暦《かりゃく》（一三二四〜二八）頃、顕助の門弟に「大納言法印」という僧がおり、極楽寺・称名寺を訪問している。時期的にもこの人物で間違いなかろう。やはり兼好の執筆環境あるいは読者層は、貞顕（東山・六波羅）―顕助（仁和寺）のラインにあろう。思いもかけぬ鎌倉幕府滅亡によって金沢流北条氏の記憶は消し去られてしまったが、確かなことは兼好自身も同時代人もこの作品には言及せず、正徹が書写し、正徹物語で激賞する以前の伝来は皆目不明ということである。ただ、今川了俊が晩年の兼好と交渉があり、また正徹は了俊晩年の愛弟子で、兼好のことを詳しく聞かされていたから、了俊を介して正徹に伝わったとする推定は蓋然性が高い。

兼好法師の復活

晩年の兼好は二条派歌人としてある程度の名声を得たが、子孫もはかばかしい後継者もおらず、急速に忘れ去られる運命にあった。ところが没後ほぼ七十年を経て、徒然草が「発見」されたことで、忘却の淵から甦る。

正徹の没した長禄《ちょうろく》三年（一四五九）になると、兼好の知名度は相当に上がっていた。この頃には徒然草を読んだ・写した・入手したという記録はかなり増えるが、兼好その人への関心も生じた。たとえば永享《えいきょう》十一年（一四三九）に完成した、最後の勅撰和歌集の新続古今《しんしょくこきん》集《しゅう》には兼好の歌が六首も採られているのは、頓阿崇拝の余慶でもあろうが、一世紀前の地下歌人としては異例の扱いである。また和歌好尚で知られた将軍足利義尚《よしひさ》は「兼好法師自筆古今」を所持し、中院通秀《なかのいんみちひで》に下賜している（十輪院内府記《じゅうりんいんだいふき》文明十六年〔一四八四〕四月十六日条）。真筆であったか否かは今は問題ではない。この時期に既に、古典籍にその名を筆者と冠せられるほどの有名人であったことが重要である（当時も古人の筆跡が珍重されたが、要するに知名度に左右され、その認定が実にいい加減であったことは、徒然草八十八段で話題となっている）。しかしながら、それでも兼好の在俗期についての言及は、例の正徹物語の「兼好は俗にての名なり」（7頁）のほかは見出せず、「卜部氏」であったとの証言もまったくない。

ここで吉田兼倶《かねとも》（一四三五〜一五一一）が登場する（図版7―3）。兼倶は正徹の没した年には二十五歳、やがて徒然草に触れたらしい。

7―3　吉田兼倶（1435―1511）像　吉田良兼氏蔵

これまで兼倶が徒然草の読者として注目されることはなかったであろう。しかし、実に兼倶の手でその享受史は大きく屈折させられたのであった。

吉田兼倶の歴史歪曲

兼倶が構築した神道の体系は、唯一宗源神《ゆいいつそうげんしん》道《とう》と呼ばれ、神本仏迹説《しんほんぶつじゃくせつ》（本地垂迹《ほんちすいじゃく》説の反対で、仏は神が仮に現れた姿とするもの）をその骨格とする。兼倶は文明《ぶんめい》・長享《ちょうきょう》年間（一四六九～八八）から、日本書紀をはじめ神道書を講義しつつ自説を唱えて信者を増やしていった。しかし、これは鎌倉後期の天台僧で、兼好の兄弟とされて来た慈遍《じへん》の著作から多大の啓示を受けたものであり、神・儒・仏をそれぞれ根本・枝葉・花実になぞらえた三教《さんきょう》枝葉《しよう》花実説《かじつせつ》のごときも、慈遍の旧事本紀玄義《くじほんぎげんぎ》に既に見えるところである。実のところ神道家としての吉田流の歴史は決して華々しいものではなく、先祖の事績はほとんど知られない。卜部氏では平野流が嫡流で、吉田流はその後塵を拝していた。そこで兼倶は次々に文書記録を偽造し、各時代の著名人が吉田流の門弟であったと言い始めたのである。

鎌倉時代前期で被害者となったのは藤原定家ら新古今歌人《しんこきん》である。定家は当時の吉田流の当主兼直《かねなお》の神道の弟子となり、歌道の奥義を得たとして、定家が兼直に提出した起請文が突如として出現、八雲神詠口決《やくもしんえいくけつ》と名付けられ、兼倶はこれこそ和歌の秘伝であると吹聴した。神道書の注釈でも「賀茂長明《(ママ)》トイフ者ガ吾先祖兼直ニ神道ヲナライタガルゾ」（中臣祓抄・明応四年〔一四九五〕四月）、「顕昭《けんしょう》トテ兼直ガ日本紀ノ弟子アリ」（日本書紀抄・文明十二年四月）といった発言が続出する。記憶違いなどでは決してあるまい。歴代中でわずかに事績があった兼直を橋頭堡《きょうとうほ》に、前後の著名人を吉田流の系譜に取り込む作戦である。

鎌倉中期では日蓮であった。兼倶は明応《めいおう》六年（一四九七）、日蓮宗が道場に勧請する法華《ほっけ》三十番神《さんじゅうばんしん》（毎日交代で国家人民を守護すると信じられた三十柱の神）について質問状を送り、この神々の名は、兼直の孫兼益《かねます》が日蓮に授けたものだと主張する。もちろん日蓮宗の側ではそんなことは知らないと抗弁した。すると兼倶は兼益の日記を示し、「弘長《こうちょう》元年（一二六一）二月九日、そちらの祖師がうちの御先祖を訪ねてレクチャーを受けたと書いてあるぞ」とやり返すのである。この兼益記なるものも兼倶の捏造である。弘長元年二月九日は、日蓮の主著立正安国論《りっしょうあんこくろん》の執筆直後になるようにとたくらんだ日付である。

万事がこの調子であった。鎌倉後期には尊敬する慈遍がいる。文明十二年（一四八〇）の

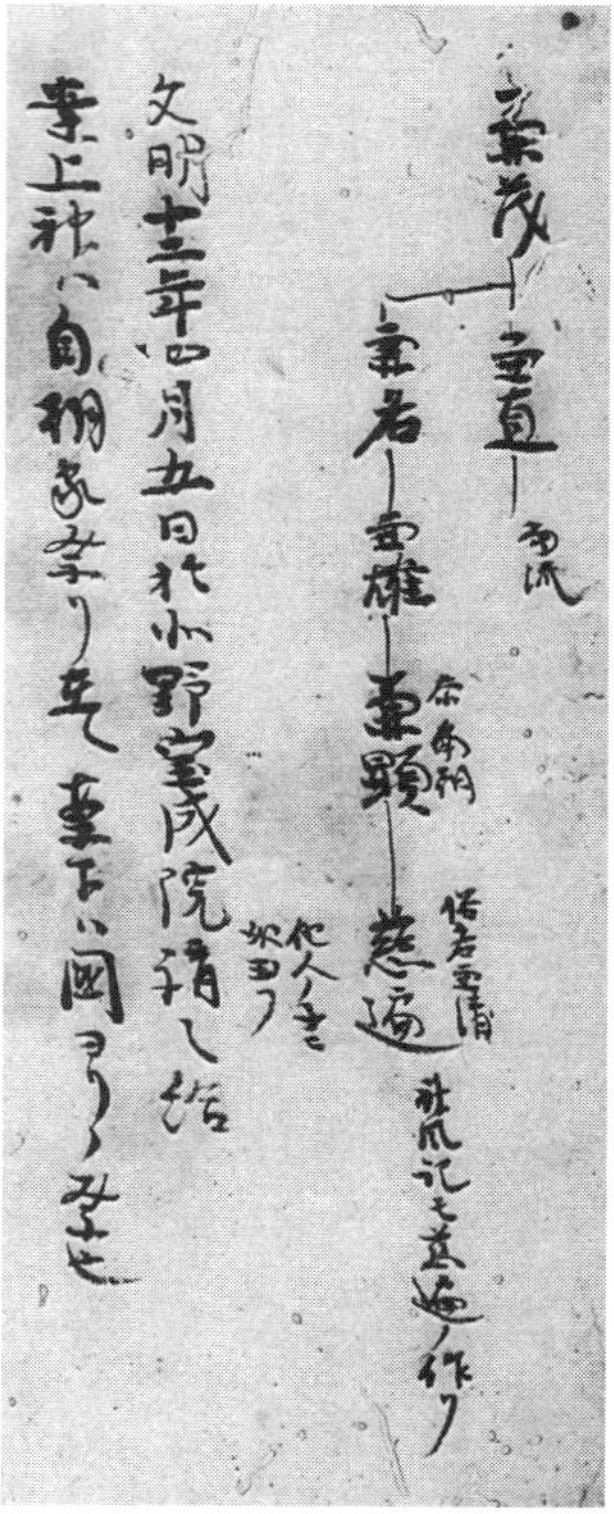

7―4　兼倶の吉田家庶流系図の原形　雑記（天理大学附属天理図書館蔵）。まだ兼好は見えないが、兼雄・兼顕・慈遍の世代・関係は卜部氏系図とも異なり、鎌倉後期の一門についての知識のあやふやさを示す

日本書紀講義では早くも慈遍を取り込んだ系図を門弟に示している（図版7―4）。ただし慈遍ではいささか地味である。その頃、兼好法師がにわかに知名度を高めていたのである。

家格上昇の悲願

慈遍や兼好を門弟ではなく一門としたのはなぜか。兼直以後、実質的な家祖である兼豊《かねとよ》・兼煕《かねひろ》が出るまでの鎌倉後期、吉田流の事績はほぼ皆無であったからである。この空白期を支えるため、互いに血縁のない人物を組み合わせ、兼倶が庶流の系図を捏造したのであろう。

兼直の弟兼名に始まる一家に、当時卜部氏でやや名のあった兼顕（粟田宮流兼景の子）と兼雄（吉田流兼藤の末子）、さらに慈遍（播磨守護の高氏の出身らしい）と兼好を配し、いま見る形の卜部氏系図が成立した（3頁図版1—1）。庶流は学問や官位の面で嫡流を越える存在であってはならず、あくまで兼直以下の嫡流の引き立て役であった。なお、兼倶は兼好の真の出自を知らなかったようで、もっぱら徒然草と正徹物語に拠っていたらしい。

こうした兼倶の歴史捏造工作は、神敵《しんてき》吉田兼倶謀計記《ぼうけいき》（度会延佳《わたらいのぶよし》）、増益弁卜鈔俗解《ぞうえきべんぼくしょうぞっかい》（吉見幸和《よしみゆきかず》）など後世の吉田神道批判書により白日の下に晒されているが、兼倶もまた地下の廷臣である以上、何よりも官位の昇進と家格の上昇を渇望していた。さまざまな偽作謀計の動機もまずはそこに求められ、かつ兼倶一人のことでもない。少なくとも南北朝期には家乗に手を加えた跡が認められ、たとえば遠祖平麻呂が神祇伯に任じられたと偽るため、正史である日本三代実録の本文を改竄することさえ厭わなかった（遠藤慶太『六国史』）。

そもそも吉田流をはじめ卜部氏の尸《かばね》は、八色の姓のうち第三等の「宿禰《すくね》」である。実際には源平藤橘以下、大半の氏族の尸が第二等の「朝臣《あそん》」であるのに比較すると、「卜部宿禰」では弱小氏族の印象を拭えない。

南北朝期の吉田流の当主兼熙（一三四八〜一四〇二。この代から正式に「吉田」を家名とした）は、一族を語らって、「宿禰」から「朝臣」への改尸を執拗に運動した。摂政二条良基の後押しを得て成功すると、良基は兼熙に「諸道の輩に准ずべからず、四位殿上人に准ぜらるべし」と告げた（後愚昧記《ごぐまいき》永徳三年〔一三八三〕三月十七日条）。兼熙は一躍殿上人の家格を得たのである。この後、兼熙は侍従・治部卿など公卿の経歴する官に就いている。

しかしこれは僭上の極みと嫉視批判が絶えず、あげくに足利義教に眼を付けられたからたまらない。永享元年（一四二九）三月三十日、兼熙の孫兼富の将軍御所における待遇は、五位諸大夫の下、伊勢の「祭主」と同格と改められた（建内記《けんないき》・将大記《しょうだいき》）。せっかく獲得した四位殿上人の家格を失って、あっけなく地下へと降格させられたことになる。このことは後年まで吉田家の遺恨とするところで、とくに兼倶は家格の恢復を生涯の悲願としていたのである。

なぜ六位蔵人なのか

ところで、兼倶の嫡子兼致《かねむね》（一四五八〜九九）が、寛正《かんしょう》五年（一四六四）に六位蔵人に就き、明応七年（一四九八）に左兵衛佐に任じられている。これは伝えられる兼好の経歴と同じであることに気づく。卜部氏では兼致以前にこれらの官職を得た人は誰ひとりいない。

六位蔵人とは既に述べたように、激務ながら地下の身分でも殿上に昇る職であった。ただ兼致はわずか七歳であったから、父兼倶のバックアップを得て奉仕したのである。兼致を天皇・公卿と親近させることで、吉田家の家格を恢復させる足がかりとし、さらに唯一宗源神道の、堂上の支持者の拡大を目論んだとして誤りなかろう。幸いに兼致は成長するにつれ堂上の人々の信任も得て、後花園《ごはなぞの》・後土御門《ごつちみかど》の二代、二十五年にわたって在職した。

しかし卜部氏出身者が六位蔵人となったことは極めて異例である。詳しい事情や周囲の反応を知る史料を欠くが、一家の先例として兼倶が「六位蔵人の卜部兼好」を示したことが、後年の後柏原《ごかしわばら》天皇とのやりとりから判明する。兼倶は「元弘・建武に至り、別《こと》なる朝恩の地を帯し候ふ間、両人兼好、兼高、相ひ並びて召して進《まい》らせ候」（実隆公記永正六年〔一五〇九〕八月六日条）と、元弘・建武年間（一三三一〜三七）に朝廷から経済的支援を得た上で、卜部氏から兼好と兼高《かねたか》（これも実在したか未詳）を六位蔵人として出仕させたと述べている。これこそ兼好が俗人として登場し、かつ六位蔵人となったとする説の初見である。中世社会で力を有するのは一家の先例であり、とくに任官の場合はいうまでもない。

なお「元弘・建武」とは、当時後醍醐天皇の治世を指す語であり、必ずしも具体的な年代ではない。そもそも実際の兼好はとうに出家している。この証言をもとに、兼好の還俗説さえ唱えられたこともあったが、もちろんあり得ない。要するに兼倶は兼好を後醍醐天皇の時代に宮廷に仕えた人であると主張したかったのである。

首尾よく兼致を六位蔵人とした兼倶であるが、実績は一代で十分であった。明応八年（一四九九）兼致が父に先立って急逝すると、後柏原天皇はその嫡子兼満《かねみつ》を六位蔵人に補そうとした。しかし、祖父兼倶は頑として拒否し続けた。自身従二位となり家格向上への足がかりもできた兼倶にとり、いまさら孫の経歴を激務の六位蔵人から始めさせる必要はなく、「別《こと》なる朝恩の地」を拝領した訳でもないので、後見の負担に堪えないと言い放った。鉄面皮としかいいようがないが、以後の吉田家嫡流では六位蔵人の職を経た者はいない。

したがって「後醍醐天皇に仕えた六位蔵人卜部兼好」とは、兼倶が兼致のために作り出した、架空の官歴である疑いが極めて濃くなった。そのことは同じく兼致の左兵衛佐任官の経緯を検討すれば明らかになる。

左兵衛佐の先例

通説では兼好は六位蔵人を任期いっぱい（六年）務めて、辞退後に叙爵され、左兵衛佐に任じられたとしていた。兵衛佐は兵衛府の次官、相当は六位で、武家でも大名が任ずるが（右兵衛佐が多い）、公家では原則公卿となる家柄の者が任じられる。

この官も兼致の任官に関わって出現する。兼倶は兼致のためつぎなるポストを物色し、位階は低いものの、左兵衛佐が公卿への足がかりとなることに注目し、後土御門天皇に強く働きかけた（親長卿記明応七年〔一四九八〕二月十二日条）。伊勢神宮の御神体が吉田山の斎場所に降臨したという、あの謀詐を信ずるくらいだから、後土御門は兼倶の弁舌には滅法《めっぽう》弱かった。また当時の朝廷は一種のモラルハザード状態にあった。この時期、兼倶に限らず、堂々と偽りの先例を主張して官位を獲得する不正が横行した。九条家の諸大夫富小路家では系図を偽作して俊通《としみち》が公卿になり、官務家《かんむけ》の大宮家では長興《ながおき》が年齢を詐称し養子時元《ときもと》の左大史《さだいし》任官を実現させたりしたが、廟堂にはそうした非法を糺す気骨ある廷臣も乏しかった。

しかし、兼致の左兵衛佐任官はさすがにすんなりとはいかず、三条西実隆も珍しく「不可思議の事なり」あるいは「邂逅《かいこう》の事未だ可否を弁ざるのみ」（実隆公記）などと憤激を記している。

兼倶は反撥を予想してか、先祖が経歴した官であると、先例を列挙した文書（勘例《かんれい》）を用意していた（京都大学文学部古文書室蔵古文書纂、原本は兼倶筆、章扉図版）。ここに初めて兼好が「南朝」の詔で左兵衛佐となったことが見えるのである。

羽林幷びに衛府官を経歴する例、
左衛門佐卜部兼忠
左兵衛督卜部兼直
左《（ママ）》近衛少将卜部兼成兼豊の舎弟、南朝の詔、
右兵衛佐卜部兼好出家以後は兼好法師と称す、同じき詔、

「羽林《うりん》」は近衛中少将、「衛府官《えふかん》」は衛門ないし兵衛府の督・佐であり、こうした華やかな武官に任じられた吉田流卜部氏の人々を挙げる。しかしはるか平安中期の兼忠《かねただ》が左衛門佐に、鎌倉前期の兼直が左兵衛督になったとは、およそ史実と考えられない。兼成《かねなり》は南北朝初期の人物となるが、左少将どころか任官の事実さえ確認できない。兼致を任官させるための捏造であることは明白であった。

南朝忠臣説の淵源

ところで兼倶はかつて兼好は後醍醐天皇の治世に六位蔵人になり、いままた「南朝の詔」により左兵衛佐となったとした。厳密には南北朝分裂以前だが、当時後醍醐の在位は南朝の歴史に含んで考えた。すこぶるつきの眉唾であるが、南朝の沙汰で任官したとする主張は一定の説得力を帯びたのである。

まず、南朝ならばこのような破格の登庸をしたかも知れないという歴史認識が働いた。実際、大覚寺統の天子、とくに後宇多・後醍醐の叙位任官は、家格よりも才能を優先させる方針を打ち出しており、後世もそうした評価が支配的であった。もちろん、後醍醐—南朝による叙位任官を、北朝とその子孫の室町の朝廷が用いることはない。しかし南朝の柱石北畠親房に対しては「北畠准后《じゅごう》」の号が公認されていた（「准（三）后」は皇后・皇太后・太皇太后に准ずる待遇、男性・僧侶にも与えられた）。当時、親房の著作の職原抄《しょくげんしょう》・神皇正統記《じんのうしょうとうき》が広く読まれ、親房への准三后宣下の顚末を語る太平記の影響力も大きかったからであろう。

後醍醐や南朝の事績は長くタブーであったものの、南朝が歴史的存在となりアレルギーが薄れつつある情勢下、親房は部分的ながら復権を遂げたのである。兼好らの任官を南朝の沙汰とした背景はここにある。兼成という伝未詳の人物が左少将になったとするのに至っては、もう少しましなウソがつけないのかと言いたくなるが、吉田家では兼成は後醍醐天皇に仕え配流先の隠岐島まで供奉したことになっており、それほどの忠臣をあの後醍醐ならば、少将くらいには抜擢したかも知れない、という連想が働くことを狙ったのであろう。

そして「卜部兼好」に対しては、わざわざ「出家以後は兼好法師と称す」と注することで、彼が「兼好法師」と同一人であることに注意を喚起した。このことが重要である。

これは明らかに徒然草が読者を獲得し、兼好法師がその作者であると知られていたことを受けている。かつ、既に述べた通り、徒然草が後醍醐天皇の治世の成立であり、兼好はその臣と考えられたからにほかならない。兼俱の読みが外れていなかったことは時代が証明した。

この兼好像の影響は広く深く、たとえば南朝のエピソードを集めた説話集で、兼好が編者の友人として登場する吉野拾遺《よしのしゅうい》は、正平十三年（一三五八）の成立を称するが、実ははるか

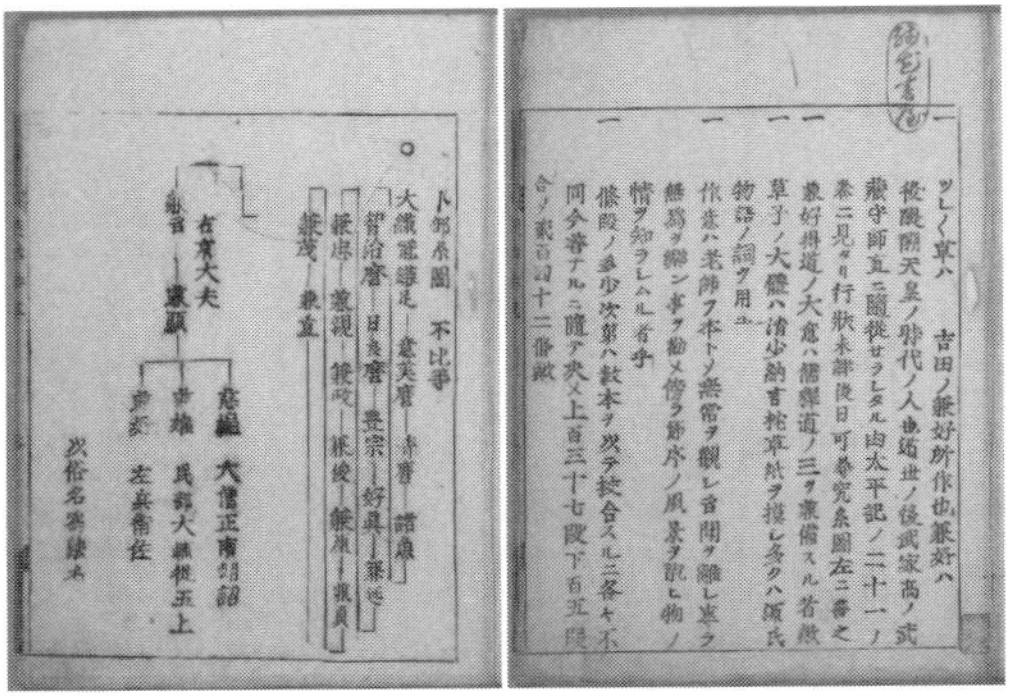

7—5　**徒然草寿命院抄**　国文学研究資料館蔵。冒頭に吉田家の系図を掲げる

後世の創作であり、内容は兼好南朝忠臣説の浸透と密接に関わるであろう。

「吉田兼好」の誕生

兼倶の没後、吉田家は後継者争いにより低迷するものの、孫に当たる兼右《かねみぎ》が実父清原宣賢《のぶかた》の後見を得て、家門を再興した。その子兼見《かねみ》・梵舜《ぼんしゅん》もよく父の跡を継いだ。兼見の息は細川幽斎の娘と結婚するなど、当代の知識人にも閨閥《けいばつ》を広げ、神道のみならず古典学にも権威を有する家柄となった。

こうして兼好が吉田家の出身で後醍醐の時代の人という説は、近世を迎える頃には動かし難いものになった。徒然草最初の注釈書である寿命院抄《じゅみょういんしょう》の劈《へき》頭《とう》には、次のように謳われるのである（図版7—5）。

一、ツレ〳〵草ハ　吉田ノ兼好所レ作也、兼好ハ後醍醐天皇ノ時代ノ人也、著者の秦宗巴《はたそうは》（一五五〇〜一六〇七）は吉田家と深い関係にあり、当主の兼右・兼見父子の侍医であった。したがってこの説が吉田家の意見を受けたことは明らかであり、影響も甚大であった。近世兼好伝はもとより、夥しく刊行された注釈書類はことごとく吉田家の傍流に位置付けられた兼好一家の系譜を掲げた。

近代の伝記では、兼好の時代に吉田流卜部氏はまだ吉田家と称していなかったとして、「吉田兼好」の称は不当であると指摘するのが常であったが、問題の本質はそこにはなかったし、かつはるかに深刻であった。「吉田兼好」とは兼倶のペテンそのものであり、五百年にわたって徒然草の読者を欺き続けたのである。

これからの徒然草

徒然草の魅力は実に多面的であり、何か一つの特色を指摘したところで、それで言いおおせられるようなものではない。しかもやすやすと時代を越えて訴える力がある。一方、作者兼好法師は、名前こそ伝わっていても、いかなる人かはよく分からなかった。そこで少しでも作者の生涯を明らかにして、この作品を考えてみたいという願望は常に強かった。それを吉田兼倶が利用したわけだが、兼倶とて自身の悪だくみがこれほど長期に及ぶとは思っていなかったであろう。後醍醐天皇の時代の、六位蔵人を務めていた若い下級公家の著作という設定は、実に強い共感を誘って、作品理解の有効な補助線となり、近代には誤った実証の骨組みを与えられて定着してしまったのである。

とはいえ、このことは今後、徒然草という作品をどのように考えるかについても示唆的なのである。すぐれた古典は、最終的には読者の側に属するであろう。しかし、そのことに自覚的であるのとそうでないのとでは見えるものはまったく違ってくる。作品への思い入れが過剰で「兼好とはすなわち徒然草である」と断じた伝記も見かけるが、たとえ文学研究者であっても、作者と作品とをいったん切り離す醒めた眼を持たなければ、それこそ兼倶のような輩に翻弄されるだけである。これまで兼好について知られることは乏しいとされて来たが、侍品の人にしては伝記史料は豊富であるし、時々の生活状況さえ垣間見ることができる。本書で述べたことが認められるとすれば、兼好その人の生涯も十分に興味深いものであり、持てる能力を活かして、多方面にわたって活動した人物であったと言える。

「遁世」もそのための方便に過ぎない。「遁世」とは、都市に住んで、十分な経済的基盤を確保し、戦争などの不測の事態にも生活は損なわれず、公武僧に幅広く交際し、新旧の権力者にも対応できる人脈を持つからこそ可能な生き方であった（持たないのは出自、帰属、肩書だけである）。それゆえの自省の言を徒然草に聞くべきである。

鎌倉後期は、太平記史観に染められた後世の人間には思いも寄らないが、相応に豊かで成熟した社会であり、公・武・僧各層の交渉は極めて濃密で、人々の行動範囲も拡大し、ある部分では社会の一体化も進んでいた。この時、京都に息づく文化モデル、あるいは朝廷の継承した制度・慣習は、秩序を安定させる基軸であり、「遁世者」はこれを携えて自由に往来した。徒然草の章段はそうした営みの産物であった。これを単なる「尚古思想」の現れとするのは、作品の真価を見誤ることになる。一定の留保が附帯するとはいえ、都市のうちに生活し、法律や経済とも積極的な係わりを持つ、新しいタイプの人間によって初めて生まれ出た文学であった。徒然草は「遁世」や「尚古思想」の実態に立脚して、新しい読み方を始めてよいのではないか。

参考文献

石井進「谷殿永忍考」（初出昭45）『鎌倉幕府と北条氏』〈石井進著作集　第四巻〉岩波書店、平16

――「改めて問われる『十訓抄』の価値と編者」『十訓抄』〈新編日本古典文学全集　51〉月報42、小学館、平9・11

伊藤敬「室町時代和歌史――新日本古典文学大系47『中世和歌集室町篇』解説」（初出平2）『室町時代和歌史論』新典社、平17

伊藤聡「天照大神・十一面観音同体説の形成」（初出平8）「二間観音と天照大神――天皇の念持仏との習合」（初出平13）『中世天照大神信仰の研究』法藏館、平23

稲田利徳「蔡花園の風流――頓阿とその子孫の邸宅」（初出昭63）「兼好の歌歴」（初出平6）「「兼好自撰家集」覚え書」（初出平6）「兼好の「民部卿家褒貶和歌」をめぐって」（初出昭61）『和歌四天王の研究』笠間書院、平11

――「是法法師と兼好法師――「徒然草」第百二十四段とその周辺」「為貫との贈答歌をめぐって」（以上初出平15）『徒然草論』笠間書院、平20

井上宗雄『中世歌壇史の研究　南北朝期』明治書院、昭40〔改訂新版、昭62〕

――「兼好家集」『兼好とその時代』〈徒然草講座　第一巻〉有精堂、昭49

――「平親清の娘たち、そして越前々司時広」（初出平元）『鎌倉時代歌人伝の研究』風間書房、平9

岩橋小彌太「再渉鴨水記」『史料採訪』大日本出版社峯文荘、昭19

上村和直「御室地域の成立と展開」仁和寺研究4、平16・3

遠藤慶太『六国史――日本書紀に始まる古代の「正史」』中公新書、中央公論新社、平28

大饗亮『律令制下の司法と警察――検非違使制度を中心として』大学教育社、昭54

大澤かほり「室町期における吉田家の成立」年報中世史研究31、平18・5

小川剛生「中世艶書文例集の成立――堀河院艶書合から詞花懸露集へ」（初出平16）『二条良基研究』笠間書院、平17

――『正徹物語　現代語訳付き』角川ソフィア文庫、

角川学芸出版、平23
――「卜部兼好伝批判――「兼好法師」から「吉田兼好」へ」国語国文学研究49、平26・3
――「徒然草と金沢北条氏」荒木浩編『中世の随筆――成立・展開と文体』〈中世文学と隣接諸学10〉竹林舎、平26
――『新版　徒然草　現代語訳付き』角川ソフィア文庫、KADOKAWA、平27
――「卜部兼好の実像――金沢文庫古文書の再検討」明月記研究14、平28・1
――「徒然草をどう読むか――「作者問題」と併せて考える」日本女子大学国語国文学会研究ノート44、平28・2
――「兼好法師の伊勢参宮――祭主大中臣氏との関係を考証し出自の推定に及ぶ」日本文学研究ジャーナル1、平29・3
――「勅撰集入集を辞退すること――新千載集と冷泉家の門弟たち」『中世和歌史の研究　撰歌と歌人社会』塙書房、平29
――「「河東」の地に住む人々――佐々木導誉と是法法師」藝文研究113、平29・12
風巻景次郎「家司兼好の社会圏――徒然草創作時の兼好を彫塑する試み」（初出昭27）『中世圏の人間』〈風巻景次郎全集8〉桜楓社、昭46
神奈川県立金沢文庫『企画展　徒然草をいろどる人々』神奈川県立金沢文庫、平20
――『特別展　徒然草と兼好法師』神奈川県立金沢文庫、平26
金子金治郎「晩年の兼好法師」国文學攷13、昭29・11
鎌田元雄「元弘建武の時代の六位の蔵人兼好をめぐって」金沢文庫研究17-6〜8、昭46・6〜8
亀田俊和『高師直　室町新秩序の創造者』歴史文化ライブラリー、吉川弘文館、平27
川上貢「二条富小路内裏について」『日本中世住宅の研究〔新訂〕』中央公論美術出版、平14
川平敏文『徒然草の十七世紀　近世文芸思潮の形成』岩波書店、平27
――『近世兼好伝集成』東洋文庫、平凡社、平15
桑原博史『人生の達人　兼好法師』日本の作家、新典社、昭58
小島鉦作「大神宮法楽寺及び大神宮法楽舎の研究――権僧正通海の事蹟を通じての考察」（初出昭3）『伊勢神宮史の研究』〈小島鉦作著作集　第二巻〉吉川弘文館、昭60

小林輝久彦「室町幕府奉公衆饗庭氏の基礎的研究」大倉山論集63、平29・3
小林智昭「加持香水をめぐる覚書」(初出昭37)『中世文学の思想』至文堂、昭39
小林花子「鎌倉覚園寺二世源智律師の周辺」金沢文庫研究123、昭41・5
五味文彦『「徒然草」の歴史学』朝日選書577、朝日新聞社、平9
斎木涼子「仁寿殿観音供と二間御本尊——天皇の私的仏事の変貌」史林91-2、平20・3
齋藤彰「兼好自撰家集の考察——哀傷歌事と構成意識」(初出昭51)『徒然草の研究』風間書房、平10
酒井茂幸・齋藤彰・小林大輔校注『草庵集・兼好法師集・浄弁集・慶運集』〈和歌文学大系65〉明治書院、平16
鹿野しのぶ『冷泉為秀研究』新典社、平26
末柄豊「治部卿入道寿官」日本歴史776、平25・1
杉浦清志「和歌四天王についての一考察」言語と文芸100、昭61・12
——「兼好家集成立存疑」人文論究(北海道教育大学函館人文学会)48、昭63・3
——「兼好家集成立論再考」語学文学(北海道教育大学語学文学会)33、平7・3
関靖『金沢文庫の研究』大日本雄辯會講談社、昭26(覆刻版藝林舎、昭51)
平雅行「鎌倉山門派の成立と展開」大阪大学大学院文学研究科紀要40、平12・3
高橋秀栄「兼好書状の真偽をめぐって」中世文学43、平10・5
高橋慎一朗『中世の都市と武士』吉川弘文館、平8
滝川政次郎「徳大寺実基に就いて」国語と国文学8-11、昭6・11
瀧澤武雄「卜部兼好の売寄進について」『売券の古文書学的研究』東京堂出版、平18
多田實道「伊勢蓮台寺の創建と内宮本地説の成立」神道史研究63-1、平27・4
橘純一『正註つれづれ草通釈』瑞穂書院、昭13〜16
冨倉徳次郎『卜部兼好』人物叢書、吉川弘文館、昭39
永井晋『金沢貞顕』人物叢書、吉川弘文館、平15
——『金沢北条氏の研究』八木書店、平18
——「称名寺所蔵『聖天 五』紙背文書について」東京大学史料編纂所研究紀要24、平26・3
永井晋・角田朋彦・野村朋弘編『金沢北条氏編年資料集』八木書店、平25

中原俊章『中世公家と地下官人』吉川弘文館、昭62
中山一麿「三宝院流偽経生成の一端――随心院蔵『即身成仏経』とその周辺 附・随心院蔵『録外秘密経軌目録』」『小野随心院所蔵の密教文献・図像調査を基盤とする相関的・総合的研究とその探求』1、平17・3
西山克「伊勢神三郡政所と検断――鎌倉末～室町期」日本史研究182～183、昭52・10～11
丹生谷哲一「賀茂祭と検非違使の位置」『増補 検非違使 中世のけがれと権力』平凡社ライブラリー、平凡社、平20
納富常天「金沢貞顕と東山常在光院」（初出昭51）『金沢文庫資料の研究』法藏館、昭57
野口実「東国出身僧の在京活動と入宋・渡元」鎌倉遺文研究25 平22・4
――「鎌倉時代における下総千葉寺由縁の学僧たちの活動――了行・道源に関する訂正と補遺」京都女子大学宗教・文化研究所研究紀要24、平23・3
萩原龍夫『中世祭祀組織の研究』吉川弘文館、昭37〔増補版、昭50〕
橋本初子「三宝院賢俊僧正日記――貞和二年」醍醐寺文化財研究所研究紀要12、平4・3
林瑞栄『兼好発掘』筑摩書房、昭58
深津睦夫「新千載和歌集の撰集意図」（初出平12）『中世勅撰和歌集史の構想』笠間書院、平17
福島金治『金沢北条氏と称名寺』吉川弘文館、平9
――「金沢称名寺と伊勢・鎮西――伊勢国高角大日寺をめぐって」清水眞澄編『美術史論叢 造形と文化』雄山閣出版、平12
――「北条氏一族女性の在京生活――六波羅探題金沢貞顕の周辺」京都女子大学宗教・文化研究所研究紀要25、平24・3
福田秀一「歌人としての兼好」（初出昭40）『中世和歌史の研究』角川書店、昭47
――「徒然草研究の現段階と問題点」（初出昭45～49）『中世文学論考』明治書院、昭50
藤井雅子「南北朝期における三宝院門跡の確立」（初出平14）『中世醍醐寺と真言密教』勉誠出版、平20
藤波家文書研究会編『大中臣祭主藤波家の歴史』続群書類従完成会、平5
堀部正二「兼好法師自撰家集攷」（初出昭15）『中世日本文学の書誌学的研究』全国書房、昭23
前田元重「金沢文庫古文書にみえる日元交通資料―称

名寺僧俊如房の渡唐をめぐって」金沢文庫研究249・250、昭53・2〜3
益田勝実「徴牛足あれば——「徒然草」の一背景」国語と国文学35-2、昭和33・2
益田宗「国文学的なあまりに国文学的な——「兼好の遁世生活とつれづれ草の成立」（安良岡康作・雑誌「文学」二十六巻九号所載）を評す」中世の窓1、3、昭34・6、11
丸山陽子「兼好と大中臣定忠周辺」（初出平17）『歌人兼好とその周辺』笠間書院、平21
三枝暁子「山門・祇園社の本末関係と京都支配」（初出平13）『比叡山と室町幕府　寺社と武家の京都支配』東京大学出版会、平23
宮崎康充「鎌倉時代の検非違使」書陵部紀要51、平12・3
桃崎有一郎「中世里内裏の空間構造と「陣」——「陣」の多義性と「陣中」の範囲」（初出平17）『中世京都の空間構造と礼節体系』思文閣出版、平22
——『平安京はいらなかった　古代の夢を喰らう中世』歴史文化ライブラリー、吉川弘文館、平28
百瀬今朝雄「明忍房劔阿の称名寺長老就任年代」三浦古文化13、昭48・3
森茂暁「三宝院賢俊について」『中世日本の政治と文化』（初出平2）思文閣出版、平18
森幸夫『北条重時』人物叢書、吉川弘文館、平21
——「探題執事佐治重家の活動」「佐分氏について」（初出平6）『中世の武家官僚と奉行人』同成社、平28
安良岡康作「兼好の遁世生活とつれづれ草の成立」文学26-9、昭33・9
——「徒然草概説」『徒然草全注釈（下）』〈日本古典評釈・全注釈叢書〉角川書店、昭43
吉永隆記「祇園社領荘園の再編——顕詮と丹波国波々伯部保」立命館文學637、平26・3
吉田通子「鎌倉後期の鶴岡別当頼助について」史學54-4、昭60・5
利光三津夫「内閣文庫本「明法条々勘録」の研究」（初出昭39）『律令制とその周辺』慶應義塾大学法学研究会、昭42
利光三津夫・吉田通子「康永2年祇園社綿座相論考——南北朝期使庁裁判の一例として」法学研究60-8、昭62・8

年譜

一、兼好事蹟と参考事項を分けて記した。
一、徒然草で言及される事件・人物には（　）にその章段番号を示した。
一、年号は北朝年号を用いた。丸数字は閏月を表す。

和暦	西暦	兼好事蹟	参考事項
弘安元	1278		この年　金沢貞顕生
二	1279		10阿仏尼鎌倉下向、のち十六夜日記を著す
三	1280		
四	1281		5～⑦弘安の役
五	1282		
六	1283	この年　誕生とする説あり	8無住一円沙石集を編む
七	1284		4・4執権北条時宗没。安達泰盛幕府政治を主導
八	1285		2・2後二条天皇生。母堀川具守女基子。4・10堀川基俊検非違使別当を兼ねる（99・162）。11・17霜月騒動、泰盛（185）誅殺される
九	1286		この年　通海大神宮参詣記を著す。この頃京極為兼、為兼卿和歌抄を著す
十	1287		10・21伏見天皇践祚、後深草院院政
正応元	1288		11・2後醍醐天皇生
二	1289		この年　頓阿生

和暦	西暦	兼好事蹟	参考事項
正応三	1290		2・11後深草院出家、伏見天皇親政
四	1291		
五	1292		
永仁元	1293	この頃　一家関東に下向し、金沢流北条氏に仕えるか。この後、元服して仮名四郎太郎を名乗る	4・22平禅門の乱、平頼綱誅殺される。8・27伏見天皇、二条為世・為兼らに勅撰集撰進を下命。この年二条為定生か
二	1294		
三	1295		2・16安倍有宗（224）鎌倉を追放される。この頃　大中臣定忠、神宮祠官とともに伊勢新名所絵歌合を興行し為世加判す
四	1296		
五	1297		5・10堀川基具（**99**）没
六	1298		3・16為兼佐渡に配流
正安元	1299	この年か　父（実名未詳）鎌倉で没す。母上洛か	
二	1300		
三	1301		正・21後二条天皇践祚。後宇多院院政
乾元元	1302		7・7金沢貞顕六波羅探題南方として上洛
嘉元元	1303		12・19為世、新後撰集を奏覧
二	1304		6・13称名寺審海没
三	1305	夏以前　関東に下向し金沢に居住、亡父七回	4・23嘉元の乱、北条時村誤って誅殺される。

		忌を称名寺で修す。同寺での歌会に出詠	12・5通海没。この年　貞顕養母谷殿永忍上洛。貞顕長子顕助、仁和寺真乗院に入室
徳治元	1306		8・29貞顕伊勢参宮す。この後　とはずがたり成立
二	1307		6伊勢国守護代の貞顕被官鵜沼国景没
延慶元	1308	10以前　鎌倉に下り、11月称名寺釼阿の書状を携え貞顕のもとに帰参。たびたびこの事あるか	8・25後二条天皇崩、花園天皇践祚、伏見院院政。9・19尊治親王立太子。10・23金沢実時三十三回忌、孫貞顕六波羅で仏事を修す
二	1309		正月貞顕六波羅探題を辞し東下。この年　道眼、入元し刊本一切経を将来、那蘭陀寺に安置（179・238）
三	1310	この頃か　蔵人所に属して滝口あるいは雑色・所衆などとして内裏に仕えるか	6・25貞顕六波羅探題北方として再上洛。この年　鎌倉歌壇で柳風和歌抄成立、定忠ら神宮祠官入集す
応長元	1311	3東山六波羅近辺に住み、鬼女上洛の噂を聞く（**50**）	正・16貞顕被官鵜沼氏、内裏にて滝口と闘乱し自害。3疫病流行す（**50**）
正和元	1312		3・28為兼玉葉集を奏覧
二	1313	9山科小野荘の名田一町を山科頼成父子より九十貫文で購入。これ以前に出家	10・17伏見院出家、後伏見院院政
三	1314	この頃　堀川家に遁世者として出入りするようになる。西華門院（堀川基子）勧進の後二条院追善経裏和歌に出詠	11・16貞顕六波羅探題を辞し東下。12・5堀川具親、貞顕の女子を姉女御代琮子の猶子に迎えんとす

和暦	西暦	兼好事蹟	参考事項
正和四	1315		3・5花十首寄書、二条派歌人、浄弁・頓阿・慶運ら参集。12・28為兼六波羅探題に拘引(153)、ついで土佐配流
五	1316	この年か　大中臣定忠の追善歌を詠む	正・19堀川具守(107)没。正・24大中臣定忠没。7・10北条高時執権
文保元	1317	春　具守を偲び延政門院一条と和歌を贈答す	春文保の和談。4・19冷泉富小路に新内裏竣工(33)。9・3伏見法皇崩
二	1318		2・26花園天皇譲位(27)、後醍醐天皇践祚、後宇多院院政。5・3貞顕被官倉栖兼雄没
元応元	1319	この頃　比叡山の横川・修学院に籠居か。徒然草の一部を執筆するとの説あり	4・3堀川基俊没。4・19為世、続千載集奏覧
二	1320	8・4続千載集返納(完成)、一首入集	この年二条良基生
元亨元	1321		6・23菅原在兼没、これ以前貞顕、東山に常在光院(238)を造営す。12・9後宇多法皇の院政を停止し天皇の親政とする
二	1322	3・1拾遺現藻集に隠名で入集。4・27尼宗妙の仲介で小野荘の名田一町を大徳寺塔頭柳殿(龍翔寺)に売寄進す	3・1拾遺現藻集成立。10・6貞顕、称名寺で亡母の年忌を修し、具守三十五日表白文を転用す
三	1323	この年皇太子邦良親王より五首歌を召される	
正中元	1324	11・16二条家証本をもって古今集を書写。12・13為世から古今集の家説を受く。この年続現葉集成立、五首入集	6・25後宇多院(136)崩。7・17二条為藤没。9・19正中の変。11金沢貞将六波羅探題南方として上洛

二	1325	この年邦良親王より歌合の歌二首を召さる	12・18二条為定、続後拾遺集を奏覧
嘉暦元	1326	6・20続後拾遺集返納、一首入集　この年か鎌倉に下り覚園寺源智の供をして難波宗緒を訪ねる	3・16貞顕幕府執権、ついで辞退し出家。3・20皇太子邦良親王没
二	1327		
三	1328		
元徳元	1329		
二	1330	冬以後、翌年秋までに徒然草成立という	⑥・28貞将六波羅探題を辞し東下。7・21真乗院顕助（238）没
元弘元	1331		8・24天皇出奔し笠着に拠り挙兵（元弘の乱）。9・20光厳天皇践祚。後伏見院院政。9・28幕府軍笠着を陥し後醍醐を捕縛
正慶元	1332		3・7後醍醐を隠岐に配流
二	1333		②・24後醍醐、隠岐を脱出。5・9尊氏、六波羅探題府を滅す。5・22鎌倉幕府滅亡、貞顕ら自殺。5・25光厳天皇廃位
建武元	1334		
二	1335	この年　内裏千首和歌、七首を詠進	8中先代の乱、足利尊氏東下し平定す
三（延元元）	1336	3・13為定から古今集の説を受く。3・21一条猪熊の仮寓にあって、定家自筆源氏物語桐壺巻を借りて書写校合。この頃　尊氏勧進の北野社百首和歌に出詠	正・10富小路内裏（33）焼亡。4・6後伏見法皇崩。5・25湊川の合戦、尊氏後醍醐を攻める。8・15光明天皇践祚、光厳院院政。11・7足利直義、建武式目を制定。12・21後醍醐、吉野に奔り天皇を称す（南朝）。12南朝

和暦	西暦	兼好事蹟	参考事項
			の命により隆経、法楽寺を襲撃す
建武四	1337	3・25八雲御抄を順徳天皇宸筆本をもって校合、巻五名所部に伊勢の内外宮社次第を書き入れる。5・20為定家庚申歌会に出詠。後に為定家歌会の作品を集成（民部卿家褒貶）。この頃徒然草を修訂か	7・20為定民部卿。この頃　藤原盛徳（元盛）勅撰作者部類を編む
暦応元	1338	春　為定家歌合に二首を詠む。⑦・9古今集を再度校合	8・5為世（230）没。8・11尊氏征夷大将軍となる。11・16称名寺釼阿没
二	1339	6・24古今集を宗匠（為定）の本をもって書写校合	6・10中原康綱（101）没。8・16後醍醐天皇、吉野に崩
三	1340		2北畠親房職原抄を著す。7堀川具親（238）出家。9・6慈遍、豊葦原神風和記を著す
四	1341	正・12為定家庚申歌会に出詠。これ以前　尊氏執事高師直のもとに出入りするようになる	4・3出雲守護塩冶高貞出奔し、この日任国で自害す
康永元	1342	5・18拾遺集を書写校合	
二	1343	7・28大中臣宣名（饗庭因幡守）とともに源氏物語桐壺巻を再度校合	
三	1344	10・8直義勧進の高野山金剛三昧院奉納和歌に五首出詠。この頃藤葉集成立、三首入集	この頃　小倉実教藤葉集を撰ぶ。これ以前増鏡成立か
貞和元	1345	この頃　良基主催の二条殿月次三度の百首続歌会に毎度参仕	8・29天龍寺供養。この頃　浄弁没

貞和二	1346	⑨・6洞院公賢を訪ね「和歌数寄者」と言われる。10・25三宝院賢俊の伊勢参宮と法楽寺視察に随行し、11・8帰京。12・13甘露寺隆長所持の為房卿記を抄出し賢俊に持参す	3・15為定・為明ら頓阿の仁和寺山荘を訪問。11・9風雅集竟宴。12・5為定任権大納言。足利直義、南朝よりもたらされた二間観音像を北朝に進上せんとして賢俊に諮る
三	1347	正・10公賢を訪ねる	
四	1348	12・26高師直の意を受け公賢を訪ねる	11・11花園法皇崩。冬　伊勢の海より宝剣出現し柳原資明仙洞に進上す、直義に夢想あり
五	1349	この年　風雅集成立、一首入集。これ以後、家集を自撰か	⑥・15直義、尊氏に迫り執事師直を罷免させる。12・8師直により、直義失脚し出家す
観応元	1350	4・21玄恵法印追善詩歌に和歌二首を詠む。8為世十三回忌和歌に一首出詠	2・22甘露寺隆長（177）没。3・2玄恵没。10・26直義大和に逃れて挙兵（観応の擾乱）
二	1351	12・3続古今集を感得し奥書を加う	2・26直義、高師直を誅す。8・1直義出奔し挙兵。11・4尊氏南朝に降り、直義討伐のため東下。11・7崇光天皇廃位、正平一統。この年　二条為明・為忠吉野に出奔
文和元	1352	8・28頓阿・慶運とともに二条良基の後普光園院殿御百首に合点	2・26直義鎌倉で俄に卒す。2・29大中臣親忠没。②・20南朝軍、京都を占領。光厳上皇らを連行。5・11南朝軍、京都より退去す。8・17幕府、北朝を再建し後光厳天皇を践祚させる
二	1353	この頃　冷泉為秀に入門し拾遺集を書写し古今集の説を受くという	6南朝軍再び入京、天皇美濃に逃れる。9・21天皇尊氏に奉じられ帰京。この年　是法（124）没か

和暦	西暦	兼好事蹟	参考事項
文和三	1354		12・14冷泉為秀、打聞（私撰集）を編み、将来の勅撰集撰者たらんとす。この日勅答あり
四	1355		8・17為定出家す
延文元	1356	この頃　老衰進み家集巻末に八首を追記する	3・25良基、菟玖波集を編む。6・11天皇、為定に勅撰集撰進を下命
二	1357		2・18光厳上皇ら帰京。⑦・16三宝院賢俊没
三	1358	この年か前年　没す。享年は七十代後半か	4・30足利尊氏没
四	1359	12・25新千載集返納、三首入集	4・28新千載集奏覧。この頃頓阿草庵集を編む

続千載和歌集

民部卿家褒貶和歌

兼好家集

索　引

徒然草

法楽寺（醍醐寺の末寺。神宮祭主大中臣氏の氏寺） 154-159
堀川家（兼好の出入りした大臣家） 3,4,64,85-89,91-94,125,205

ま

又五郎（衛士） 125

み

御子左家（歌道師範家） 133,134,171,192
明恵（高山寺） 120
命鶴丸（大中臣・饗庭。直宣・氏直・尊宣。尊氏の寵童） 142
明忍房 →釼阿
民部卿家褒貶和歌（為定家歌会の兼好詠の抄出） 179

む

六浦荘（武蔵国） 24

も

盛親（惟宗。近衛家下家司） 125
師直（高。足利氏執事。兼好の庇護者） 15,16,144-155,176
文観 →弘真

や

康綱（中原。六位外記） 109,124
谷殿 →永忍
柳殿 →龍翔寺

よ

義詮（足利。室町幕府第2代将軍） 193,194
吉野拾遺（南朝廷臣に関する説話集。後世の創作か） 217
良基（二条。後普光園院殿。北朝の関白。兼好が出入りした） 82,150,186-188,190,194,211
頼成（山科。小野荘の領家） 71,72

ら

頼助（仁和寺真乗院。北条経時の子） 84

り

龍翔寺（大徳寺塔頭） 74-76,79
了俊（今川。駿河守護・九州探題。晩年の兼好と交流） 149,150,176,190,192,195,203-206
了俊歌学書（和歌四天王に言及） 176,190,191
両統迭立 100

れ

冷泉家（歌道師範家） 191,192,195
冷泉富小路内裏（花園・後醍醐両代の里内裏） 99,103,104,113,202

ろ

六位蔵人 3-6,97,102,120,123,164,212-216,220
六条三位父子 →頼成・維成
六波羅探題府 61,62,71,117,136,138

わ

和歌四天王（二条為世の地下門弟四傑） 8,82,175-178
　—家集 183
　—歌風と評価 187

草最初の注釈書）　218

て

貞助（仁和寺真乗院。僧都。金沢貞顕の子）　111-116,138,206
殿上人（四位）　9,10,211

と

道眼（小見胤直）　66
道志　→検非違使（検非違使の衛門志）
導誉（佐々木）　70,142,144
藤葉和歌集（小倉実教撰。二条派の私撰集）　141
俊経（小野荘の公文）　72,73
俊成（藤原）　171,193
土倉　66,69
具親（堀川。内大臣。兼好が仕えた）　3,86,88,89,93
具親母　87,88
具守（堀川。内大臣。兼好が仕えた具親の祖父）　3,86-89,91,93
遁世者
15,56,93,135,148,153,157,188,221
頓阿（和歌四天王の一人。兼好の歌友）
8,82,85,139,140,153,175,177,178,183,186-189,191-195,197,207
頓阿の仁和寺庵室　82　→蔡花園か

な

長明（鴨。蓮胤）　14,209
双ヶ丘（兼好が墓所を営む）
79,80,83

南浦紹明（臨済宗）　74-76

に

二条為世十三回忌和歌（為定勧進）　69
二条富小路内裏　→冷泉富小路内裏
二条派　172-177,190,192
日蓮　209
仁和寺（御室）　79
―浄光院　80-83,198
―真乗院
64,83-85,87,88,94,111,206
仁和寺花園（地名）　80,83

の

宣名（大中臣・饗庭。兼好の庇護者か）　140-143
章兼（中原。検非違使）　126,130
章国（中原。検非違使）　127,130
章澄（中原。検非違使）　133,134

は

花園天皇（持明院統）
80,98,101,102,105,107,160,202

ふ

諷誦文　34,44-47
二間観音　159-168

ほ

北条氏　138
―金沢流
21,28,41,47,53,54,60,63,83,87,88,94,139,142,206
―極楽寺流　26,62,142
―得宗家　24

そ

草庵和歌集（頓阿の家集）　183,185,194
琮子（堀川。具守女。後伏見天皇女御代）　86
宗俊（法楽寺。大中臣隆文子）　157-159
僧都　→貞助
宗巴（秦。寿命院。吉田家の侍医・古典学者）　219
宗妙（龍翔寺への寄進を仲介した尼僧）　78-79
尊卑分脈（洞院公定撰。南北朝期成立の諸家系図集成）　2,6,8

た

醍醐寺文書
　—為房卿記抄　164
　—二間御本尊事　167
大神宮法楽寺　→法楽寺
大徳寺文書
　—沙弥兼好売券・寄進状　74
大納言法印（仁和寺真乗院の僧）　206
太平記　15,144-150,161
内裏二間観音　→二間観音
尊氏（足利。室町幕府初代将軍）　15,68,71,139,143,145,147,153-155,176,189,192,193
高貞（塩冶。出雲守護）　148
隆長（甘露寺）　164,165
滝口　7,9,10,97,123,124
武勝（下毛野。右近衛府番長。近衛家平随身）　125
直義（足利。兄尊氏に代わり幕政を統轄）　139,143-145,147,152-155,159-161
胤直　→道眼
為明（二条。為世の孫で為定の従弟）　171,189,194
為兼（京極。京極風和歌を創始した歌人）　103,171,172,190
為定（二条。為世の孫。兼好の歌道師範）　171,172,175,179,180,186-195
為相（冷泉）　20,134,172,189,191
為貫（二条。為定の長子）　180-181,189
為秀（冷泉。晩年の兼好が師事した歌道師範）　176,189-192,194
為房卿記（大御記・大府記）　164-167
為世（二条。兼好の歌道師範）　13,171-173,175,179,191

ち

親清（佐分利。北条重時の被官、六波羅評定衆）　62-65,142
親忠（大中臣。南北朝期の神宮祭主）　18,155,158,159
親房（北畠。南朝の重臣）　119,158,216,217

つ

通海（醍醐寺。法楽寺。大中臣隆通の子）　154,155,158,162,163
徒然草
　—ジャンル　202
　—書名　200
　—成立年代　200-202
　—読者と享受　205-208
　—室町期写本　204
徒然草寿命院抄（秦宗巴作。徒然

兼好が仕えた）
16,21,24,26,29,30,32-39,41,42,46-48,50,54,60-63,64,68,83-89,94,107,115,138,164,206
定家（藤原）　171,179,182,209
定忠（大中臣。鎌倉後期の神宮祭主。兼好が仕えたか）
18,20,158
貞時（北条。得宗。鎌倉幕府執権）　107,193
実時（北条・金沢）
24-26,29,35,68
実基（徳大寺。太政大臣）
126-129,130-132,135
侍（六位）　9,10,13,14,38,134
侍品
10-15,20,38,97,120,124,125,135,220
三種の神器　102,143,160,161

し

重家（佐治。北条重時の被官。六波羅奉行人）　62,64
重時（北条・極楽寺。六波羅探題・鎌倉幕府連署）
25,62-64,104
使庁　→検非違使庁
十訓抄（建長4年成立の説話集）
64
慈遍（天台僧。兼好の兄とされる）　2,5,208-211
拾遺現藻和歌集（二条派による私撰和歌集）　15
常在光院（金沢貞顕が東山に建立した寺院）　67,68,142,206
盛親（仁和寺真乗院。兼好の知友）　83
正徹（清巌。室町中期の歌人。徒然草を書写）　7-9,205-207
正徹物語（正徹の談話の聞書）
7,8,11,97,175,206,207,211
浄弁（和歌四天王の一人。兼好の歌友）　8,175-178,183,186
称名寺（真言律宗。金沢流北条氏の菩提寺）
25-30,37,41,44,47,50-54,66,68,86,88,206
定有（醍醐寺の僧か）　86,88
続千載和歌集（二条為世撰。第15代勅撰和歌集）
12,15,69,171,178
諸大夫（五位）　7-11,13,123,212
四郎太郎　→兼好の仮名
審海（妙性房。称名寺長老）
26,31,50,51
真言院（大内裏に位置した密教修法道場）　99,111-113
新千載和歌集（二条為定撰。第18代勅撰和歌集）　193-198

す

資朝（日野。後醍醐天皇の側近）
119,135,153

せ

西華門院（基子。堀川具守女。後二条天皇母）　89-91
制符　105,122,152
—正慶符　151-152
是法（青蓮院坊官。祇園に住む土倉。兼好の知友）　68-73,117
千載和歌集（藤原俊成撰。第7代勅撰和歌集）　14,192

—実名 54
—出家 55,56,73
—法名 55,56
—没年 170,197,198
兼好家集 3,182-186,195-198
兼好の姉（こまち） 48,50,53,54
兼好の父（こ御てゝ） 20,44,49-55
兼好の母 47,48,52-55
兼好法師書状 →金沢文庫古文書・氏名未詳書状（金文1227号）
源氏物語
—桐壺巻（兼好と宣名が書写校合） 140
—早蕨巻 92
賢俊（醍醐寺。足利尊氏の護持僧。兼好の庇護者） 19,153-164,168
顕助（仁和寺真乗院。金沢貞顕の子。兼好の庇護者） 83-85,87-89,110-116,206
釼阿（明忍房。称名寺長老。金沢流北条氏と親交） 26,31,35-54,60,84-89
玄耀 →是法

こ

公育房（醍醐寺。南朝に参仕した悪僧） 159,160,163
光厳天皇（持明院統） 138,143,145,160,161,189,190,194
弘真（醍醐寺。文観） 163
後宇多天皇（大覚寺統。後二条・後醍醐の父） 7,8,12,75-78,101,202,216
黄門上人位（金沢貞顕に仕えた僧か） 51-53
高野山金剛三昧院短冊和歌（足利直義勧進、兼好出詠） 164
弘融（仁和寺真乗院。兼好の知友） 83
古今和歌集 12,175,177-181,191
—兼好法師自筆 207
古今和歌集兼好注（伝） 177
後光厳天皇（北朝。足利氏に擁立される） 188,190,192-194
後三条天皇 162,164,166-168
後七日御修法 110-112
—加持香水 111,113-116
五条大宮内裏（亀山天皇の里内裏） 99
後醍醐天皇（大覚寺統） 89,101,103,105,108,109,113,119,135,138,143,160,163,171,192,193,202,213-216
後土御門天皇 213,214
後二条天皇（大覚寺統。兼好が仕えたとされる） 3,4,16,78,80,89-91,97,100-102
後普光園院殿御百首（二条良基の百首歌、兼好ら合点） 188
後伏見天皇（持明院統） 86,138,152
こまち →兼好の姉
維成（山科。小野荘の領家） 71,72

さ

西行（藤原憲清・円位） 13-15
蔡花園（仁和寺花園。頓阿の営んだ山荘） 82,83
祭主（伊勢神宮） 17-21,212
最勝光院（建春門院滋子の御願寺） 67,70
貞顕（北条・金沢。鎌倉幕府執権。

—氏名未詳書状（金文2619＋2798号）　48-50
—定有書状（金文1663号）　86-88
兼顕（卜部・栗田宮。鎌倉中期の廷臣・神道家。兼好の父とされる）　2,5,210
兼雄（倉栖。金沢貞顕の被官）　34-38,41,46,47,51-54
兼雄（卜部・吉田。鎌倉後期の廷臣・神道家。兼好の兄とされる）　2,5,210
兼倶（卜部・吉田。室町後期の廷臣・神道家）　6,207-219
兼名（卜部・吉田。兼好の祖父とされる。実在は存疑）　210
兼直（卜部・吉田。鎌倉前期の廷臣・神道家）　209-211,215,216
兼熙（卜部・吉田。南北朝期の廷臣・神道家）　210-212
兼致（卜部・吉田。室町後期の廷臣・神道家。兼倶の嫡子）　212-216
閑院内裏（平安後期〜鎌倉中期の里内裏）　103,104
官史記（小槻季継記）　127,128,130,132

き

基子　→西華門院
木寺宮（後二条天皇を祖とする宮家）　80
慶運（和歌四天王の一人。兼好の歌友）　8,175,177,178,186-188,195
慶運集　183
京極派　173,174,190
公賢（洞院。北朝の太政大臣）　60,125,151,153
近世兼好伝　217,219
公義（薬師寺。歌人。高師直の被官）　149,150,176
近来風躰（二条良基の歌論書。和歌四天王を評す　187,190

く

邦省親王（後二条天皇の子。二条派歌人）　197
邦良親王（後二条天皇の子。後醍醐天皇の皇太子）　77,102,205
倉栖氏（金沢流北条氏の被官）　34,147
蔵人　→六位蔵人
蔵人所　9,125,135
—小舎人　123
—所衆　97,123
—出納　97,123,124
—雑色　97,124

け

検非違使
—田舎検非違使　123
—尉　119,122,135
—大夫尉（大夫判官）　119,121
—道志　120,122
検非違使庁（使庁）　116-121,125,130,135
玄輝門院（後深草院後宮、花園天皇の祖母）　103
兼好（卜部）
—歌壇デビュー　76,78
—旧跡　→仁和寺浄光院
—仮名（四郎太郎）　44-46,53,54
—元服　46,54

索　引

一、本書に登場する主要な人名・書名・地名などを対象とした。
一、項目は現代仮名遣いの五十音順により排列し頁数を示した。連続して出現する場合は - で示した。太字は特に詳しく記される頁を示す。
一、人名は実名を掲げたが、禅僧は道号・法諱の順に示した。よみは通行のそれに従ったが、一部の著名人と女子は慣用の音読みにした。
一、項目の後の（　）には、氏姓・別称・兼好との関係などを注した。

あ

顕時（北条・金沢。貞顕の父）　24,47,84
有宗（安倍。名越公時に仕えた朝廷の陰陽師。兼好の知友）　21

い

家行（度会。外宮禰宜）　158
一条猪熊旅所（兼好仮寓か）　140
今川了俊大草子（武家故実書）　203-205
今出川院近衛（女房歌人）　197

う

卜部氏　5,17,207,211,213
　―平野流　19,20,140,208
　―吉田流（家）　2,5,6,208-214,216-219
卜部氏系図　2,3,6,211

え

永忍（谷殿。金沢貞顕の養母。実時女か）　35,42
延政門院一条（堀川具守女か）　91-93
円通大応国師　→南浦紹明
円通大応国師塔頭　→龍翔寺

お

大草子（大草紙）　203-205
大中臣氏（神宮祭主）　17,18,53,54,154,158,163
小坂殿（祇園。妙法院門跡御所）　66
小野荘（山城国。兼好が名田一町を購入）　71-74,78,79
御室　→仁和寺
思露（二条良基作。艶書文例集）　150

か

金沢文庫　28-29,32
金沢文庫古文書　21,30-32,41,47,53,56
　―金沢貞顕書状（金文554＋16号）　36,39
　―金沢貞顕書状（金文503号）　51
　―兼好書状立紙（金文1228,1229号）　39
　―氏名未詳書状（金文1227号）　32
　―氏名未詳書状（金文2801号）　39-53

小川剛生（おがわ・たけお）

1971年東京都生まれ．慶應義塾大学文学部国文学専攻卒業，同大学院博士課程中退．熊本大学助教授，国文学研究資料館助教授，2007年准教授，09年慶應義塾大学文学部准教授を経て，16年より教授．2006年，『二条良基研究』で角川源義賞受賞．

著書『二条良基研究』（笠間書院）
『武士はなぜ歌を詠むか』（角川選書）
『中世の書物と学問』（山川出版社）
『足利義満』（中公新書）
『新版 徒然草 現代語訳付き』（角川ソフィア文庫）
『中世和歌史の研究　撰歌と歌人社会』（塙書房）
ほか

兼好法師《けんこうほうし》
中公新書 *2463*

2017年11月25日初版
2018年1月30日3版

著　者　小川剛生
発行者　大橋善光

本文印刷　暁　印　刷
カバー印刷　大熊整美堂
製　　本　小泉製本

発行所　中央公論新社
〒100-8152
東京都千代田区大手町1-7-1
電話　販売　03-5299-1730
　　　編集　03-5299-1830
URL http://www.chuko.co.jp/

Published by CHUOKORON-SHINSHA, INC.
Printed in Japan　ISBN978-4-12-102463-3 C1221

中公新書

日本史

d2

1521 後醍醐天皇 森 茂暁
776 室町時代 脇田晴子
2443 観応《かんのう》の擾乱《じょうらん》 亀田俊和
2179 足利義満 小川剛生
978 室町の王権 今谷 明
2401 応仁の乱 呉座勇一
2058 日本神判史 清水克行
2139 贈与の歴史学 桜井英治
2343 戦国武将の実力 小和田哲男
2084 戦国武将の手紙を読む 小和田哲男
2350 戦国大名の正体 鍛代敏雄
1625 織田信長合戦全録 谷口克広
1782 信長軍の司令官 谷口克広
1907 信長と消えた家臣たち 谷口克広
1453 信長の親衛隊 谷口克広

2278 信長と将軍義昭 谷口克広
2421 織田信長の家臣団—派閥と人間関係 和田裕弘
784 豊臣秀吉 小和田哲男
2146 秀吉と海賊大名 藤田達生
2265 天下統一 藤田達生
2264 細川ガラシャ 安 廷苑
2241 黒田官兵衛 諏訪勝則
2372 後藤又兵衛 福田千鶴
2357 古田織部 諏訪勝則
642 関ヶ原合戦 二木謙一
711 大坂の陣 二木謙一
476 江戸時代 大石慎三郎
870 江戸時代を考える 辻 達也
2273 江戸幕府と儒学者 揖斐 高
1227 保科正之《ほしなまさゆき》 中村彰彦
740 元禄御畳奉行の日記 神坂次郎
1945 江戸城—本丸御殿と幕府政治 深井雅海

1099 江戸文化評判記 中野三敏
853 遊女の文化史 佐伯順子
929 江戸の料理史 原田信男
2376 江戸の災害史 倉地克直
2463 兼好法師 小川剛生